Weitere Titel der Autorin

Colours of Love – Entfesselt
Colours of Love – Entblößt
Colours of Love – Verloren

Titel in der Regel auch als Hörbuch und E-Book erhältlich

Über die Autorin:

Kathryn Taylor begann schon als Kind zu schreiben – ihre erste Geschichte veröffentlichte sie bereits mit elf. Von da an wusste sie, dass sie irgendwann als Schriftstellerin ihr Geld verdienen wollte. Nach einigen beruflichen Umwegen und einem privaten Happy End erfüllt sich mit der erfolgreichen COLOURS OF LOVE-Reihe nun ihr Traum.

Kathryn Taylor

COLOURS OF LOVE – VERFÜHRT

Roman

BASTEI LÜBBE TASCHENBUCH
Band 16959

1. Auflage: März 2014

Dieser Titel ist auch als Hörbuch und E-Book erschienen

Originalausgabe

Copyright © 2014 by Bastei Lübbe AG, Köln
Titelillustration: © shutterstock/HamsterMan
Umschlaggestaltung: Sandra Taufer, München
Satz: Urban SatzKonzept, Düsseldorf
Gesetzt aus der Garamond
Druck und Verarbeitung: GGP Media GmbH, Pößneck
Printed in Germany
ISBN 978-3-404-16959-7

Sie finden uns im Internet unter
www.luebbe.de
Bitte beachten Sie auch: www.lesejury.de

Für C.,
die immer zur rechten Zeit
die richtigen Worte findet.

1

»Sophie?«

Matteos Stimme reißt mich aus dem leichten Schlaf, in den mich das monotone Geräusch des Automotors gelullt hat, lässt mich erschrocken hochfahren. Ich brauche einen Moment, bis ich mich orientiert habe, und stelle verwundert fest, dass wir uns schon mitten im dichten Stadtverkehr befinden. Als ich die Augen schloss, fuhren wir noch auf der M20 von Dover in Richtung London – ich muss also ziemlich lange weg gewesen sein, was mich irritiert. Auf Reisen kann ich so etwas sonst sehr selten, und ich hätte geschworen, dass ich auf dieser ganz sicher zu nervös dafür bin. Aber offensichtlich fordert die lange Strecke, die hinter uns liegt, jetzt doch ihren Tribut.

»Entschuldige, ich . . .«, meine Stimme ist belegt, deshalb muss ich mich erst räuspern, bevor ich weiterreden kann. »Ich wollte nicht schlafen.« Hastig richte ich mich auf, weil ich ganz schön tief in den Sitz gerutscht war, und schiebe eine Hand in meine langen schwarzen Haare, um sie wenigstens halbwegs zu richten, zupfe auch mein Kleid wieder zurecht. Aber ich fühle mich trotzdem zerknittert und ein bisschen aus der Fassung. Hoffentlich habe ich wenigstens nicht geschnarcht, denke ich ein bisschen entsetzt. »Warum hast du mich denn nicht geweckt?«

Matteo lächelt amüsiert, und mein Herz zieht sich sehnsuchtsvoll zusammen. Was es nicht soll. Doch ich kann einfach nichts dagegen tun.

»Das tue ich doch gerade«, sagt er, und ich verfluche mein verschlafenes Gehirn dafür, dass es mich nicht etwas Intelligenteres hat fragen lassen. »Laut Navi ist es jetzt nicht mehr weit bis zu euerm Auktionshaus. Und du wolltest deinem Vater Bescheid sagen, wenn wir da sind.«

»Oh.« Erst jetzt achte ich wirklich darauf, wo genau wir uns eigentlich befinden, und stelle erstaunt fest, dass wir tatsächlich schon auf der südlichen Umgehung fahren. Von hier aus sind es bis Kensington höchstens noch zwanzig Minuten. Also ist es vermutlich wirklich eine gute Idee, Dad vorzuwarnen, er wird nämlich sehr überrascht sein. So früh rechnet er sicher noch nicht mit uns.

Es sind immerhin über tausendzweihundert Meilen von Rom bis nach London, und ich hätte auch nicht erwartet, dass wir diesen sehr langen Weg mit dem Auto in gerade mal anderthalb Tagen hinter uns bringen würden. Aber Matteos Fahrstil ist immer sehr schnell und dazu noch erstaunlich effizient, deshalb haben wir es am Montagabend, nachdem er mich am Flughafen in Rom aufgehalten und mir mitgeteilt hat, dass er mich doch nach London begleitet, immerhin noch bis nach Florenz geschafft. Nach einer kurzen Übernachtung im Hotel ging es dann gestern früh weiter durch die Schweiz und Frankreich bis nach Lille. Heute Morgen sind wir zeitig weiter und waren schnell an der Fähre in Calais, sodass wir jetzt, um kurz nach eins, tatsächlich London schon erreicht haben.

Was gut ist. Schließlich haben wir durch die Tatsache, dass wir nicht fliegen konnten, schon ziemlich viel Zeit verloren. Und jede Minute ist kostbar.

Hastig tippe ich die Nummer des Auktionshauses in mein Handy. Dad nimmt fast sofort ab, hat offensichtlich auf meinen Anruf gewartet.

»Sophie! Gut, dass du dich meldest. Wo seid ihr denn jetzt?« Seine Stimme klingt oberflächlich ruhig, aber ich kenne sie gut und höre das leichte Zittern darin. Ich weiß, dass er sich große Sorgen macht, deshalb bin ich froh, ihn zumindest in einer Hinsicht beruhigen zu können.

»Wir sind gleich an der Battersea Bridge. Es dauert höchstens noch zwanzig Minuten.«

»Was, schon? Oh, sehr gut.« Erleichtert seufzt er auf. Dann ertönt ein Rascheln, und er redet gedämpft mit jemandem, offenbar mit der Hand über der Muschel.

»Dad?«

»Entschuldige«, sagt er plötzlich wieder laut und deutlich. »Nigel ist hier, wir waren zusammen beim Lunch. Er bleibt noch, bis ihr da seid. Er möchte unseren Ehrengast auch gern kennenlernen.«

Nigel, denke ich und habe plötzlich einen Kloß im Hals. Ich hatte nicht damit gerechnet, dass ich ihm so bald schon wieder begegnen würde. Aber ich hätte mir denken können, dass er wie mein Vater auf meine Rückkehr wartet.

»Okay. Dann ... bis gleich.« Ich beende den Anruf und lasse das Handy zurück in meine Tasche gleiten.

Jetzt wird es ernst, denke ich ein bisschen beklommen, während Matteo bereits schwungvoll in den nächsten Kreisverkehr biegt.

So richtig kann ich immer noch nicht begreifen, dass er wirklich mit mir hier ist, und spüre, wie mich plötzlich Nervosität erfasst. Weil ich keine Ahnung habe, was in den nächsten Tagen passieren wird. Ich weiß nur, dass von Matteo alles abhängt. Er kann uns retten oder ruinieren. Und wenn ich nicht aufpasse, dann wird er mir auch noch endgültig das Herz brechen, denke ich und betrachte ihn aus den Augenwinkeln.

Es gibt bestimmt Frauen, die Matteo Bertani nicht attraktiv finden – aber viele können das nicht sein, und ich gehöre auch definitiv nicht dazu. Mir gefällt einfach alles an ihm – seine für einen Italiener ungewöhnlich hellen, dunkelblonden Haare. Sein unwiderstehlich charmantes Lächeln, hinter dem er oft verbirgt, was er wirklich denkt und fühlt. Seine durchtrainierte Figur mit den breiten Schultern, die er durch seinen mühelos eleganten Kleidungsstil – ich kenne niemanden, der in einem Anzug so entspannt und lässig aussieht wie er – noch betont. Selbst sein einziger Makel, die breite gezackte Narbe, die am Hals beginnt und sich, wie ich jetzt weiß, bis weit über seine Brust zieht, macht ihn eigentlich nur interessanter. Und in dem ungewöhnlichen Goldton seiner bernsteinfarbenen Augen kann man sich wahnsinnig leicht verlieren. Was mir auch sofort wieder passiert, als Matteo merkt, dass ich ihn beobachte, und mich anlächelt.

»Und, was hat dein Vater gesagt?«

»Er freut sich schon darauf, dich kennenzulernen«, sage ich und bin froh, dass er wieder nach vorn auf die Straße schauen muss. Dann fällt mir jedoch siedend heiß ein, dass ich ihn noch gar nicht gefragt habe, ob ihm dieser Besuch nach der langen Fahrt überhaupt recht ist. »Aber wenn du zu müde bist und dich lieber ausruhen willst, bevor wir zu Lord Ashbury fahren, dann müssen wir auch nicht am Auktionshaus vorbei.«

Matteos Lächeln vertieft sich. »Auf die paar Minuten mehr oder weniger kommt es jetzt auch nicht mehr an. Oder sehe ich aus, als ob ich gleich zusammenbreche?«

Nein, wahrlich nicht, denke ich und erwidere sein Lächeln, froh darüber, dass ich Dad nicht enttäuschen muss.

»Okay, dann ...« Meine Augen weiten sich entsetzt. »Pass auf!«

Ein weißer Vauxhall hat die Vorfahrt missachtet und zieht direkt vor uns aus einer Seitenstraße auf die Fahrbahn. Es passiert so plötzlich, dass mir nicht mal Zeit bleibt zu schreien, und ich bin ganz sicher, dass uns nur noch Sekunden von einem Zusammenstoß mit dem anderen Wagen trennen.

Doch ich unterschätze Matteos Fahrkünste. Er reagiert blitzschnell, reißt sein Alfa-Sportcabrio so heftig nach rechts, dass ich mit der Schulter gegen die Tür gedrückt werde. Die Reifen kreischen protestierend und haben bei dem scharfen Bogen, den wir fahren, wahrscheinlich kaum noch Kontakt zum Boden. Es ist knapp, richtig knapp, aber irgendwie schafft Matteo es, unbeschadet an dem Vauxhall vorbeizukommen. Als er genauso scharf wieder nach links lenkt, um nicht in den Gegenverkehr zu geraten, werde ich in die andere Richtung geschleudert, und diesmal ist es seine Schulter, die meinen Fall abfängt. Für einen Moment schlingert der Wagen bedrohlich, weil so viele Fliehkräfte auf ihn wirken, dann hat Matteo ihn unter Kontrolle und fährt wieder auf der Spur.

»*Cretino!*«, flucht er und wirft einen wütenden Blick in den Rückspiegel, als hinter uns ein lautes Hupen ertönt – offenbar findet der andere Fahrer, dass wir den Fehler gemacht haben und nicht er.

Ich bin noch so geschockt, dass ich gar nichts sagen kann, registriere nur dankbar, dass Matteo den Wagen bei der nächsten sich bietenden Gelegenheit am Straßenrand anhält, weil ich wirklich das Bedürfnis habe, kurz durchzuatmen.

Er hat sich auch erschrocken, das sehe ich an seiner linken Hand, mit der er das Steuer immer noch so fest umklammert hält, dass die Knöchel weiß unter der Haut hervortreten.

Aber er hat sich viel besser im Griff als ich, meine Hände zittern nämlich, als ich mir eine Haarsträhne hinter das Ohr streiche. Was Matteos aufmerksamen Blick nicht entgeht.

»Alles in Ordnung?«, fragt er besorgt und legt die Hand an meine Wange. Es ist ganz sicher nur eine spontane Geste, etwas, über das er nicht nachdenkt. Doch als seine Finger meine Haut berühren, kann ich für einen Moment nicht atmen.

Nein, denke ich. Nichts ist in Ordnung. Gar nichts.

Weil sofort alles wieder da ist. Ich fühle nicht nur seine Hand an meiner Wange, sondern auch seine Lippen auf meinen, spüre seinen heißen, harten Körper, der sich gegen meinen presst, und schmecke ihn, atme ihn, schmelze innerlich dahin bei der Erinnerung an die Zeit in seinen Armen und will ihn sofort wieder mit einer Heftigkeit, die mich richtig schockiert.

Wahrscheinlich wird sich das nie ändern, denke ich bestürzt. Aber wir sind nicht mehr in Rom, und die Zeit, die ich mit ihm verbringen konnte, ist vorbei. Er hat es selbst gesagt. Die wenigen Wochen, die wir zusammen hatten, waren alles, was ich von ihm bekommen kann. Zu mehr ist er nicht bereit – und mehr kann ich ihm auch nicht entgegenkommen.

Ich hatte auf der Fahrt lange Zeit, über alles nachzudenken, und egal, wie ich es drehe und wende und wie weh mir das tut: Matteo passt nicht in mein Leben – und ich nicht in seins. Die Entfernung zwischen uns ist einfach zu groß, und zwar nicht nur räumlich. Es geht nicht, und deshalb muss ich irgendeinen Weg finden, meine Gefühle für ihn zu kontrollieren.

Was aber offensichtlich nur möglich ist, wenn er – wie auf

dem Weg hierher – Abstand zu mir wahrt. Wir hatten getrennte Hotelzimmer, und wenn wir uns abends voneinander verabschiedet haben, hat er mir nicht mal die in Italien sonst üblichen Wangenküsse gegeben. Er hat mich die ganze Zeit überhaupt nicht berührt – bis jetzt. Und ich wünschte ehrlich, er hätte es nicht getan. Denn dann hätte ich mich vielleicht der Illusion hingeben können, dass ich mich nicht immer noch auf verdammt dünnem Eis bewege, was ihn angeht.

»Ja, alles in Ordnung«, lüge ich und hasse mich dafür, dass ich enttäuscht bin und nicht erleichtert, als er seine Hand wieder zurückzieht und weiterfährt.

Wir schweigen die nächsten Minuten, bis endlich die Battersea Bridge vor uns auftaucht, die uns über die Themse direkt in das noble Chelsea bringt. Von dort aus ist es nicht mehr weit bis nach South Kensington, und schon kurze Zeit später fahren wir auf der King's Road, an der unser Auktionshaus liegt.

»Du kannst hinter dem Haus parken«, sage ich, als wir das »Conroy's« erreichen, und Matteo lenkt das Auto über die Einfahrt auf den Hof neben dem großen, freistehenden Gebäude, das sich durch seinen auffälligen gelben Klinker von den umliegenden Häusern abhebt.

Beim Anblick unserer Auktionshalle geht mir das Herz auf. Das Gebäude, der Hof, das alles ist mir zutiefst vertraut. Das hier ist das Zentrum meiner Existenz, der Ort, an dem ich aufgewachsen bin und um den sich mein ganzes Leben dreht. Ich will mir gar nicht vorstellen, dass wir das alles vielleicht verlieren könnten.

Das wird nicht passieren, beruhige ich mich selbst. Matteo wird das Gemälde untersuchen, das wir an Lord Ashbury verkauft haben, und wenn er feststellt, dass es tatsächlich von

Enzo di Montagna stammt, dann ist unser guter Ruf wieder hergestellt. Dann können wir diese ganze unschöne Geschichte einfach vergessen. Wenn nicht ... Den Gedanken verbiete ich mir.

Matteo parkt den Wagen neben Nigels dunkelblauen Bentley, der ebenfalls im Hof steht, und als ich die beiden so unterschiedlichen Autos nebeneinander sehe, wird mir plötzlich mulmig.

»Dad ist übrigens nicht alleine«, erkläre ich Matteo, während wir auf den Eingang zugehen, weil ich plötzlich das Gefühl habe, ihn – und mich – vorbereiten zu müssen. »Nigel Hamilton ist auch da. Er ... möchte dich auch gerne kennenlernen.«

Matteo hebt die Brauen.

»Der Nigel, der dir in Rom Nachrichten geschickt hat?«

Überrascht nicke ich. Er hat das eigentlich nur einmal mitbekommen, und ich dachte, er hätte es längst vergessen. Aber da habe ich mich offenbar getäuscht.

»Ja, genau – der Nigel«, erwidere ich und drücke mit Schwung die schwere Flügeltür auf, die in die Eingangshalle des Auktionshauses führt.

»Ein Freund von dir?«, hakt Matteo nach.

»Ja«, erwidere ich knapp. Das hatte ich ihm in Rom schon gesagt. Doch damit gibt er sich nicht zufrieden.

»Ein Freund oder dein Freund?«

Ich bleibe stehen, lasse die Tür wieder zufallen und begegne seinem Blick, in dem jetzt ein misstrauischer Ausdruck liegt, den ich ziemlich unangebracht finde. Schließlich sind wir nicht zusammen – nicht mehr jedenfalls –, also bin ich ihm auch keine Rechenschaft schuldig.

»Ein Freund«, antworte ich trotzdem.

»Und woher kennst du ihn?«

Allmählich hat das Ganze etwas von einem Verhör. »Ist das wichtig?«

»Ist es ein Geheimnis?«

Er sieht mich so durchdringend an, dass ich für einen Moment glaube, dass er eifersüchtig ist. Aber da ist auch noch etwas anderes in seinem Blick – etwas Abwehrendes, Hartes, das mich schlucken lässt.

»Nein, ist es nicht«, verteidige ich mich, obwohl er eigentlich gar kein Recht hat, mich anzuklagen. »Ich kenne ihn von früher. Nigels Vater Rupert war sehr gut mit Dad befreundet. Nach seinem Tod hatten wir Nigel aus den Augen verloren. Aber vor einiger Zeit habe ich ihn wiedergetroffen, und seitdem sind wir wieder eng befreundet.«

»Ist er auch Kunsthändler?«

»Nein, er ist Banker. Aber er tut trotzdem viel für uns – was Dad und ich sehr zu schätzen wissen.«

Matteo hebt die Brauen. »Ein selbstloser Banker. Interessant«, sagt er mit einem eindeutig sarkastischen Unterton, und irgendwie fühle ich mich ein bisschen ertappt. Denn dass Nigel unsere Beziehung durchaus nicht nur freundschaftlich sieht und mehr daraus werden lassen möchte, ist mir bewusst. Aber das will ich nicht ausgerechnet mit dem Mann diskutieren, mit dem ich in Rom den heißesten Sex meines Lebens hatte. Deshalb ignoriere ich Matteos Bemerkung und drücke ein weiteres Mal die Flügeltür am Eingang auf, flüchte mich in das große Foyer, das dahinter liegt.

»Wir müssen hier entlang«, erkläre ich, damit er nicht auf die Idee kommt, mir noch mehr Fragen zu stellen, und halte auf die Tür zu, die in den Bürotrakt führt. Dort vermute ich Dad und Nigel, und ihre Stimmen dringen tatsächlich aus Dads Büro, dessen Tür einen Spalt aufsteht. Die beiden sind so in ihr Gespräch vertieft, dass sie überrascht aufblicken, als ich die Tür ganz öffne und den kleinen Raum betrete.

»Sophie! Endlich!«, ruft Dad und springt von seinem Stuhl auf. Er umarmt mich fest, und ich schmiege meine Wange an den vertrauten rauen Tweedstoff seines Anzugs.

Ich kann mich nicht erinnern, wann ich zuletzt so lange aus London weg war – in den letzten Jahren ging das wegen Mums Krankheit höchstens mal für ein paar Tage oder eine Woche, und als ich ihn jetzt betrachte, fällt mir auf, dass seine schwarzen Haare an den Schläfen sehr grau geworden sind. Obwohl die Sache mit dem Enzo sicher ein Schlag für ihn war, kann das nicht über Nacht passiert sein. Also liegt es wohl am ungewohnten Abstand, den ich nach den Wochen in Rom zu allem hier habe, dass ich das plötzlich wahrnehme. Was sofort mein schlechtes Gewissen zurückbringt, weil ich ihn für Wochen mit allem allein gelassen habe.

Nigel, der im Besuchersessel auf der anderen Seite des Schreibtisches saß, hat sich ebenfalls erhoben, und als er auf mich zutritt, um mich zu begrüßen, stelle ich fest, dass ich auch ihn nach der aufregenden Zeit in Rom anders sehe. Distanzierter. Aber irgendwie auch objektiver.

Wobei das Ergebnis für ihn gar nicht schlecht ausfällt, denke ich, fast ein bisschen erstaunt. Er ist Mitte dreißig, also etwas älter als Matteo, aber genauso groß, und sieht in seinem dunklen Anzug sehr distinguiert aus. Der selbstbewusste Charme, der Matteo so anziehend macht, fehlt ihm zwar, aber mit seinen dunklen Haaren und den grauen Augen ist er dennoch attraktiv, strahlt etwas Beständiges, Sicheres aus, das mir immer sehr gefallen hat.

»Schön, dass du wieder da bist, Sophie«, sagt er, und ich lasse mich auch von ihm umarmen, gebe ihm einen schnellen

Kuss auf die Wange, bevor ich mich Matteo zuwende, der hinter mir in das kleine Zimmer getreten ist.

»Darf ich vorstellen«, erkläre ich nervös. »Das ist Matteo Bertani – und das sind mein Vater und Nigel Hamilton.«

Die Männer schütteln sich die Hand, doch die Atmosphäre im Raum ist mit einem Mal sehr steif – was nicht an Matteo liegt, der unbefangen lächelt. Dad und Nigel wirken dagegen ziemlich irritiert, offenbar entspricht Matteo so gar nicht dem Bild, das sie sich von dem Kunstexperten gemacht haben, der das Auktionshaus retten soll. Falls sie einen introvertierten Wissenschaftler erwartet hatten, dann kann ich ihre Überraschung sogar verstehen. Matteo ist vieles, aber ganz sicher nicht unauffällig. Mit seiner Statur und seinem Aussehen könnte er genauso gut ein Modell aus einem der Bertani-Kataloge sein, in denen das international bekannte Design-Label seiner Familie seine exklusiven Produkte präsentiert.

Nigel scheint das richtig zu stören, denn er betrachtet Matteo mit gerunzelter Stirn, während Dad nur überrascht ist. Er fängt sich jedoch sofort wieder, wahrscheinlich, weil ihm wieder einfällt, welche wichtige Rolle Matteo für die Zukunft unseres Geschäfts spielt.

»Signore Bertani, wie schön, dass Sie extra den weiten Weg hierher gefunden haben! Wir sind Ihnen zu großem Dank verpflichtet«, betont er.

»Noch habe ich nichts getan, für das Sie sich bedanken müssten«, erwidert Matteo, und ich höre trotz seines Lächelns die Warnung in seiner Stimme, erkenne sie in seinem Blick, der jetzt auf mich gerichtet ist. Er ist unbestechlich und wird seine ehrliche Meinung zu dem Gemälde sagen – auch wenn es tatsächlich nicht von Enzo stammen sollte.

17

»Dennoch«, beharrt Dad, dem diese Zwischentöne entgehen. Oder vielleicht ignoriert er sie auch absichtlich. »Es ist eine Erleichterung für uns, dass Sie zugestimmt haben, die Expertise für uns zu übernehmen.«

»So etwas tue ich tatsächlich selten«, bestätigt ihm Matteo, ohne mich dabei aus den Augen zu lassen, und mir läuft ein Schauer über den Rücken, weil in seinem Blick plötzlich etwas liegt, das ich darin während der gesamten Fahrt nicht gesehen habe – ein herausforderndes Funkeln, das mein Herz schneller schlagen lässt.

»Das müssen Sie ja auch nicht, oder?« Nigel lächelt zwar, als er das sagt, doch es erreicht seine Augen nicht. »Wie ich hörte, ist Ihre Familie sehr vermögend.«

Seine Stimme klingt aggressiv, fast anklagend, und ich werfe ihm einen erstaunten Blick zu. Es stimmt, die Bertanis sind mit ihrem Design-Konzern weltweit erfolgreich, und natürlich ist Matteo deshalb finanziell unabhängig. Aber Nigel lässt es so klingen, als wäre die Tatsache, dass er trotzdem der Tätigkeit nachgeht, die ihm am Herzen liegt, irgendwie anrüchig. Dabei zeigt das doch nur, mit welcher Passion Matteo seine kunstgeschichtlichen Forschungen betreibt, und das spiegelt sich auch in der Anerkennung, die er sich vor allem in seinem Fachgebiet – den Werken des Renaissance-Malers Enzo di Montagna – in recht kurzer Zeit erworben hat.

Matteo wirkt jedoch nicht verärgert, sondern mustert Nigel mit einem leichten Lächeln, das fast schon etwas Herablassendes hat.

»Nein, das müsste ich nicht.«

»Und warum tun Sie es dann?« In Nigels Augen liegt jetzt ein herausforderndes Funkeln, das Matteo nicht entgehen kann. Tut es auch nicht, denn ich sehe, dass auf seiner Wange ein Muskel zuckt, obwohl immer noch ein Lächeln auf seinen Lippen liegt. Er vertieft es sogar noch, und dreht den Kopf zu mir, hält meinen Blick fest.

»Weil es Menschen gibt, für die es sich lohnt, eine Ausnahme zu machen«, sagt er dann und legt leicht den Arm um mich, sodass seine Hand auf meiner Hüfte ruht.

2

Nigel starrt mich wie gebannt an, scheint nicht fassen zu können, was er sieht, und Dad räuspert sich mehrfach, was er immer tut, wenn ihn eine Situation überfordert.

Das nehme ich jedoch nur am Rande wahr, denn ich bin selbst völlig perplex, spüre Matteos leichte Berührung Rücken und versinke dann in seinen Bernstein-Augen, in denen jetzt ein ganz anderer Ausdruck liegt. Einer, der mir den Atem nimmt ...

»Nun, dann ist es wirklich ein Glück, dass Sophie es geschafft hat, Sie zu überreden«, sagt Dad und reißt mich – endlich – aus meiner Erstarrung. Hastig trete ich einen Schritt zur Seite und fühle, wie meine Wangen heiß werden.

»Konntest du eigentlich diesen Bildband auftreiben, den ich dir am Telefon genannt hatte?«, frage ich meinen Vater hastig, und er reagiert sofort – worauf ich spekuliert hatte.

»Ja, natürlich.« Er dreht sich zu seinem Schreibtisch um und deutet auf ein großes, schweres Buch, das dort am Rand bereit liegt. »Es müsste genau das sein, was Signore Bertani haben wollte.«

Das weckt Matteos Interesse. »Darf ich es mir ansehen?«

»Bitte.« Mein Vater nickt auffordernd, und als Matteo an den Schreibtisch tritt, erkenne ich an dem Leuchten in seinen Augen sofort, dass es das richtige Buch ist.

»Ja, das habe ich gemeint«, stellt er zufrieden fest und blättert kurz darin.

Er braucht diese besonders seltene Ausgabe als Referenz

für die Expertise und wusste zum Glück, dass die British Library hier in London ein Exemplar besitzt. Deshalb hatte ich Dad beauftragt, es schon mal zu beschaffen.

»Benötigen Sie sonst noch irgendetwas?«, erkundigt sich Dad, doch Matteo schüttelt den Kopf.

»Nein, vielen Dank. Ich habe einiges aus Rom mitgebracht, und falls ich sonst noch etwas brauche, kümmere ich mich darum.«

Und vermutlich kriegt er dann auch, was er will, denke ich, denn bei unserem überstürzten Aufbruch in Rom habe ich live erleben können, wie effektiv er sein kann, wenn er etwas organisiert. Ich hatte meinen Koffer, den ich in Rom am Flughafen schon eingecheckt hatte, in Rekordzeit wieder zurück. Und das lag nicht an dem Geld, das er für solche »Gefallen« zahlen kann, sondern eindeutig daran, dass die Damen vom Bodenpersonal seinem Charme nicht widerstehen konnten. Wenn er das immer so macht, kann ich mir nicht vorstellen, dass er Schwierigkeiten haben wird, an die Dinge zu kommen, die er für die Expertise benötigt.

»Wie lange werden Sie für die Begutachtung brauchen, was denken Sie?«, erkundigt sich Dad, und ich spüre seine Anspannung. Die Situation belastet ihn, und er möchte das alles möglichst schnell aus der Welt geschafft haben.

Matteo zuckt mit den Schultern. »Ich weiß es nicht, das kommt ganz darauf an. Aber einige Tage wird es schon dauern.«

Wenn wir Glück haben, denke ich beklommen. Normalerweise ist das Erstellen einer Expertise schon deshalb sehr aufwändig, weil es mit der genauen Untersuchung und Einschätzung des Werkes nicht getan ist. Auch der Weg des Bildes muss möglichst lückenlos zurückverfolgt und mit den entsprechenden Dokumenten belegt werden. Bei einem so alten Gemälde wie dem Enzo kann das schwierig sein, und wir können tatsächlich nur hoffen, dass Matteo es schnell genug schafft, bevor das Gerücht die Runde macht, dass wir Bilder als Originale anbieten, die keine sind – eine absolute Katastrophe für unser Auktionshaus.

»Wir sollten uns besser wieder auf den Weg machen«, dränge ich, weil ich es plötzlich eilig habe, und blicke bedeutungsvoll zu der antiken Uhr, die über Dads Bürotür hängt. »Matteo will sich bestimmt noch ausruhen, bevor wir nachher zu Lord Ashbury fahren, und ich wollte kurz nach Mum sehen.«

»Sie wartet auch schon auf dich«, bestätigt mir mein Vater, was mein schlechtes Gewissen wegen meiner langen Abwesenheit noch verstärkt.

Ich kann einfach nicht weg aus London, denke ich und blicke einen Moment lang auf den Boden, fühle wieder dieses Gewicht, das oft auf meinen Schultern lastet. Ganz egal, was ich tue – mein Leben findet hier statt und nicht in Rom oder irgendwo sonst. Ich würde mir etwas vormachen, wenn ich glaube, dass es eine Alternative gibt.

Als ich den Kopf wieder hebe, begegne ich Nigels Blick, der mich ernst und fast streng ansieht.

»Könnte ich dich unter vier Augen sprechen, Sophie?«

Das hat mir gerade noch gefehlt. Trotzdem schlucke ich das Nein herunter, das mir auf der Zunge liegt, und lächle ein bisschen – er kann schließlich nichts dafür, dass ich gerade so angespannt bin.

»Natürlich.«

Mein Vater und Matteo, die schon auf dem Weg zur Tür waren, sind stehengeblieben, doch Dad findet offenbar auch, dass Nigel und ich etwas zu klären haben.

»Kommen Sie, ich zeige Ihnen noch kurz unsere Ausstellungshalle«, bietet er Matteo an, dem nichts anderes übrig bleibt, als Dad zu folgen. Er tut es jedoch nur zögernd und sieht über die Schulter zu mir zurück, bevor sich die Tür hinter ihm schließt.

»Du nennst ihn beim Vornamen? Und er ... darf dich anfassen?«, fragt Nigel, sobald wir allein sind, und sieht mich wieder so vorwurfsvoll an, wie er eben geklungen hat. Vorwurfsvoll und enttäuscht. Eifersüchtig.

Was mich betroffen macht. Irgendwie bin ich immer davon ausgegangen, dass seine Gefühle für mich eher rational begründet sind. Dass er mich schätzt und in mir eine Partnerin sieht, die grundsätzlich gut in sein Leben passen würde. Eine so heftige Reaktion hätte ich deshalb nicht von ihm erwartet – und im Grunde verärgert sie mich auch, weil sie ihm nicht zusteht. Er hat zwar viel für mich und meinen Vater getan, und dadurch ist unsere Freundschaft im letzten Jahr sehr eng geworden. Doch es war trotzdem niemals mehr als Freundschaft, deshalb bin ich ihm keine Rechenschaft schuldig.

»Wir haben uns in Rom näher kennengelernt, ja«, erkläre ich. »Wäre das nicht so, dann hätte er die Expertise wahrscheinlich nicht übernommen – und wo wären wir dann?« Nigels aufgebrachter Blick ändert sich nicht, und er ist mir unangenehm, deshalb wechsle ich das Thema. »Hat Lord Ashbury sich an die Verabredung gehalten und noch nichts an die Presse gegeben?« Diese Frage finde ich sehr viel wichtiger als die, wie nahe ich Matteo stehe.

Nigel nickt. »Aber er wartet schon sehr ungeduldig auf den Wunder-Professor aus Italien«, sagt er, immer noch ziemlich gereizt. »Wenn dieser Bertani auch mal eine Ausnahme hätte machen können, was das Fliegen angeht, dann wäre dieser Spuk vielleicht schon längst vorbei. Aber nein, er

23

musste ja mit dem Auto anreisen und das Ganze unnötig verzögern.«

Das kann ich auf keinen Fall so stehen lassen.

»In zwei Tagen ist so eine Expertise nicht zu schaffen, Nigel. Selbst wenn er direkt angefangen hätte, wäre er jetzt noch nicht fertig. Und wenn deine Frau bei einem Flugzeugabsturz ums Leben gekommen wäre, würdest du vielleicht auch nicht mehr so gerne fliegen.«

Betroffen sieht Nigel mich an. »Ist ihm das passiert?«

Ich nicke und spüre einen schmerzhaften Stich. Denn dass Matteo keinen Flieger mehr betritt, hat mir noch mal vor Augen geführt, wie sehr ihn der Tod seiner Frau Giulia immer noch belasten muss. Sie stürzte vor sechs Jahren zusammen mit ihrem Fluglehrer in einer kleinen Sportmaschine ins Meer und kam dabei ums Leben. Er redet nie darüber, genauso wenig wie über den Unfall, bei dem er sich ungefähr zur gleichen Zeit diese furchtbare Narbe auf der Brust zugezogen hat. Aber beides hat etwas damit zu tun, dass er – abgesehen von seiner Familie – niemanden mehr wirklich an sich heranlässt. Ich hätte dieses Geheimnis gerne ergründet, aber ich fürchte, dazu werde ich keine Gelegenheit mehr haben.

»Das tut mir leid für ihn«, sagt Nigel, dessen anfängliche Betroffenheit jedoch schon wieder verschwunden ist. »Aber dann wäre er vielleicht besser in Italien geblieben. Es gibt schließlich genügend andere Kunstexperten, die sich auch mit Enzo-Gemälden auskennen und bereit sind, nach London zu fliegen, wenn sie gebraucht werden.«

»Aber Lord Ashbury akzeptiert nur Matteos Meinung, das weißt du doch«, erinnere ich ihn. »Was ich übrigens verstehen kann – er ist definitiv der Beste auf diesem Gebiet.«

Nigels Miene wird noch finsterer. »Du magst diesen Bertani ja wirklich sehr.«

Er sagt es zwar ruhig – Ausbrüche in irgendeiner Form sind einfach nicht seine Art –, aber es klingt dennoch wie eine Anklage, drängt mich in eine Ecke, in der ich gar nicht stehen will.

»Matteo hilft uns, obwohl er das – worauf du vorhin zu Recht hingewiesen hast – nicht müsste. Ich habe also keinen Grund, ihn nicht zu mögen«, erkläre ich Nigel kühl und mache aus meiner Verärgerung keinen Hehl. Was ihn – endlich – einlenken lässt.

»Entschuldige.« Er tritt einen Schritt auf mich zu und streicht mit den Händen über meine Oberarme, sieht mich zerknirscht an. »Du hast natürlich recht. Wir sollten froh sein, dass er sich die Zeit für die Expertise genommen hat. Ich schätze, ich bin einfach ein bisschen eifersüchtig. Du warst so lange weg, und jetzt, wo ich dich endlich wiederhabe, muss ich dich schon wieder teilen.«

Er lächelt sein altvertrautes Lächeln, das mir schon durch so viele stressige Tage geholfen hat, und für einen kurzen, verzweifelten Moment wünschte ich, dass alles wieder so sein könnte wie vor meiner Reise nach Rom. Einfach. Überschaubar. Berechenbar.

Aber ich kann die Zeit nicht zurückdrehen, denke ich mit einem Kloß im Hals. Bevor ich Matteo traf, hätte ich mir durchaus vorstellen können, dass aus Nigel und mir mal ein Paar wird. Er ist eigentlich der ideale Mann für mich, weil er so verlässlich ist in allem, was er tut. Bei ihm weiß ich immer, woran ich bin – und ich dachte, dass ich das brauche. Doch es ist einfach nicht mehr da, dieses angenehme, sichere Gefühl, das ich in seiner Nähe sonst empfunden habe. Stattdessen stört es mich, dass er auf einmal solche Besitzansprüche an mich stellt.

»Sehen wir uns heute Abend?« Seine Stimme klingt hoffnungsvoll. »Ich reserviere uns einen Tisch im ›Oyster's‹, so wie immer, ja?«

Ich schüttele den Kopf. »Nein, lieber nicht. Ich weiß nicht, wie lange es bei Lord Ashbury dauert. Und außerdem bin ich nach der langen Fahrt wirklich müde.« Weshalb ich seine Frage auch ein kleines bisschen unsensibel finde.

»Schade«, sagt er niedergeschlagen, und plötzlich will ich nur noch flüchten aus dieser merkwürdigen Situation. Demonstrativ sehe ich auf die Uhr.

»Wir müssen wirklich weiter, sonst wird das alles zu knapp«, sage ich und hoffe, dass Nigel mich diesmal nicht aufhält. Tut er auch nicht, sondern folgt mir in den Flur.

Dad und Matteo stehen in der Eingangshalle, haben ihren Rundgang also offenbar beendet, und Matteo lächelt gerade über etwas, das mein Vater sagt. Was mich auf eine merkwürdige Weise berührt, vielleicht, weil ich ihn mir hier, in dieser Umgebung, nie wirklich vorstellen konnte. Ich dachte, er würde niemals Teil meines Londoner Alltags sein, und es ist ein bisschen schwer zu begreifen, dass er es jetzt ist – zumindest für eine Zeitlang.

»Wollen wir dann?«, frage ich, als wir die beiden erreichen, was Matteo die Brauen heben lässt.

»Ich warte nur auf dich«, erklärt er und bringt mich mit einem weiteren charmanten Lächeln in Verlegenheit.

Kann er sich nicht einfach weiter so distanziert verhalten, wie er es auf der Fahrt getan hat? Das war zwar schmerzhaft, aber damit konnte ich umgehen. Doch wenn er mich so anstrahlt, dann gerät alles wieder durcheinander, was ich gerade mühsam geordnet hatte. Was gar nicht gut ist.

»Eigentlich kann ich dich auch nach Hause bringen«, bietet Nigel mir unvermittelt an, fast so, als hätte er meine Gedanken gelesen. »Ich komme auf dem Weg zur Bank ohnehin bei dir vorbei. Dann muss Signore Bertani nicht extra noch einen Umweg fahren.«

»Das ist kein Problem«, sagt Matteo sofort und mit entschiedener Stimme, und als wir ihn alle überrascht anblicken, zuckt er mit den Schultern. »Sonst müssten wir das Gepäck umladen – und das lohnt sich doch nicht.« Ein pragmatisches Argument, aber das Funkeln in seinen Augen verrät mir, dass es auch etwas damit zu tun hat, dass er nicht will, dass Nigel mich bringt.

»Er hat recht«, erkläre ich Nigel, der Matteos Blick ziemlich eisig erwidert, und lege meine Hand auf seinen Arm, sehe ihn bittend an. Das Letzte, was ich jetzt gebrauchen kann, ist, dass die beiden sich streiten.

Zum Glück erkennt Nigel das und lässt das Thema fallen. Begeistert ist er jedoch nicht darüber, dass er Matteo das Feld überlassen muss, und auch mein Vater, der das alles sehr genau beobachtet hat, blickt jetzt stirnrunzelnd zwischen mir, Matteo und Nigel hin und her.

»Wir sehen uns dann morgen«, sage ich zu Dad und umarme ihn noch mal zum Abschied. Das tue ich auch bei Nigel, aber flüchtiger, dann gehe ich mit Matteo zügig in Richtung Ausgang, der mir wieder die Hand leicht in den Rücken legt.

Dad und Nigel folgen uns noch bis zum Auto. Das Verdeck des Cabrios war bis jetzt geschlossen, doch Matteo lässt es zurückfahren, weil der Himmel sich aufgeklart hat und die Juni-Sonne ziemlich warm scheint.

»Du meldest dich sofort, wenn es etwas Neues gibt, ja, Sophie?«, ruft Dad mir zu, als Matteo schon zurücksetzt und wendet, und ich verspreche es ihm, winke den beiden noch mal. Dann fädelt Matteo sich, nachdem ich ihm kurz den

Weg zu mir erklärt habe, wieder in den dichten Verkehr auf der King's Road ein.

»Warum hast du das gemacht?«, frage ich ein bisschen ungehalten. »Wieso hast du es eben in Dads Büro so klingen lassen, als hätten wir etwas miteinander?«

Matteo wirft mir einen kurzen Blick zu und zieht den Mundwinkel nach oben. »Wir hatten etwas miteinander, Sophie. Und ich bin deinetwegen hier – das war nicht gelogen«, entgegnet er ungerührt, was mir komplett den Wind aus den Segeln nimmt. Soll das heißen, er will unsere Affäre wieder aufnehmen? Und will ich das, falls es so ist?

»Ich wünschte trotzdem, du hättest das etwas anders formuliert«, beharre ich, was mir einen weiteren Blick von ihm einträgt, den ich nicht deuten kann. Es schwingt jedoch definitiv etwas darin mit, das mich sehr nervös macht, deshalb starre ich für den Rest der Fahrt durch das Seitenfenster.

Zum Glück ist es nicht weit bis nach Lennox Gardens, eigentlich nur ein paar Straßen, und weil Matteo natürlich zügig fährt – um nicht zu sagen rasant; in dieser Hinsicht merkt man ihm den temperamentvollen Italiener wirklich an –, dauert es nur wenige Minuten, bis wir vor den rot geklinkerten Häuserreihen ankommen, die um die hübsche Grünanlage herum liegen, nach der die Straße benannt ist.

»Hier ist es.« Ich deute auf die richtige Hausnummer – die hohen, zweistöckigen Häuser mit den vielen hübschen Erkern bilden eine geschlossene Front, und die Eingänge ähneln sich sehr. Eigentlich unterscheiden sie sich nur durch die Art, wie die schmiedeeisernen Zäune vor den Abgängen in das Kellergeschoss und die Haustüren angestrichen sind.

Matteo parkt ein Stück weiter die Straße hoch in einer freien Parkbucht und holt meinen Koffer aus dem Wagen.

»Du brauchst ihn mir nicht reinzutragen«, sage ich und

28

will ihm den Koffer abnehmen, doch er gibt ihn mir nicht, sieht mich nur an, als hätte ich den Verstand verloren. Offenbar kommt es für ihn überhaupt nicht in Frage, mich mein Gepäck alleine tragen zu lassen, und mir bleibt nichts anderes übrig, als ihm den Weg zu zeigen.

»Der Koffer hat übrigens Rollen, man kann ihn ziehen«, sage ich ein bisschen gereizt, weil Matteo ihn trägt, anstatt das zu tun, wofür die vier runden Dinger darunter erfunden wurden, und weil es mich gegen meinen Willen beeindruckt, wie wenig ihn das Gewicht zu stören scheint – so leicht ist der Koffer nämlich nicht. Aber mich hat er ja auch schon oft getragen, ohne dass es ihm etwas ausgemacht hätte, denke ich, verbiete mir die Erinnerung an das, was danach meistens passiert ist, jedoch sofort wieder. »Und ich bringe ihn sonst auch alleine ins Haus«, füge ich ein bisschen trotzig hinzu.

»Jetzt hast du dafür ja mich«, erwidert Matteo, unbeeindruckt von meinem emanzipatorischen Anflug, und grinst so unverschämt, dass mein Magen sofort wieder auf Talfahrt geht.

Ja, denke ich mit einem inneren Seufzen. Nur für wie lange ...

Ohne sein Lächeln zu erwidern, öffne ich das kleine Törchen neben dem Haupteingang, wo eine Treppe hinunter in das Souterrain führt. Meine Eltern wohnen oben im Haupthaus, doch ich bin vor ein paar Jahren in die Wohnung hier unten gezogen. So bin ich für mich und kann mich trotzdem um Mum kümmern, wenn es nötig ist.

Meine Hände zittern ein bisschen, aber ich schaffe es, die Haustür gleich beim ersten Versuch aufzuschließen. Matteo folgt mir durch den Flur und an dem Treppenaufgang vorbei, der in den Bereich meiner Eltern hinaufführt, bis zu meiner

Wohnungstür, die ich zum Glück auch problemlos aufbekomme.

Im Apartment riecht es nicht abgestanden, was ich wahrscheinlich Jane, der Haushälterin meiner Eltern, zu verdanken habe. Sie wird während meiner langen Abwesenheit nach dem Rechten gesehen und die Zimmer gelüftet haben, und sie hat wahrscheinlich auch die frischen Schnittblumen in die Vase auf dem Esstisch gestellt.

Aber ansonsten ist alles noch genauso, wie ich es verlassen habe: das kleine Wohnzimmer mit der offenen Küche an einer Seite und die zwei angrenzenden Zimmer, von denen ich eins als Schlaf- und eins als Arbeitszimmer nutze. Abgesehen vom Bad, der kleinen Abstellkammer und der Terrasse im Innenhof, auf die man durch das Wohnzimmerfenster blickt und die ich für mich ganz allein habe, war es das schon – die Wohnung ist nicht groß, aber für mich bietet sie genug Platz, und ich liebe sie schon deshalb, weil sie mir ein kleines Stückchen Unabhängigkeit in meinem täglichen Spagat zwischen dem Geschäft und der Betreuung meiner Mutter bietet.

Jetzt, wo Matteo im Wohnzimmer steht und allein durch seine Größe den Raum dominiert, kommt sie mir allerdings sehr klein vor. Und so empfindet er das vermutlich auch, weil er anderes gewohnt ist – er hat in Rom eine sehr große, wunderschöne Villa mitten in der Stadt, und selbst wenn Kensington zu den teuren Vierteln von London gehört, ist das hier mit der Art, wie er lebt, nicht zu vergleichen.

Doch schlimm scheint er es nicht zu finden, im Gegenteil.

»Schön hast du es hier«, sagt er und lässt den Blick anerkennend über meine Möbel gleiten – fast alles Erbstücke aus meiner Familie, die kombiniert mit modernen Accessoires eine stylische Kombination ergeben, auf die ich ziemlich stolz bin. Dass Matteo, der aus einer der berühmtesten Designer-Familien Italiens stammt, sie ebenfalls gelungen findet, freut mich sehr.

Die Auswahl an Bildern, die an der Wand hängen, scheint ihn jedoch eher zu verwundern. Es sind fast alles Werke junger, noch unbekannter Künstler, die ich so vielversprechend fand, dass ich sie gekauft habe.

»Ich wusste gar nicht, dass du so ein Faible für moderne Kunst hast.«

»Habe ich auch gar nicht – jedenfalls nicht nur«, sage ich mit einem traurigen Lächeln, weil er den Finger gleich zielsicher in die Wunde gelegt hat. »Ich musste die älteren und wertvolleren Bilder nur alle verkaufen.«

Er runzelt die Stirn. »Warum?«

»Aus den Gründen, aus denen man sich manchmal von etwas trennen muss.« Über diesen Punkt spreche ich nicht gerne, aber ein Geheimnis ist es nicht, deshalb kann er es ruhig wissen. »Wir hatten vor einiger Zeit eine schwierige Phase, in der die Geschäfte im Auktionshaus nur schleppend liefen. Deshalb brauchten wir Geld und haben einige Bilder aus unserer privaten Sammlung versteigert.«

Das ist die Kurzversion der Krise, durch die wir vor gut einem Jahr plötzlich kurz vor der Insolvenz standen. Hätte Nigel uns damals nicht geholfen, indem er dafür gesorgt hat, dass sein Bankhaus uns zu günstigen Konditionen weitere Kredite gewährt, dann gäbe es das renommierte »Conroy's«, das bereits in der vierten Generation in Familienbesitz ist, vielleicht gar nicht mehr. Und jetzt, wo wir uns davon gerade erholt haben, könnte es schon wieder eng für uns werden ...

Als ich aufblicke, sehe ich direkt in Matteos Augen, die mich aufmerksam mustern. Zu aufmerksam.

»Das ist sehr schade. Du hast sicher daran gehangen.«

In seiner Stimme schwingt echtes Mitgefühl mit, und ich muss den Blick abwenden, weil mir zu meinem Entsetzen plötzlich Tränen in den Augen brennen.

Ich vermisse die Bilder wirklich, besonders die beiden Skizzen von John William Waterhouse, die ich von meinem Großvater geerbt und immer schon sehr geliebt habe. Und mit einem Mal kommt das alles zurück, die Hilflosigkeit und die Angst, die in diesen schlimmen Monaten meine Begleiter waren. Eigentlich dachte ich, dass ich das schon hinter mir gelassen habe, aber die Wunden sind noch frisch und drohen durch die Vorwürfe, mit denen wir uns jetzt auseinandersetzen müssen, wieder aufzureißen. Ich hasse es einfach, dass ich selbst gar nichts tun kann, um die Situation zu ändern. Das war damals so und jetzt wieder, und das macht mich einfach fertig.

»So schlimm ist es nicht«, erkläre ich Matteo trotzdem und schlucke die Tränen herunter, weil ich vor ihm auf gar keinen Fall weinen will. Mein Lächeln ist jedoch offenbar zu gequält, als dass er mir glauben würde, und in seinen Augen liegt weiter dieser verstörend verständnisvolle Ausdruck. So als würde er mich gerne in den Arm nehmen und trösten. Was auf gar keinen Fall geht, denke ich und leugne erschrocken, dass ich es ziemlich schön fände, wenn er das tun würde. Ich wäre gerne mal schwach. Aber das geht nicht, und schon gar nicht bei Matteo. Deshalb räuspere ich mich.

»Du solltest jetzt fahren, wenn du dich noch einrichten willst, bevor wir zu Lord Ashbury müssen.« Ich versuche, vernünftig zu sein und ihm nicht zu tief in die Augen zu blicken. Was gar nicht so leicht ist. »Soll ich ...«, ich schlucke, habe meine Stimme dann jedoch wieder im Griff, »... dir erklären, wie du von hier am besten zurück nach Chelsea kommst?«

Ein Lächeln erscheint auf seinen Lippen.

»Nicht nötig, dafür habe ich ja das Navi.« Er beugt sich noch ein bisschen weiter zu mir. »Außerdem muss die Stadt, in der ich mich nicht zurechtfinde, erst noch gebaut werden. Ich gehe dir also nicht verloren.«

Wie gebannt starre ich auf seinen Mund, der meinem plötzlich ganz nah ist, und möchte ihn küssen. Ich möchte das sogar so sehr, dass ich hastig einen Schritt zurücktrete.

»Das … ist gut. Ich brauche dich nämlich«, sage ich und bereue es sofort, als sein Lächeln sich vertieft und dieses sexy Grübchen auf seiner Wange erscheint, das ich ziemlich unwiderstehlich finde. Herrgott, Sophie, was redest du denn da? »Für … die Expertise«, schiebe ich schnell noch nach.

»Nur dafür?«, sagt er rau, und seine Bernstein-Augen funkeln so verführerisch, dass ich für eine Sekunde dem Gefühl nachgeben möchte, das mich zu ihm hinzieht. Doch dann habe ich plötzlich Angst davor, mich noch mal fallen zu lassen. Ich will ihn, wirklich. Aber was, wenn ich dann wieder auf diese Mauer treffe, die er um sich gezogen hat und an der er offenbar keine Frau mehr vorbeilässt. *Das ist alles, was du bekommen kannst*, hat er gesagt. Eine Affäre. Sex. Und das reicht mir nicht. Noch zu keinem Mann habe ich mich jemals so hingezogen gefühlt wie zu ihm. Er ist wie eine Droge, nach der ich süchtig werden könnte, und deshalb muss ich vernünftig sein und lieber ganz verzichten. Weil ich ihn nicht bekommen kann. Nicht ganz. Nicht für immer. Und nur ein bisschen zerstört mich vielleicht.

»Matteo, ich …«

Mein Handy klingelt plötzlich in meiner Handtasche, die

ich auf dem zierlichen Chesterfield-Sessel abgestellt habe, und rettet mich.

Hastig will ich mich an ihm vorbeischieben, doch Matteo kommt mir zuvor, dreht sich um und geht mit langen Schritten zur Tür. Offenbar hat er nicht vor, mir beim Telefonieren zuzuhören.

»Ich mache mich auf den Weg.« Sein Lächeln ist knapp und ein bisschen schief. »Reicht es, wenn ich dich um vier Uhr wieder abhole?« Er wartet mein Nicken noch ab, dann ist er durch die Tür und hat sie hinter sich wieder geschlossen.

Jetzt laufe ich doch zum Sessel und hole mein Handy heraus, das immer noch unerbittlich den Klingelton abspielt.

Es ist meine Freundin Sarah.

»Ich habe gerade mit deinem Vater telefoniert. Dann hast du ihn also tatsächlich mitgebracht?«, ruft sie aufgeregt, als ich mich melde. »Ich dachte, er wollte die Expertise nicht übernehmen.«

Sie kennt Matteo, weil sie vor zwei Jahren mal eine Weile in Rom Kunstgeschichte studiert und an einigen seiner Kurse an der Uni teilgenommen hat. Und sie weiß auch als einzige, dass Matteo und ich uns sehr nahegekommen sind.

»Er hat es sich anders überlegt«, erkläre ich ihr, was sie hörbar freut.

»Hah, wusste ich es doch. Du bedeutest ihm mehr, als er zugeben will.«

»Das glaube ich nicht«, widerspreche ich ihr. »Und deswegen ist er auch nicht hier.«

»Ach nein? Warum denn dann? Weil der Auftrag so lukrativ ist?« Sie klingt amüsiert. »Matteo Bertani gehört zu einer der reichsten Familien Italiens, Sophie, also erzähl mir nicht, dass er nur wegen dieser Expertise quer durch Europa gereist

ist«, sagt sie, was Hoffnung in mir weckt, obwohl ich mir das lieber verbieten würde. Aber Hoffnung auf was?, denke ich dann. Ist das, was ich mir wünsche, mit Matteo überhaupt möglich?

Sarah ist schon beim nächsten Punkt, der sie interessiert. »Wo wohnt er denn? Bei dir?«

»Nein, natürlich nicht – er zieht so lange zu seiner Mutter nach Chelsea«, erwidere ich.

Das hat mich ehrlich gewundert, als ich es erfahren habe, denn eigentlich dachte ich, dass Matteo überhaupt keinen Kontakt mehr zu seiner Mutter hat, die gebürtige Engländerin ist. Sie verließ die Familie, als Matteo noch jung war, und ließ ihre drei Söhne in Italien zurück. Matteo scheint ihr das jedoch vergeben zu haben, denn er klang liebevoll, als er sie auf der Fahrt erwähnt hat. Und sonst würde er ja auch wohl kaum während seines Aufenthalts in London bei ihr wohnen wollen.

»Und wie lange bleibt er?«, will Sarah wissen.

»Nur so lange, bis die Expertise fertig ist.« Ich seufze, weil sie so enthusiastisch klingt. »Sarah, aus Matteo und mir wird kein Paar. Das würde niemals funktionieren, dafür sind wir viel zu verschieden. Ganz abgesehen davon, dass er das auch gar nicht will.«

Sarah lächelt, das höre ich ihrer Stimme an. »Na, ein bisschen Zeit bleibt dir ja noch, um herauszufinden, ob das tatsächlich stimmt.«

Als wir aufgelegt haben, lasse ich mich erschöpft in den Sessel sinken und starre aus dem Fenster auf den kleinen Innenhof mit den bepflanzten Blumenkübeln.

Weil ich einfach nicht mehr weiß, wie ich mich fühlen soll. Als Matteo mir auf dem Flughafen in Rom eröffnet hat, dass er doch mit nach London kommt, war ich glücklich. Wegen

35

der Hilfe, die wir so dringend von ihm brauchen, aber auch, weil ich ihn noch nicht gehen lassen musste. Aber seitdem ist auch die Angst zurückgekehrt, die Angst, dass er mir noch viel schlimmer wehtun könnte, als er es schon getan hat. Ich hätte ihn gerade fast wieder geküsst, und meine Knie werden ganz weich, wenn ich nur daran denke. Doch was, wenn ich diesem Gefühl nachgebe? Was soll ich tun, wenn er dann wieder geht und ich feststelle, dass er mein Leben so durcheinandergebracht hat, dass ich die Teile nicht mehr zusammensetzen kann, wie sie waren?

Ein Klopfen an meiner Wohnungstür reißt mich aus meinen Gedanken, und sofort schlägt mein Herz schneller, weil ich denke, dass Matteo noch mal zurückgekommen ist. Doch als ich die Tür aufmache, steht nicht er davor, sondern meine Mum.

»Hallo, Sophie«, sagt sie und umarmt mich, geht dann an mir vorbei in die Wohnung.

Sie sieht schick aus, trägt ein hellblaues Kostüm, und auch ihre blonden Haare liegen sehr schön, fast so, als wenn sie noch etwas vorhätte. Der Schnitt ist neu und etwas kürzer als vorher, und das steht ihr gut, lässt sie jünger wirken als vierundfünfzig. Doch mir fällt vor allem auf, wie ausgeglichen sie wirkt. Ihre Bewegungen, ihre Blicke – bilde ich mir das ein oder ist sie tatsächlich ganz entspannt?

Mit gerunzelter Stirn suche ich in ihrem Gesicht nach den üblichen Anzeichen dafür, dass sie wieder einen ihrer manischen Schübe hat. Doch ihre Augen glitzern nicht fiebrig wie sonst so oft, wenn sie den Überschwang ihrer Gefühle nicht im Griff hat, und sie wirkt auch nicht bedrückt, wie in ihren depressiven Phasen – sondern eigentlich ganz normal. Aber das täuscht sicher.

»Entschuldige, Mum, ich wollte gerade zu dir raufkommen«, sage ich und habe ein schlechtes Gewissen, weil ich völlig verdrängt hatte, dass ich das noch tun wollte.

Sie winkt jedoch nur ab. »Du hattest doch Besuch, oder nicht? Diesen blonden Mann? Ich habe ihn draußen gesehen.« Sie lächelt und setzt sich an den Esstisch. »Also, wenn das der italienische Professor war, von dem dein Vater seit Tagen redet, dann kann ich gut verstehen, wieso du länger in Rom geblieben bist. Du musst mir unbedingt alles von deiner Reise erzählen!«

Erleichtert darüber, dass sie nicht ein paar Minuten früher runtergekommen ist, schließe ich die Wohnungstür – und habe gleich anschließend ein schlechtes Gewissen, dass es mir peinlich gewesen wäre, wenn Matteo meiner Mutter begegnet wäre. Aber es ist wirklich besser so. Ich liebe Mum, nur sie kann so furchtbar anstrengend sein, und es ist nicht immer leicht mit ihr umzugehen, selbst wenn sie im Moment gerade einen vernünftigen Eindruck macht. Der jedoch vermutlich nicht lange halten wird, jedenfalls kann ich mir das kaum vorstellen.

Aber wer weiß, denke ich mit einem unglücklichen Lächeln, als ich mich zu ihr an den Tisch setze. Im Moment scheint in meinem Leben ja gar nichts mehr sicher zu sein …

3

»Da vorne ist es«, sage ich und deute auf das große Herrenhaus mit den vier Türmen, das gerade vor uns am Ende der
langen Einfahrt auftaucht. Nicht, dass Matteo es übersehen
könnte, es ist ein ziemlicher Kasten. Aber ich muss es trotzdem sagen, eine Art Übersprungshandlung wahrscheinlich,
weil ich so angespannt bin.

»Ich hoffe, dieser Lord Ashbury ist nicht ganz so finster
wie sein Haus«, sagt Matteo, und ich lächle unwillkürlich,
weil er damit ziemlich gut zusammenfasst, was ich jedes Mal
denke, wenn ich in Ashbury Hall bin. So oft war das noch
nicht der Fall, aber ich fand das alte Gemäuer mit den verwit-
terten, fast schwarzen Steinen und den protzigen Wehrtür-
men an jeder Seite immer irgendwie bedrohlich. Was die
Erbauer vor ein paar hundert Jahren vermutlich genau so
beabsichtigt hatten.

»Nein, keine Sorge, er ist nett«, versichere ich Matteo.
»Ein bisschen steif manchmal und sehr korrekt, aber immer
freundlich.« Ich seufze. »Wobei das mit der Freundlichkeit
vielleicht so eine Sache ist, denn auf das ›Conroy's‹ wird er im
Moment vermutlich nicht gut zu sprechen sein. Jedenfalls
nicht, solange der Verdacht im Raum steht, dass wir ihn betrogen haben.«

Ich spüre, wie sich mein Magen unangenehm zusammenzieht bei dem Gedanken, dass das tatsächlich passiert sein
könnte. Wenn das Gerücht erst mal die Runde macht, wird es
niemanden mehr interessieren, ob wir gewusst haben, dass es

sich nicht um einen echten Enzo handelt. Es wird uns unseren guten Ruf kosten, von dem man im Auktionsgeschäft lebt – es sei denn, Matteo kann beweisen, dass es ein Original ist, was ich wieder einmal inbrünstig hoffe.

Mit einer Mischung aus Beklommenheit und Ungeduld sehe ich zu, wie Matteo den Alfa auf dem mit Kies bedeckten Vorplatz des Herrenhauses parkt, und warte diesmal nicht ab, dass er mir wie üblich die Tür öffnet. Ich bin einfach zu nervös und möchte endlich das Bild sehen, dass uns so viel Ärger macht.

Das Wetter ist unbeständiger als erwartet. Vorhin bei uns war es noch sehr sonnig und warm, deshalb habe ich mich beim Umziehen für ein violettes Kleid entschieden. Ich dachte eigentlich, dass eine Strickjacke dazu nicht nötig ist, doch jetzt bin ich froh, dass ich eine mithabe, denn der Himmel hat sich zugezogen, und der Wind weht hier draußen frischer als in der Stadt.

Matteo hat das auch falsch eingeschätzt, denn statt des Anzugs von heute Morgen trägt er nur noch ein blaues Hemd und eine helle Hose. Auf ein Jackett hat er verzichtet, doch er scheint nicht zu frieren, während er an meiner Seite auf das riesige Eingangsportal des Herrenhauses zugeht, wirkt er entspannt wie immer. Ich dagegen zittere leicht, was ihm nicht entgeht.

»Ist dir kalt?«

Ich schüttele den Kopf. Körperlich nicht, denke ich – es ist eher die Angst, die sich immer mehr Bahn bricht und mir die Kehle zuschnürt, je näher wir dem Eingang kommen.

Was, wenn das Bild wirklich nicht von Enzo ist, denke ich beklommen, während Matteo auf die nachträglich angebrachte goldene Klingel neben der Tür drückt, ein Zugeständnis an die Moderne. Jetzt, wo wir vor Ashbury Hall stehen, ist das alles auf einmal so konkret – und sehr bedrohlich. Wenn Matteo nicht nachweisen kann, dass es sich um ein Original handelt, dann könnte der wirtschaftliche Schaden für uns immens sein, vor allem, wenn die Geschichte in den Medien hochkocht und …

Überrascht hebe ich den Kopf, als Matteo die Hand um meinen Arm legt und mich zwingt ihn anzusehen. Er hält meinen Blick fest.

»Sophie, ich kann dir nicht versprechen, dass das Bild von Enzo ist, aber ich werde es dir sofort sagen, sobald ich mir sicher bin. Wahrscheinlich reicht mir schon der erste Eindruck für eine Einschätzung – ich kenne sein Werk wirklich gut. Dann kann ich dir die Sorge vielleicht recht schnell nehmen.«

Für einen Moment verliere ich mich in seinen warmen Bernstein-Augen, und eine Welle der Dankbarkeit überrollt mich, weil er offenbar spürt, dass ich dringend ein bisschen Zuspruch brauche. Und auch wenn er mir mehr nicht zusagen kann, tröstet mich das, deshalb lächle ich ihn zaghaft an. Und dann fahren wir beide herum und Matteo lässt mich wieder los, denn in diesem Moment schwingt die Tür des Herrenhauses auf.

Es ist jedoch nicht Lord Ashbury, der uns begrüßt, sondern ein Butler in altmodischer Livrée.

»Wir sind wegen des Enzo-Gemäldes hier«, informiere ich ihn, nachdem wir uns vorgestellt haben, und er nickt, offenbar weiß er Bescheid.

»Kommen Sie, hier entlang.« Er fuhr uns durch die beeindruckend große Eingangshalle, auf deren glatten Steinboden unsere Schritte laut hallen, weiter in einen Flur und von dort in die Bibliothek. »Ich werde Seiner Lordschaft

Bescheid geben«, erklärt er uns kühl und leidenschaftslos, dann ist er wieder verschwunden und lässt uns allein.

»Seine Lordschaft?«, fragt Matteo amüsiert, und ich stimme in sein Lachen ein. Mir ist zwar eigentlich nicht danach zumute, aber dieser Butler in seiner Uniform und mit diesen übertriebenen Manieren hat schon etwas Lächerliches.

»Wie ich schon sagte: Lord Ashbury mag es sehr korrekt«, erinnere ich ihn. »Wir haben ein paar adelige Kunden, aber nicht alle legen so viel Wert auf die damit verbundenen Förmlichkeiten wie er.«

Neugierig und um mich ein bisschen von meiner Nervosität abzulenken, sehe ich mich in der Bibliothek um. Sie ist nicht besonders groß, aber die Bücher, die sie füllen, sind ausgesprochen exquisit – fast nur alte Lederbände und ausgesuchte Erstausgaben, wie mein geschulter Blick sofort erfasst, als ich in einigen Büchern herumblättere.

»Hier, sieh mal.« Matteo hat einen schmalen Band aus dem Regal geholt, und ich lächle unwillkürlich, als ich sehe, dass er Gedichte von John Keats enthält.

Ich mag den englischen Dichter, der als Hauptautor der englischen Romantik gilt – etwas, dass ich mit Matteo teile, und als unsere Blicke sich begegnen, fühle ich mich ihm auf einmal sehr nah. So verschieden sind wir gar nicht, denke ich, und spüre, wie mein Herz schneller schlägt.

»Deine Mutter ist übrigens sehr nett«, sagt er und lehnt sich mit einem Lächeln an eines der Regale.

Ich weiß nicht, ob er das einfach nur so sagt oder ob es ein weiterer Versuch ist, mich von meinen Sorgen abzulenken. Sollte es Letzteres sein, dann funktioniert es. Denn darüber, dass er und meine Mutter sich doch noch begegnet sind, musste ich schon auf der Fahrt nachdenken.

Ich hätte gerne Dad gefragt, warum Mum so verändert

wirkt, aber ich hatte noch keine Gelegenheit dazu. Mum ist nämlich lange geblieben – und ich habe es nach dem ersten Schock über ihr ungewöhnliches Verhalten sehr genossen, dass sie so zugänglich und interessiert war. Zum ersten Mal seit einer kleinen Ewigkeit konnte ich wirklich mit ihr reden. Von Matteo und meiner Affäre mit ihm habe ich ihr zwar nichts erzählt, aber sie scheint es zu ahnen, denn sie hat mich über ihn ausgefragt, wollte alles ganz genau wissen. Darüber habe ich glatt die Zeit vergessen, deshalb musste ich mich am Ende sehr beeilen mit dem Umziehen, weil es schon so spät war. Rechtzeitig geschafft habe ich es trotzdem nicht, Matteo ist währenddessen gekommen, also hat Mum ihn hereingelassen. Und tatsächlich ist gar nichts Dramatisches passiert. Als ich dazukam, unterhielten sie sich nur ganz entspannt, und Mum hat mir, als sie ging, zugezwinkert – was wohl heißen sollte, dass sich durch das Gespräch ihr guter Eindruck von Matteo bestätigt hat.

»Ich glaube, sie war auch ganz begeistert von dir«, erwidere ich und kann eigentlich immer noch nicht fassen, dass Mum sich überhaupt nicht auffällig verhalten hat, sondern fast so, als wäre sie gar nicht krank.

Während ihrer manischen Phasen drehen sich die Gespräche mit ihr nämlich meist nur um sie und ihre – teilweise absurden – Pläne, weil sie einem dann gar nicht richtig zuhört. Und in ihren depressiven Phasen redet sie kaum und zieht sich ganz in sich zurück. Man gewöhnt sich daran, vor allem, wenn man damit aufwächst, deshalb erwarte ich eigentlich gar nicht mehr von meiner Mutter, dass sie Anteil an meinem Leben nimmt, bin eher darauf eingestellt, immer danach zu schauen, dass sie mit ihrem zurechtkommt – so als wäre sie das Kind und nicht ich.

Dass die Veränderung von Dauer ist, mag ich noch nicht

glauben – dafür war Mums Verhalten während der letzten Jahre einfach zu sprunghaft. Aber heute war ihre Ausgeglichenheit wirklich ein Segen, denn eigentlich reicht mir schon das Wechselbad der Gefühle, in dem ich selbst gerade stecke.

»Und wie war's bei deiner Mutter?«, erkundige ich mich bei Matteo, der mir immer noch beunruhigend nah ist, und stelle das Buch wieder zurück an seinen Platz. »Hat sie sich gefreut, dich zu sehen?«

Matteo lächelt. »Das hätte sie sicher, wenn sie da wäre. Aber sie musste ihren Kanada-Aufenthalt kurzfristig verlängern – hat irgendetwas mit der Firma ihres Mannes zu tun. Es dauert wohl noch, bis die beiden zurückkommen können, deshalb weiß ich gar nicht, ob wir uns diesmal überhaupt sehen werden. Hängt ganz davon ab, wie lange ich für die Expertise brauche.«

Diesmal?, denke ich und spüre, wie mein Herz schneller schlägt. »Bist du oft bei ihr?«

Matteo zuckt mit den Schultern. »Eher selten«, sagt er und lässt meine kurzfristige Hoffnung, dass er London häufiger besucht, wieder schwinden. »Aber sie kommt nach Rom, wenn sie kann.«

Ehrlich erstaunt sehe ich ihn an. »Sie kommt nach Rom? Ich wusste gar nicht, dass ihr euch so nahesteht. Ich dachte, du …«

Zu spät fällt mir ein, dass es vielleicht keine gute Idee ist, gerade jetzt das anzusprechen, was sicher ein Trauma für ihn gewesen sein muss.

Doch er lächelt nur über mein erschrockenes Gesicht. »Was dachtest du? Dass ich nicht mehr mit meiner Mutter rede, weil sie die Familie damals verlassen hat und zurück nach England gegangen ist?«

Ich spüre, wie mein Herz sich zusammenzieht. »Na ja, vielleicht nicht ganz so schlimm. Aber du musst doch wütend auf sie gewesen sein.«

Er löst sich von dem Regal, doch der Ausdruck in seinen Augen bleibt gelassen. »Oh, das war ich auch. Vor allem nach dem Tod meines Vaters. Damals stand meine Mutter kurz davor, Norman – ihren jetzigen Mann – zu heiraten. Sie hat mir angeboten, dass ich zu ihr hierher nach London ziehen kann, aber das wollte ich auf keinen Fall. Ich wollte überhaupt nichts mit ihr zu tun haben.« Ein reumütiges Lächeln spielt um seine Lippen. »Als Kind sieht man vieles nur aus der eigenen Perspektive. Aber sie war sehr geduldig mit mir, und irgendwann haben wir uns ausgesprochen. Inzwischen verstehe ich, warum sie damals gehen musste – und auch nicht zurückkommen konnte.« Er zuckt mit den Schultern. »Was nicht heißt, dass es zu der Zeit, als es passierte, eine besonders schöne Erfahrung war.«

Für einen kurzen Moment sehe ich etwas in seinen Augen aufblitzen – etwas, das ich nur zu gut kenne und das mich schon, als ich es zum ersten Mal sah, zu ihm hingezogen hat. Dieses Dunkle, Traurige hinter seinem Lächeln, das mich auch jetzt mitten ins Herz trifft. Deshalb wende ich abrupt den Kopf ab, weil ich schon wieder drohe, mich in seinem Blick zu verlieren.

Denn nicht alles, was ihm in seinem Leben widerfahren ist, hat er schon so gut verkraftet und für sich geklärt. Es gibt Dinge, über die er nicht sprechen will und an die man nicht rühren darf – der Tod seiner Frau zum Beispiel und der Unfall, der ihm diese Narbe eingetragen hat. Damit ist er offenbar noch nicht fertig, und so lange das so ist, haben weder ich noch irgendeine andere Frau eine Chance, wirklich an ihn heranzukommen.

Und deshalb ist die Wahrscheinlichkeit hoch, dass er mich wieder verlassen wird, erinnere ich mich. Sobald die Expertise erledigt ist, verschwindet er aus meinen Leben. Und das wird dann auch keine besonders schöne Erfahrung …

»Mr Bertani!«, ertönt plötzlich ein tiefer Bass hinter uns, und Lord Ashbury betritt die Bibliothek.

Er ist Ende fünfzig, so alt wie mein Vater, und hat braune, schon ziemlich ergraute Haare. Seine konservative Kleidung – brauner Anzug mit braun-weiß gestreiftem Hemd und beigefarbener Krawatte – passt perfekt zu den dunklen Holzmöbeln der Bibliothek.

Lächelnd kommt er auf Matteo zu, um ihn zu begrüßen, erinnert sich jedoch im letzten Moment an seine Manieren und gibt zuerst mir die Hand.

»Schön, dass Sie Mr Bertani herbringen konnten, Miss Conroy.«

Sein Lächeln, das gerade noch so strahlend war, hat jetzt nur noch die halbe Kraft, und ich spüre deutlich seine Zurückhaltung mir gegenüber, was mich hart schlucken lässt. Natürlich wusste ich, dass unser Verhältnis anders als bisher sein würde, aber das Misstrauen in seinen Augen zu sehen, belastet mich mehr, als ich dachte – zumal es sehr fraglich ist, ob sich der Vertrauensverlust tatsächlich wieder ausbügeln lässt. Wir haben ihn als Stammkunden vielleicht für immer verloren, selbst wenn uns der Nachweis gelingt, dass wir ihn nicht betrogen haben.

Ich kann gar nichts sagen, bin auf einmal befangen und froh darüber, dass Lord Ashbury sich Matteo zuwendet, den er sehr viel herzlicher begrüßt als mich.

»Ich freue mich sehr, dass wir uns endlich auch mal persönlich begegnen, Mr Bertani!«, sagt er und strahlt wieder. »Harriet erzählt immer so begeistert von Ihnen!«

Matteo runzelt die Stirn. »Sie kennen meine Mutter?«

Lord Ashbury nickt. »Wir engagieren uns beide für den National Trust«, erklärt er. »Ich habe mich daran erinnert, dass sie mir vor einiger Zeit erzählt hat, dass Enzo di Montagna Ihr Spezialgebiet ist, deshalb ist es mir sehr recht, wenn Sie diese Expertise übernehmen.«

Deswegen wollte er also unbedingt, dass Matteo die Untersuchung übernimmt, denke ich, ein bisschen erstaunt über diese persönliche Verbindung der beiden Männer. Für mich ist Matteo so sehr mit Rom und der südländischen Lebensart verknüpft, dass ich die Tatsache, dass er halber Engländer ist, meist komplett verdränge.

»Dann hoffe ich, dass ich den Erwartungen gerecht werden kann, die meine Mutter geweckt hat«, antwortet Matteo, doch sein selbstbewusstes Lächeln verrät, dass er da ganz sicher ist. »Dürfte ich das Gemälde mal sehen?«

»Selbstverständlich.« Lord Ashbury kann seine Aufregung jetzt nicht mehr verhehlen. »Ich habe extra den blauen Salon als Arbeitszimmer für Sie herrichten lasen, damit Sie es in Ruhe untersuchen können.« Er zögert kurz. »Es ist Ihnen doch recht, wenn Sie das hier machen? Ich würde mich einfach wohler fühlen, wenn alles unter meinem Dach stattfände und ich mich ständig über Ihr Vorankommen informieren könnte.«

»Natürlich«, versichert ihm Matteo, und ich schlucke beklommen, denn Lord Ashburys Misstrauen ist nur allzu offensichtlich – und gerechtfertigt, wenn ich ehrlich bin. Plötzlich kann ich mir sehr gut die Reaktionen der Kunden vorstellen, wenn der Verdacht, unter dem unser Auktionshaus gerade steht, öffentlich wird. Ich muss es Lord Ashbury hoch anrechnen, dass er bisher geschwiegen hat und bereit ist, die Expertise abzuwarten. Und das scheinen wir allein der Tatsache zu verdanken, dass er so große Stücke auf Matteo hält.

Lord Ashbury geht voraus zur Tür, und wir folgen ihm. Doch als er sie öffnet, steht eine hübsche blonde Frau davor, die offenbar gerade im Begriff war, die Bibliothek zu betreten. Es ist Ashburys Frau Rebecca, ich kenne sie von früheren Besuchen. Sie ist mit Ende zwanzig nur unwesentlich älter als ich, trägt perfekt sitzende Reitkleidung und ist eindeutig ziemlich schlecht gelaunt.

»Robert, Darling! Da bist du ja. Ich suche dich schon überall!«, sagt sie mit gereizter Stimme, schaltet jedoch sofort auf ein strahlendes Lächeln um, als sie sieht, dass ihr Mann nicht allein ist. Oder besser gesagt: als sie sieht, dass er in Begleitung eines extrem attraktiven Mannes ist. Dass ich auch dabei bin, beachtet sie gar nicht, sie hat nur Augen für Matteo.

»Becca!« Das plötzliche Auftauchen seiner Frau scheint Lord Ashbury zu erstaunen, offenbar hatte er nicht mit ihr gerechnet. »Wir haben Besuch«, erklärt er ihr dann und übernimmt die Vorstellung. »Sophie Conroy kennst du ja. Und das ist Matteo Bertani. Er ist der Sohn von Harriet Sanderson, ich habe dir von ihm erzählt, erinnerst du dich? Er soll den Enzo untersuchen.«

»Natürlich erinnere ich mich«, flötet die schöne Becca und reicht Matteo mit einem entzückten Augenaufschlag die Hand. Was mich nervt. Sehr sogar.

Bei den wenigen Gelegenheiten, bei denen wir uns bisher begegnet sind, hatten wir uns nicht viel zu sagen. Anders als ihr Mann interessiert sich Rebecca Ashbury nämlich nicht für Kunst und macht auch keinen Hehl daraus, wie unnötig sie es findet, Geld dafür auszugeben. Sie steckt es nämlich sehr viel lieber in Designerklamotten und die Extravagan-

47

zen, die ein Leben an der Seite eines sehr wohlhabenden Mannes bietet. Ich wette, sie hat den fast dreißig Jahre älteren Lord Ashbury auch nur deshalb geheiratet und nicht, weil er ihre große Liebe ist – was die Tatsache, dass sie so unverhohlen mit Matteo flirtet, zu bestätigen scheint.

Für mich hat sie dagegen nur ein sehr müdes Lächeln übrig, das ich ähnlich enthusiastisch erwidere.

»Ich wollte gerade ausreiten«, teilt sie uns fast bedauernd mit – offenbar findet sie jetzt, dass sie hier mehr Spaß hätte haben können. »Aber ich bin in einer Stunde wieder zurück – vielleicht möchten Sie dann noch etwas mit uns essen?« Die hoffnungsvolle Einladung ist eindeutig an Matteo gerichtet. »Ich würde mich wirklich freuen, wenn wir Zeit hätten, uns näher kennenzulernen.«

Das glaube ich sofort, denke ich und blicke unwillkürlich zu Lord Ashbury hinüber. Es muss ihn doch stören, dass seine Frau einem anderen Mann so offen schöne Augen macht. Doch das scheint er gar nicht wahrzunehmen, wahrscheinlich ist er das schon gewohnt.

Matteo erwidert Rebecca Ashburys Lächeln. »Das ist sehr freundlich, Lady Ashbury. Aber heute Abend habe ich schon etwas vor. Ein anderes Mal gerne«, sagt er, und ich spüre einen Knoten im Magen, der sich vermutlich als Eifersucht herausstellen würde, wenn ich ihn näher untersuche. Ein anderes Mal gern? Ist das sein Ernst? Und von was für einer Verabredung spricht er?

»Oh, wie schade.« Die blonde Rebecca ist eindeutig enttäuscht und macht wieder diese Sache mit den Wimpern. Als sie auch noch ihre Brust ein bisschen weiter rausstreckt, koche ich richtig, doch zum Glück scheint es jetzt selbst Lord Ashbury zu reichen.

»Entschuldige uns, Darling, aber ich möchte Mr Bertani

den Enzo zeigen.« Er küsst sie auf die Wange und bedeutet uns dann, ihm zu folgen.

Rebecca Ashbury begleitet uns noch bis in die Halle, wo sich unsere Wege trennen. Sichtlich widerstrebend verlässt sie das Haus – nicht ohne sich noch mal zu uns umzudrehen und Matteo anzulächeln –, während ihr Mann uns in den anderen Flügel des wirklich imposanten alten Gebäudes führt.

»Ich bin sehr froh, dass wir diese Sache jetzt klären können«, sagt Lord Ashbury zu Matteo. »Dass mir Joseph Conroy ein Bild zweifelhaften Ursprungs verkauft, kann ich nämlich immer noch nicht fassen.«

Der Seitenblick, den er mir zuwirft, spricht von seiner Enttäuschung, und das kann ich nicht auf uns sitzen lassen.

»Es wird sich sicher herausstellen, dass es ein Original von Enzo ist«, versichere ich ihm deshalb an Matteos Stelle. Ein Fehler, wie ich gleich darauf erkenne. Denn obwohl ihm seine britische Höflichkeit verbietet, eine scharfe Erwiderung darauf zu geben, scheint meine Einmischung Lord Ashbury gar nicht zu gefallen.

»Ich denke, wir sollten es Mr Bertani überlassen, das zu beurteilen, Miss Conroy«, sagt er, und ich verstumme, als ich die Feindseligkeit in seinem Blick sehe.

Ich wünschte, ich könnte mit mehr Überzeugung vorbringen, dass alles ein schrecklicher Irrtum sein muss. Aber im Grunde bin ich von dieser ganzen Sache genauso verunsichert wie Lord Ashbury, deshalb folge ich den beiden Männern den Rest des Weges schweigend.

Die Lindenburghs, in deren Auftrag wir das Bild vermittelt haben – reiche amerikanische Kunstsammler mit einem hervorragenden Leumund – sind normalerweise über jeden

49

Zweifel erhaben. Doch die Tatsache, dass sie bereit waren, das Bild schon im Vorfeld der geplanten Auktion an Lord Ashbury zu verkaufen, der großes Interesse daran hatte, spricht in dieser Situation eindeutig gegen sie. Und es lässt auch uns in einem schlechten Licht erscheinen, weil Dad den Deal gestattet und nicht abgewartet hat. Dabei wollte er nur einem unserer ältesten Stammkunden einen Gefallen tun. Aber nachdem der Verdacht, es könnte sich nicht um ein Original halten, nun im Raum steht, wirkt es natürlich so, als hätten wir das durch diesen schnellen Verkauf vertuschen wollen – und rein objektiv betrachtet kann ich diese Befürchtung sogar verstehen. Der Kunstmarkt wurde in den letzten Jahren immer wieder von Fälscherskandalen erschüttert, die das Misstrauen gegenüber unserer Branche erhöht und der Presse reichlich Futter gegeben haben. Deshalb muss solchen Anschuldigungen natürlich nachgegangen werden.

Normalerweise wäre ich sicher, dass eine solche Überprüfung gut für uns ausgeht. Aber sonst bin ich auch viel näher dran. Diese Sache ist jedoch passiert, während ich ihn Rom war, und ich weiß einfach zu wenig darüber. Ich kenne nicht mal das Bild, um das es geht, werde es – genau wie Matteo – gleich das erste Mal zu sehen bekommen.

Deshalb klopft mein Herz wild, als Lord Ashbury vor einer Tür stehen bleibt und sie öffnet. Er lässt uns den Vortritt in das Zimmer, einen kleinen Salon mit einer Sitzgruppe vor dem offenen Kamin auf der einen und einem breiten, antiken Schreibtisch auf der anderen.

Es ist ein hübsches Zimmer – wenn man mal davon absieht, dass auch hier die Möbel für meinen Geschmack ein bisschen zu dunkel und zu klotzig sind –, doch eigentlich habe ich nur Augen für das Gemälde, das auf einer Staffelei vor dem Schreibtisch steht.

»Da ist es«, sagt Lord Ashbury unnötigerweise, denn Matteo ist schon zielstrebig darauf zugegangen, und auch ich starre es an.

Es ist anders, als ich es erwartet hatte, denn es zeigt weder die heilige Familie – Enzos Lieblingsmotiv – noch eine andere Heiligenszene. Sondern zwei Männer, die in ein Gespräch vertieft sind. Sie haben sich einander zugewandt und lächeln sich an, reden über etwas, das der eine Mann in der Hand hält, das ich von hier aus jedoch nicht genau erkennen kann. Aber das ist auch gar nicht wichtig. Vielmehr beeindruckt die Art, wie die vertrauensvolle Stimmung zwischen den Männern eingefangen ist: Man kann in ihrem Lächeln lesen, wie zugetan sie einander sind, deshalb bräuchte ich den lateinischen Titel *Amici*, der kunstvoll auf eine Vignette im antiken Rahmen aufgemalt wurde, gar nicht, um zu wissen, dass hier zwei Freunde dargestellt sind.

Die Farben und die Strichführung sind auf jeden Fall typisch für Enzo, das ist also schon mal stimmig, denke ich, bevor ich meine Aufmerksamkeit mit neuer Hoffnung auf Matteo richte, der das Gemälde immer noch intensiv betrachtet.

»Und?«, fragt Lord Ashbury, der genauso angespannt ist wie ich. »Was denken Sie?«

Bitte lass ihn lächeln, wenn er sich zu uns umdreht, bete ich innerlich. Wenn er lächelt, ist alles in Ordnung. Dann ist das Bild von Enzo, und es wird alles gut. Bitte.

Doch als Matteo uns ansieht, ist sein Gesicht ernst und zwischen seinen Brauen steht diese Falte, die sich dort nur bildet, wenn ihm etwas ganz und gar nicht gefällt. Oder wenn er besorgt ist.

Oh, nein, denke ich und spüre, wie Verzweiflung meine Kehle zuschnürt. Bitte, bitte nicht.

4

»Es ist schwieriger, als ich dachte.« Matteos Augen sind auf mich gerichtet, und der Ausdruck darin ist entschuldigend. Er hasst es, dass er mir nichts anderes sagen kann, denke ich überrascht. Er hat sich das auch anders gewünscht. Was aber nichts an der Tatsache ändert, dass wir jetzt offensichtlich ein Problem haben.

»Heißt das, das Bild ist nicht von Enzo?«, erkundigt sich Lord Ashbury und spricht damit das aus, was ich befürchte. Doch Matteo schüttelt den Kopf.

»Das kann ich nicht auf den ersten Blick beurteilen. Es ist auf jeden Fall in seinem Stil gemalt. Mich wundert nur ...«

»Was?«, frage ich drängend.

»Das Motiv. Wenn es, wie in der Signatur ausgewiesen, aus dem Jahr 1515 stammt, dann wäre es in Enzos später Schaffensperiode entstanden, und das könnte passen, da er in dieser Zeit häufiger experimentiert hat. Aber dazu müsste ich erst einige Nachforschungen anstellen. Auf jeden Fall ist es ein sehr interessantes Bild. Wenn es sich um ein Original handelt, dann haben Sie einen exzellenten Kauf getätigt, Lord Ashbury. Das könnte sehr vieles ändern, was wir über Enzo zu wissen glaubten.«

Matteo lächelt den älteren Mann an, der stolz strahlt, weil er das »wenn« offenbar überhört hat. In meinem Kopf hallt es jedoch nach und lässt meine Hand leicht zittern, als ich mir das Haar hinter das Ohr streiche.

»Gibt es Unterlagen zu dem Bild?«, fragt Matteo.

Lord Ashbury nickt. »Ich habe Ihnen alles, was von Interesse sein könnte, dorthin gelegt«, erklärt er und deutet zum Schreibtisch. Matteo, der gar nicht weit davon entfernt steht, geht zu dem kleinen Stapel hinüber und blättert die oberste Mappe durch.

»Das forensische Gutachten, sehr gut«, murmelt er und legt sie wieder beiseite. Dass bereits nachgewiesen ist, dass Leinwand und Farben aus der fraglichen Zeit stammen, hatte ich ihm schon erzählt. Als er die nächsten beiden Mappen durchblättert, stutzt er jedoch und blickt fragend auf. »Mehr Herkunftsnachweise gibt es nicht?«

Mein Mut sinkt noch weiter. Das klingt alles gar nicht gut, und auch Lord Ashburys Miene verdüstert sich.

»Nein. Das ist alles, was man mir an Dokumenten vorgelegt hat. Und das Bild wird auch in keinem Werkverzeichnis geführt. Das hat meinen Freund Arnold ja stutzig werden lassen und deshalb hat er den Verdacht geäußert, dass es vielleicht gar nicht von Enzo stammt.« Als Matteo fragend die Brauen hebt, fügt er noch hinzu: »Arnold ist Kunsthistoriker an der University of Bristol.«

»Arnold Highcombe?«

»Genau.« Lord Ashbury sieht Matteo überrascht und erfreut an. »Kennen Sie ihn?«

»Flüchtig. Wir sind uns mal auf einem Kongress in Florenz begegnet«, bestätigt er lächelnd, lässt jedoch offen, ob diese Begegnung erfreulich war oder nicht. Da er seine Brauen jetzt jedoch leicht anhebt, tippe ich eher auf Letzteres.

Weiter geht er jedoch nicht darauf ein, sondern deutet wieder auf die Unterlagen. »Wenn das Bild so wenig dokumentiert ist, dann wundert es mich nicht, dass es in den Werkverzeichnissen nicht auftaucht. Aber das bedeutet nicht, dass es

53

sich nicht um einen Enzo handelt. Manchmal gehen Gemälde verloren, verschwinden für eine lange Zeit auf irgendwelchen Dachböden oder in Kellern und erstaunen dann die Fachwelt, wenn sie wieder auftauchen – das wissen Sie so gut wie ich«, sagt er. »Allerdings liegt noch ein gutes Stück Arbeit vor mir. Es ist nicht leicht, die Provenienz zu klären, wenn so viele Nachweise fehlen.« Er seufzt. »Ich denke, ich muss mir das erst einmal alles in Ruhe durchlesen, um mir einen Eindruck zu verschaffen.«

»Selbstverständlich. Nehmen Sie sich so viel Zeit, wie Sie brauchen.« Lord Ashbury scheint begeistert davon, dass Matteo gleich anfangen will. »Ich werde unsere Haushälterin bitten, Ihnen einen Tee zu bringen. Oder hätten Sie lieber etwas anderes?« Er sieht jetzt auch mich an, die Einladung schließt mich also mit ein.

»Gerne einen Tee«, sagt Matteo, und ich nicke zustimmend.

Sobald Lord Ashbury gegangen ist, blicke ich Matteo fragend an. »Wer ist dieser Arnold Highcombe?«

Matteo verdreht die Augen. »Ein schrecklicher Snob, der sich gerne reden hört. Es sieht ihm ähnlich, dass er solche Thesen über ein Bild eines Malers in die Welt setzt, von dem er überhaupt keine Ahnung hat.«

»Heißt das, die Anschuldigung ist haltlos?«, frage ich hoffnungsvoll, doch Matteo schüttelt den Kopf.

»Nein, leider nicht. Dieses Bild fordert Zweifel geradezu heraus. Es ist nicht nur lückenhaft dokumentiert, sondern hat dummerweise auch noch ein Motiv, das für Enzo absolut ungewöhnlich ist.« Er sieht mich ein bisschen vorwurfsvoll an. »Es hätte schon längst eine Expertise dazu angefertigt werden müssen.«

»Das wollte Dad vor dem Verkauf eigentlich nachholen«,

54

verteidige ich mich. »Deswegen war ich in Rom bei dir, erinnerst du dich?«

Unsere Blicke begegnen sich, und sofort sehe ich alles wieder vor mir, was in den letzten Wochen zwischen uns passiert ist, spüre, wie mein Mund ganz trocken wird, als ich an dem Schimmern in Matteos Augen erkenne, dass er gerade das Gleiche denkt.

»Als ob ich das vergessen könnte«, sagt er, und es schwingt etwas in seiner Stimme mit, das mir einen wohligen Schauer über den Rücken jagt.

Doch ich will mich nicht von den Erinnerungen überwältigen lassen, nicht gerade jetzt, wo es für unser Auktionshaus um alles geht, deshalb räuspere ich mich.

»Kann ich mir das auch mal ansehen?« Ich deute auf die Unterlagen, und Matteo gibt sie mir. Es sind tatsächlich nur wenige Blätter. Die letzten Besitzer des Bildes sind dort verzeichnet und durch beglaubigte Kopien von Kaufurkunden dokumentiert. Das nimmt jedoch nicht viel Platz in Anspruch, da es offenbar in den letzten hundert Jahren ausschließlich in amerikanischem Privatbesitz war. Außerdem gibt es noch einen Hinweis darauf, wie das Bild in die neue Welt kam, denn die Kopie eines Frachtbriefes belegt, dass es Anfang des 20. Jahrhunderts mit dem Schiff von England nach Amerika gelangte, wo es auf einer Auktion versteigert wurde. Und dann sind da noch zwei sehr alte Dokumente, die jedoch in einem altertümlichen Französisch verfasst sind und auf denen ich nur lesen kann, dass sie aus der letzten Dekade des 18. Jahrhunderts stammen. Die Behauptung, dass das Bild nur sehr lückenhaft dokumentiert ist, trifft es also ziemlich gut. Ich schlucke, als ich Matteo wieder ansehe.

»Wie stehen unsere Chancen, was denkst du?«

Er zuckt mit den Schultern. »Frag mich das in ein paar Tagen noch mal. Jetzt kann ich dazu noch gar nichts sagen.«

Es klopft an der Tür, und eine ältere Dame in einer ganz klassischen Hausangestellten-Uniform – einem dunklen Kleid mit einer weißen Schürze – erscheint mit einem Tablett, auf dem sie eine Porzellankanne und zwei Tassen balanciert.

Mein Gott, denke ich, gegen meinen Willen amüsiert – wenn ich Regisseur wäre, dann würde ich die nächste Jane Austen-Verfilmung definitiv in Ashbury Hall drehen – da kann die Requisite gleich zu Hause bleiben.

Sie stellt Matteos Tasse auf den Schreibtisch und reicht mir meine, weil ich am Schreibtisch lehne und sehr ernst das Bild betrachte, das uns solchen Ärger macht.

»Es kann durchaus von Enzo sein, Sophie«, sagt Matteo unvermittelt, als die Haushälterin wieder gegangen ist – offenbar ist es nicht schwer, meine Gedanken zu erraten.

»Und wie willst du das beweisen, wenn es fast nichts darüber gibt?«, frage ich fast vorwurfsvoll, weil mir gerade wirklich die Hoffnung fehlt.

»So, wie das in solchen Fällen immer gemacht wird«, erklärt er mir lächelnd. »Ich untersuche das Gemälde genau und vergleiche es mit anderen Werken von Enzo, und dann mache ich mich auf die Suche nach der Geschichte des Bildes. Wenn es Belege gibt, dann finde ich sie.«

Er klingt sehr sicher, und ich traue es ihm zu, deshalb lasse ich mich anstecken von seinem Lächeln, und erlaube mir, doch wieder Hoffnung zu schöpfen.

»Dann sag ich schnell Dad Bescheid.« Ich suche mein Handy aus meiner Tasche, und als ich damit zur Tür gehe, habe ich das Gefühl, dass ich Matteos Blicke im Rücken spüren kann. Doch als ich mich an der Tür noch mal umdrehe, hat er den Kopf gesenkt und liest konzentriert in den Unterlagen.

Draußen im Flur wähle ich Dads Handynummer. Er geht fast sofort dran, aber die Verbindung rauscht ein bisschen, offenbar sitzt er im Auto. In knappen Worten setze ich ihn über das in Kenntnis, was Matteo zu dem Enzo gesagt hat.

»Dann heißt es jetzt warten?«, fragt Dad, und ich spüre einen schmerzhaften Stich, weil er so angespannt klingt. »Ich hatte wirklich gehofft, dass dieses Damoklesschwert nicht mehr allzu lange über uns schwebt. Kannst du Signore Bertani nicht bitten, sich zu beeilen?«

»Ich bin sicher, er erledigt das, so schnell er kann«, erkläre ich. »Aber er muss es gründlich machen, Dad, sonst nützt es nichts. Und du weißt doch, das braucht einfach seine Zeit.«

Abrupt bleibe ich stehen, weil sich vor mir auf einmal die Eingangshalle öffnet. Ich habe gar nicht gemerkt, dass ich beim Telefonieren so weit den Flur hinuntergelaufen bin.

»Sag mal«, frage ich dann, weil es mir plötzlich wieder einfällt, »was ist eigentlich mit Mum los? Sie wirkte vorhin wie ausgewechselt. Ich glaube, so entspannt und zugänglich habe ich sie seit Jahren nicht mehr erlebt.«

Dad seufzt. »Ja, ihr Zustand hat sich wirklich verbessert, seit sie bei diesem Dr. Jenkins in Behandlung ist, den Nigel uns empfohlen hat. Ich habe keine Ahnung, was er anders macht als die vielen anderen, bei denen sie schon war, und ich kann dir auch nicht sagen, wie lange es anhält. Aber für den Moment ist es natürlich sehr positiv.«

Wieder seufzt er, diesmal wirklich tief, und ich verstehe seine Skepsis nur zu gut. Wir haben schon so viel ausprobiert, jede Art von Therapie. Doch eigentlich hilft das nur in ihren depressiven Phasen, die sie dann relativ gut im Griff hat. Wenn sie manisch ist, verweigert Mum allerdings immer wieder die Einnahme ihrer Medikamente, das ist wie eine fixe Idee von ihr. Auch Sitzungen bei Psychiatern bricht sie dann mit schöner Regelmäßigkeit einfach ab – sodass es in den letzten Jahren keinen nennenswerten Fortschritt in der Behandlung ihrer Krankheit gab. Aber die Hoffnung stirbt ja bekanntlich zuletzt.

»Es ist einen Versuch wert, oder?«, sage ich und wechsle das Handy an das andere Ohr. »Ich muss jetzt wieder zurück, Dad. Ich wollte dir nur kurz Bescheid geben.«

Ich will auflegen, doch Dad hält mich auf. »Sophie?«

»Ja?«

Er schweigt einen Moment. »Du hast doch nichts mit diesem Bertani, oder?«

»Dad!« Ich bin ehrlich erschrocken über diese direkte Frage, die so gar nicht seine Art ist. Ich habe ein sehr enges Verhältnis zu meinem Vater, aber über solche Dinge reden wir nie. Nicht mal über meine Beziehung zu Nigel hat er je ein Wort verloren – abgesehen von dem ein oder anderen lächelnd ausgesprochenen Hinweis, dass wir ein schönes Paar sind.

»Entschuldige, das geht mich natürlich nichts an.« Er räuspert sich, offensichtlich ist ihm dieses Thema unangenehm. Doch es brennt ihm genug auf der Seele, dass er noch etwas dazu sagen muss. »Er wirkte nur sehr vertraut mit dir, und ich könnte schon verstehen, wenn du ihn charmant findest. Aber diese ganze Situation ist wirklich schon verfahren genug für uns alle. Deshalb hoffe ich, dass du vernünftig bist.«

Ich schlucke mühsam. »Du kennst mich doch, Dad«, versichere ich ihm, um ihn zu beruhigen. Doch als ich es ausspreche, wird mir klar, dass das vielleicht gar nicht mehr stimmt. Ich bin nicht mehr die Sophie, die vor ein paar

Wochen nach Rom gefahren ist. Was dort passiert ist, hat mich verändert, und eigentlich weiß ich nicht mal, ob ich mich selbst noch kenne.

Meinem Vater scheint diese Aussage jedoch zu genügen, denn er lässt das Thema fallen.

»Musst du noch bleiben?«, fragt er. »Ich bin gerade ganz in der Nähe von Hampstead, ich könnte dich auch abholen, wenn du möchtest. Vielleicht ist es besser, wenn wir Signore Bertani das allein regeln lassen.«

Ich stutze über sein Angebot. Aber er hat recht, denke ich dann – es gibt keinen zwingenden Grund mehr für meine Anwesenheit. Was mich ein bisschen erschreckt. Irgendwie bin ich davon ausgegangen, dass ich die ganze Zeit bei Matteo sein würde. Aber nachdem ich ihn jetzt mit Lord Ashbury zusammengebracht habe, ist mein Part im Grunde erledigt. Matteo ist mit dem Auto da, und er kann sich melden, wenn es etwas Neues gibt.

Also geh, Sophie, fordere ich mich selbst auf. Geh und mach es dir nicht unnötig schwer.

Als ich gerade antworten will, hallen Schritte durch den großen Raum vor mir, und dann sehe ich, wie Rebecca Ashbury die Eingangshalle durchquert. Sie bemerkt mich nicht, läuft in ihrem Reitdress und mit fliegenden blonden Haaren zielstrebig über die Treppe nach oben in den ersten Stock. Wahrscheinlich will sie sich nach ihrem Ausritt frisch machen – für einen neuen Versuch, Matteo dazu zu bewegen, doch zum Dinner zu bleiben.

Ich schlucke schwer. »Das ist lieb von dir, Dad. Aber ... ich fände es sehr unhöflich, wenn ich jetzt einfach fahre. Immerhin tut Matteo uns einen großen Gefallen – das sollten wir nicht aufs Spiel setzen.«

»Natürlich«, erwidert mein Vater, und ich kann seiner

59

Stimme nicht anhören, wie er das findet. Ich ahne es nur.
»Dann bis später.«

»Ja«, sage ich und schließe die Augen, weil ich ihm – und mir – das Leben wirklich nicht schwer machen möchte. Aber ich kann nicht anders, ich muss noch bleiben. »Bis später.«

* * *

»So, da wären wir.« Matteo fährt den Alfa mit elegantem Schwung an den Straßenrand und hält direkt vor unserem Haus. Dann steigt er aus und geht um das Auto herum, hält mir galant die Tür auf.

»Danke fürs Bringen«, sage ich, als wir voreinander auf dem Bürgersteig stehen, und er nickt knapp, was wohl heißen soll, dass er das ziemlich selbstverständlich findet.

Womit endgültig der Zeitpunkt gekommen ist, an dem ich mich von ihm verabschieden und ins Haus gehen muss. Oder gehen sollte, denn ich zögere.

Matteo hat noch gut eine Stunde gebraucht, um die Papiere zu sichten und sich das Bild genauer anzusehen, und dann haben er und Lord Ashbury über das weitere Vorgehen gesprochen – in Anwesenheit von mir und Rebecca Ashbury, die es sich nach ihrer Rückkehr von ihrem Ausritt – natürlich – nicht hat nehmen lassen, ihrem Gast mit vollem Körpereinsatz zu verdeutlichen, dass er in Ashbury Hall *sehr* willkommen ist. Es wundert mich wirklich, dass ihr Mann dazu nichts gesagt hat, aber Lord Ashbury war tatsächlich nur an dem Gemälde interessiert und nicht an ihr. Vielleicht zeigt er sie nur einfach gerne vor, weil sie so jung und attraktiv ist, oder die beiden haben eine Art Übereinkunft, dass jeder sein eigenes Leben lebt – auf jeden Fall scheint es ihm egal zu sein, dass sie mit seinem Gast flirtet, was das Zeug

60

hält. Mich dagegen hat es massiv gestört, und ich musste mir heimlich eingestehen, wie erleichtert ich darüber war, dass Matteo ihre Dinner-Einladung erneut abgelehnt hat. Wobei mich die Begründung, dass er noch verabredet ist, nach wie vor irritiert.

»Mit wem triffst du dich eigentlich gleich noch?« Die Frage drängt aus mir heraus, obwohl ich sie ihm eigentlich nicht stellen wollte. Aber ich muss es einfach wissen.

»Mit jemandem von der Londoner University of Arts, den ich gut kenne«, klärt Matteo mich auf. »Vielleicht finde ich durch das Gespräch weitere Ansatzmöglichkeiten für die Recherche.«

Also beruflich, denke ich, ein bisschen erleichtert – aber noch nicht zufrieden.

»Ist es ein Mann oder eine Frau?«

»Ist das wichtig?« Als ich zu ihm aufsehe, spielt ein Lächeln um seine Lippen, und ich erinnere mich, dass ich ihm diese Frage gestellt habe, als es um Nigel ging.

Herausfordernd hebe ich die Brauen. »Ist es ein Geheimnis?«, frage ich zurück, doch er antwortet nicht, was mich ärgert. Genau wie die Tatsache, dass ich so wenig über ihn weiß. »Wieso hast du mir eigentlich nie erzählt, dass du so hervorragende Kontakte nach London hast? Ich dachte, du verlässt Rom nie.«

Matteo runzelt die Stirn. »Wer sagt das?«

Verunsichert blicke ich ihn an. »Na ja, es geht das Gerücht. Und wenn du nie fliegst ...«

Er schüttelt den Kopf. »Die Tatsache, dass ich nicht fliege, heißt doch nicht, dass ich deswegen nie aus Rom wegkomme. Außerdem muss man nicht immer persönlich irgendwo sein, um Kontakte zu pflegen.«

»Nein, natürlich nicht.« Plötzlich komme ich mir dumm

vor. Es geht dich nichts an, was er macht oder wen er kennt, Sophie, erinnere ich mich. Nicht mehr jedenfalls. Wie hatte Dad gesagt: Das ist alles auch so schon schwierig genug. »Dann viel Glück bei dem Gespräch. Ich hoffe, du bist erfolgreich.« Mein Lächeln fällt etwas bedrückt aus, aber es gelingt mir zumindest eins. »Einen schönen Abend noch.«

Ich drehe mich um und gehe die Treppe hinunter bis zu meiner Haustür, doch Matteo folgt mir und hält mich am Arm fest. Seine Augen schimmern in der anbrechenden Dämmerung wie flüssiges Gold, und ich werde magisch davon angezogen, wehre mich nicht, als er mich zu sich zieht. Und dann liegen seine Lippen auf meinen, und die Welt versinkt.

Ich habe nicht damit gerechnet, ihn jemals wieder zu küssen, aber sein vertrauter Geschmack ist so berauschend, dass ich instinktiv auf ihn reagiere. Wie von selbst schlinge ich die Arme um seinen Hals und schmiege mich an ihn, erwidere seinen Kuss, der für einen kurzen Augenblick verführerisch sanft, fast schon unsicher ist. Dann taucht er mit seiner Zunge in meinen Mund, erobert ihn mit einer drängenden Leidenschaft, der ich nichts entgegenzusetzen habe.

Oh Gott, ich will ihn. Jetzt. Hier. Jeder zusammenhängende Gedanke ist wie weggeblasen, es gibt nur noch ihn und seinen Kuss, seine Hände auf meinem Körper, die mich auf eine Weise entflammen, die ich quälend vermisst habe.

Doch dann ist es plötzlich vorbei, denn Matteo gibt mich wieder frei und schiebt mich ein Stück von sich weg, so als müsste er dringend Abstand zwischen uns bringen.

Schwer atmend und mit wild hämmerndem Herzen sehe ich ihn an, falle in sein Lächeln und muss mich zwingen, nicht die Hand zu heben, um dieses Grübchen auf seiner Wange zu berühren.

»Ein Mann«, sagt er, und nur seine kaum beherrschte

Stimme verrät, dass ihn unser Kuss auch nicht kaltgelassen hat. »Mein Freund von der Uni, mit dem ich mich treffe, ist ein Mann und heißt Stefano Gaeta. Und wenn ich jetzt nicht fahre, dann komme ich zu spät. Und da er wirklich wichtige Informationen haben könnte, sollte ich dieses Gespräch nicht verpassen.« Er lässt mich los, und ich glaube, einen bedauernden Ausdruck in seinen Augen zu sehen. Doch vielleicht täusche ich mich auch, meine Wahrnehmung ist nach diesem erschütternden Kuss ziemlich gestört. »*Buona notte*, Sophie.«

Wie in Trance sehe ich zu, wie er zurück zu seinem Auto geht und einsteigt, erwache erst aus meiner Erstarrung, als der Alfa längst um die nächste Ecke verschwunden ist.

Unbewusst berühre ich meine Lippen, da, wo ich seine noch spüre, und fühle zu meinem Entsetzen Tränen in meinen Augen brennen.

Weil ich ihn wieder küssen will, am liebsten jetzt, aber nicht mal weiß, wann ich ihn das nächste Mal sehe. Warum hat er das getan?, denke ich verzweifelt. Ich werde einfach nicht schlau aus ihm und kann ihm trotzdem nicht widerstehen.

Eine ziemlich fatale Kombination, denke ich und seufze tief, bevor ich mich umdrehe und mit schweren Schritten zurück in meine Wohnung gehe.

5

»Wusste ich doch, dass ich dich hier finde!« Die fröhliche Stimme reißt mich so abrupt aus meinen Gedanken, dass ich zusammenzucke und herumfahre. Doch dann lächle ich, als ich Sarah in meiner geöffneten Bürotür stehen sehe.

»Ab sofort bleibt diese Tür wieder zu, dann kannst du dich nicht so anschleichen und mich erschrecken«, schimpfe ich scherzhaft, aber sie lacht nur.

»Dann würdest du hier drin vermutlich ersticken«, erwidert sie, und damit hat sie leider völlig recht. Es ist heute schon den ganzen Tag unangenehm schwül draußen, die Vorboten eines heftigen Gewitters, das für heute Abend angesagt ist. Dann kühlt es sich zwar auch wieder ab, nur nützt mir das im Moment nichts, denn in den schlecht klimatisierten Büroräumen im Auktionshaus – einer der Nachteile unseres altehrwürdigen Firmensitzes – hat sich die Hitze zäh ausgebreitet. Im Hochsommer halte ich es nur mit einem Ventilator aus, aber den wollte ich Anfang Juni noch nicht rausholen, deshalb habe ich mir mit offenem Fenster und offener Tür beholfen.

Stickig ist es trotzdem, was Sarah hervorhebt, indem sie sich auf den Besucherstuhl vor meinem Schreibtisch fallen lässt und sich mit dem Umschlag, den sie in der Hand hält, demonstrativ Luft zufächelt.

»Wieso bist du überhaupt hier?«, fragt sie, fast ein bisschen vorwurfsvoll, was mich amüsiert die Stirn runzeln lässt. Denn eigentlich ist das doch wohl offensichtlich.

»Weil ich arbeiten muss, Sarah.« Ich deute auf die Papiere, die sich auf meinem Schreibtisch stapeln. »Ich ertrinke sogar drin, wenn man's genau nimmt.«

Sarah zieht die Brauen nach oben. »Und genau das verstehe ich nicht. Ich dachte, das wäre zweitrangig, weil du dich vor allem um euern Besuch aus Italien kümmern musst. Wo ist der edle Retter überhaupt?«

»Ob Matteo uns retten wird, steht noch überhaupt nicht fest«, stelle ich richtig. »Und was seinen Aufenthaltsort angeht: Er ist in Ashbury Hall und arbeitet weiter an der Expertise. Lord Ashbury besteht darauf, dass er es dort macht, damit er alles besser unter Kontrolle hat.«

»Okay«, sagt Sarah, ein bisschen genervt. »Und warum bist du dann nicht dort?«

»Weil ... durch meine lange Abwesenheit so viel Post und Papierkram aufgelaufen ist, dass ich das erst mal abarbeiten muss«, erkläre ich ihr, vielleicht ein bisschen zu hastig. Sie sieht nämlich leider nicht aus, als würde ihr das als Begründung reichen.

»Ich dachte, die Expertise wäre im Moment am wichtigsten. Und du willst mir doch jetzt nicht erzählen, dass du lieber hier in deinem stickigen Büro sitzt, als bei Matteo zu sein, oder?«

Mit einem tiefen Seufzen lasse ich mich in meinen Stuhl zurücksinken.

»Ganz ehrlich: Ich weiß es nicht. Ich weiß überhaupt nichts mehr.« Verzweifelt sehe ich sie an. »Das verwirrt mich alles so, Sarah. Matteo hat mir in Italien gesagt, dass er keine Pläne macht. Er hat gesagt, dass es ihm nichts ausmacht, wenn er mich nicht mehr sieht, und er war die ganze Fahrt über so distanziert zu mir, dass ich wirklich dachte, es ist vorbei. Und dann hat er mich vorgestern Abend geküsst und ...«

»Er hat dich geküsst?« Jetzt habe ich Sarahs volle Aufmerksamkeit. »Aber das ist doch super.«

»Nein, ist es nicht«, widerspreche ich ihr vehement. »Mein Leben steht gerade Kopf, Sarah. In jeder Hinsicht. Wir müssen diese Sache mit dem Enzo aus der Welt schaffen, ich muss mich um das Geschäft kümmern und um Mum und dazu noch sehen, dass alles weiterläuft. Ich kann nicht den ganzen Tag von einem Mann träumen, den ich nicht haben kann – ganz egal, wie sehr ich mir das vielleicht wünsche. Das geht nicht.«

Zu dieser Erkenntnis bin ich nach zwei fast schlaflosen Nächten gekommen, in denen ich an nichts anderes denken konnte als an Matteo und daran, wie sehr ich mich nach ihm sehne. So sehr sehne, dass es mir richtig wehtut. Aber ich muss einfach vernünftig sein.

Deshalb habe ich immer wieder gute Gründe gefunden, nicht zu ihm nach Ashbury Hall zu fahren. Und er scheint ja auch keine große Sehnsucht nach mir zu haben, denn er hat sich seit unserem Kuss vor zwei Tagen nicht mehr gemeldet, was mir – trotz meiner hehren Vorsätze – richtig wehtut.

Sarah hat jedoch offensichtlich keinerlei Verständnis für meine Lage, denn sie sieht mich an, als hätte ich komplett den Verstand verloren.

»Ist dir eigentlich schon mal der Gedanke gekommen, dass es Matteo ähnlich geht wie dir? Dass ihn seine Gefühle für dich auch verwirren? Ich weiß, er hat gesagt, dass er keine Beziehung will, nichts Langfristiges. Aber er ist deinetwegen verdammt weit gefahren – so etwas tut man nur, wenn einem jemand etwas bedeutet. Manchmal muss man Dinge eben ausprobieren, um herauszufinden, ob sie funktionieren.«

Ich schüttele den Kopf. »Das kann ich mir nicht leisten.«

»Das solltest du dir aber leisten, wenn du eine Chance haben willst, glücklich zu sein.« Sarah beugt sich vor und fixiert mich eindringlich. »Das, was du gerade empfindest, ist dir unheimlich, oder? Dann willkommen im Club, Sophie! Das geht anderen genauso, wenn sie sich verlieben. Ich musste Alex damals regelrecht zwingen, endlich zu seinen Gefühlen zu stehen.« Sie lächelt bei der Erinnerung, aber nur kurz. »Und es gibt keine Garantien, es kann sein, dass er dir am Ende wehtut – oder du ihm. Aber willst du dich wirklich dein ganzes Leben lang fragen müssen, ob was daraus geworden wäre, wenn du den Mut gehabt hättest, es zu versuchen?« Sie lehnt sich zurück. »Also los, gib dir einen Ruck und fahr zu ihm.«

Ihre Worte treffen mich, legen etwas in mir frei, das ich mir schon seit fast achtundvierzig Stunden vehement verbieten will. Und zum ersten Mal weicht die Angst ein bisschen, die mich seit dem Kuss umklammert gehalten hat. Aber nicht ganz. Und außerdem gibt es da noch ein Problem.

»Ich würde ja hinfahren, aber Nigel holt mich gleich ab. Er will heute Abend mit mir zu einer Vernissage.«

»War ja klar!« Sarah verdreht genervt die Augen.

Sie kennt Nigel, er ist ein guter Bekannter ihres Mannes. Es war sogar ihre Dinnerparty, auf der ich Nigel vor gut einem Jahr wiedergetroffen habe, nachdem Dad und ich ihn lange aus den Augen verloren hatten. Doch sie findet ihn, wie sie mir erst kürzlich gestanden hat, zu langweilig für mich – als Mann jedenfalls. »Aber das ist doch nicht wirklich ein Problem, oder? Das kannst du einfach absagen.« Ihr Blick fällt auf den Umschlag, den sie immer noch in der Hand hält. »Ach, bevor ich's vergesse – hier«, sagt sie und hält ihn mir hin.

»Was ist das?«

»Der Grund, warum ich gekommen bin. Das ist eine Einladung. Meine Schwägerin Grace ist zur ›Young Business Woman of the Year‹ gewählt worden, stell dir vor!«

»Oh, das freut mich für sie«, sage ich, für einen Moment abgelenkt. Ich mag Grace Huntington, und nach allem, was ich mitbekommen habe, verdient sie diese Auszeichnung definitiv. »Und sie lädt mich auch dazu ein?«

Sarah nickt grinsend. »Sie besteht sogar darauf. Der Preis wird ihr im Rahmen einer offiziellen Feierstunde im ›Savoy‹ überreicht, und sie will, dass du auch kommst. Du darfst natürlich auch gerne eine Begleitung mitbringen.« Sie zwinkert mir zu, und mir ist sofort klar, dass sie damit Matteo meint und nicht Nigel – was mich gegen meinen Willen lächeln lässt. Wirklich, sie kann unfassbar stur sein, wenn sie sich etwas in den Kopf gesetzt hat, und mich mit Matteo zusammenzubringen, scheint dazuzugehören.

Aber sie hat recht, denke ich, als sie wieder weg ist. Ich kann hier nicht mehr länger einfach nur rumsitzen und grübeln, das hat überhaupt keinen Zweck. Weil ich mir etwas vormache, wenn ich glaube, dass dieses ziehende Gefühl in meiner Brust weggeht, wenn ich es ignoriere. Ich muss zu Matteo, und zwar jetzt gleich – auch wenn meine Vernunft dagegen rebelliert.

Bevor ich es mir wieder anders überlegen kann, greife ich zum Telefonhörer und wähle Nigels Handynummer. Nervös trommle ich mit den Fingern auf die Schreibtischplatte, während ich darauf warte, dass er drangeht, und schicke gleichzeitig ein Stoßgebet zum Himmel, dass ich das, was ich da gerade tue, nicht bereuen werde.

✳ ✳ ✳

Mit klopfendem Herzen stehe ich eine Stunde später wieder vor dem beängstigend großen Portal von Ashbury Hall und hoffe darauf, dass der Butler mir bald öffnet. Es hat nämlich ganz plötzlich sehr heftig angefangen zu regnen, und der Wind ist merklich aufgefrischt – wahrscheinlich die ersten Vorboten des angekündigten Sturms. Die Böen sind teilweise so heftig, dass mein dünner Trenchcoat dagegen keinen Schutz bietet, und wenn ich hier noch lange stehen muss, dann bin ich gleich völlig durchnässt.

»Miss Conroy!«, ruft plötzlich jemand hinter mir, und als ich mich umdrehe, kommt mir Lord Ashbury über den Platz vor dem Haus entgegen, auf dem ich meinen roten Mini neben Matteos edlem Vintage-Cabrio geparkt habe. Er hat den Kragen seiner Jacke hochgeschlagen und seine Tweedmütze tief in die Stirn gezogen, um sich gegen den Regen zu schützen, der offenbar auch ihn überrascht hat. Mit langen Schritten erklimmt er die Eingangsstufen und steht neben mir.

»Was machen Sie denn hier?« Seiner Miene kann ich nicht entnehmen, wie er meinen unangekündigten Besuch findet, aber begeistert ist er nicht. Plötzlich bereue ich es, dass ich nicht vorher angerufen habe – aber dann hätte ich den Mut, überhaupt zu kommen, vielleicht gar nicht aufgebracht.

»Ich ... wollte mich erkundigen, wie es mit der Expertise vorangeht, und mich vergewissern, ob ich vielleicht irgendwie behilflich sein kann.« Ich dachte eigentlich, dass es eine sehr gute Erklärung für mein Kommen wäre, aber als ich es jetzt sage, klingt es irgendwie fadenscheinig. Zum Glück reißt jedoch eine erneute Windböe an unseren Kleidern und nimmt uns den Atem, deshalb schiebt Lord Ashbury mich erst mal durch die Tür, die der Butler in diesem Moment endlich öffnet, in das trockene Haus.

»Was für ein Wetter«, stöhnt er, als wir drinnen in der imposanten Halle stehen. »Ich war gerade draußen bei den Ställen, um nach dem Rechten zu sehen, und unser Stallmeister meinte, da braut sich ein handfester Sturm zusammen!«

Das hat Nigel auch zu mir gesagt, als ich ihm am Telefon erklärt habe, dass mir im Moment einfach die Ruhe fehlt, um eine Ausstellungseröffnung zu genießen, und ich lieber noch mal nach Ashbury Hall fahren will, um zu sehen, wie weit Matteo ist. Nigel meinte, das Haus sei durch seine Alleinlage viel zu exponiert, und ich müsste mich beeilen, damit ich vor dem Sturm zurück bin. Ich dachte, das wäre nur vorgeschoben, damit ich nicht so lange bleibe. Dabei hätte ich wissen müssen, dass er auch bei solchen Aussagen sehr verlässlich ist.

»Ist meine Frau schon wieder da, Mallory?«, erkundigt sich Lord Ashbury sichtlich besorgt bei dem Butler, während er ihm seinen Mantel reicht – und meinen gleich auch noch, der vollkommen durchnässt ist.

»Nein, Sir. Aber sie hat vorhin angerufen. Sie ist bereits auf dem Rückweg.«

»Gut. Dann sagen Sie mir Bescheid, sobald sie hier eintrifft. Und Elderwood soll nach dem Notstromaggregat sehen, nur für den Fall. Sie wissen ja, wie wenig meine Frau es leiden kann, wenn wir hier im Dunkeln sitzen.« Er zuckt entschuldigend mit den Schultern, als er meinen überraschten Blick auffängt. »Die Elektrik ist sehr anfällig, vor allem bei Gewitter«, fügt er erklärend hinzu, während der Butler sich auf den Weg macht, um die Anweisungen seines Arbeitgebers zu erfüllen.

Na, großartig, Sophie, denke ich mit einem Anflug von Verzweiflung, und schaue Lord Ashbury unsicher an, der nicht recht zu wissen scheint, was er jetzt mit mir anfangen soll. Da reißt du dich zwei Tage lang bei schönstem Sommerwetter zusammen, und dann suchst du dir ausgerechnet diesen stürmischen Abend aus, um doch noch herzukommen – wenn du unvernünftig bist, dann aber auch richtig.

»Ich schätze, ich komme gerade sehr ungelegen«, sage ich peinlich berührt. »Ich werde besser wieder fahren.«

»Nein, auf keinen Fall«, widerspricht mir Lord Ashbury, und seine Stimme klingt ernst. »Bei starkem Regen schwillt der Bach an und überflutet die Straße. Außerdem könnte der Wind Bäume entwurzeln. Warten Sie lieber erst das Schlimmste ab, bevor Sie sich wieder ins Auto setzen.«

Schweigend stehen wir für einen Moment voreinander, dann gibt er sich ganz klar einen Ruck. »Na, kommen Sie, ich bringe Sie zu Mr Bertani. Er arbeitet noch im blauen Salon, und wenn Sie schon mal da sind, können Sie ihn auch nach seinen Ergebnissen fragen.«

Er führt mich den Weg, den ich auch allein gefunden hätte, doch als wir die Tür fast erreicht haben, klingelt sein Handy. Besorgt blickt er auf das Display und geht dann sofort dran.

»Becca? Wo bist du, Darling? Was? Nein, bleib da. Ich komme sofort mit Elderwood.« Er legt wieder auf und macht schon zwei Schritte zurück in Richtung Eingangshalle, bevor ihm wieder einfällt, dass ich da bin.

»Beccas Wagen hat sich in der Bankette festgefahren. Ich muss mich darum kümmern«, sagt er und deutet vage auf die Tür. »Sie wissen ja Bescheid.« Dann geht er eilig und lässt mich allein.

Unsicher hole ich noch einmal tief Luft, bevor ich anklopfe. Doch drinnen bleibt alles still, also öffne ich die Tür vorsichtig und blicke ins Zimmer.

Es ist zwar erst kurz vor sechs, doch der heraufziehende Sturm hat den Himmel draußen verdunkelt, deshalb brennt die altmodische Lampe mit dem grünen Glasschirm, die auf dem Schreibtisch steht, und ihr Licht wirft lange Schatten.

Matteo sitzt am Schreibtisch vor seinem Laptop, und um ihn herum stapeln sich auf der Arbeitsplatte jetzt jede Menge Unterlagen – Bücher, Mappen und einzelne Papiere. Es ist ein richtiger Wust, und er scheint schon einige Zeit damit zu verbringen, sich durch dieses Chaos zu kämpfen, denn sein Jackett hängt hinter ihm über der Stuhllehne und die Ärmel seines Hemdes sind hochgekrempelt. Den Kopf auf den Arm gestützt und die Hand in sein dunkelblondes Haar geschoben, wodurch es ein bisschen zerzaust ist, hat er gerade konzentriert in einem der Bücher gelesen. Jetzt jedoch blickt er hoch, und als er erkennt, dass ich es bin, die in der Tür steht, lässt er die Hand sinken und richtet sich auf.

»Sophie.«

Die Art, wie er meinen Namen sagt, bringt etwas in mir zum Schmelzen, und ich löse mich fast automatisch von der Tür und gehe durch den Raum auf ihn zu. Meine Knie sind ganz weich, als ich schließlich vor dem Schreibtisch stehen bleibe, und ich muss mich daran erinnern, das Atmen nicht zu vergessen, als er leicht lächelt.

»Ich dachte schon, du hättest mich vergessen«, sagt er, wenn auch nicht so herausfordernd wie sonst. Er klingt eher so, als hätte er das tatsächlich angenommen. Das glaubt er doch nicht im Ernst, oder?

»Wohl kaum«, antworte ich. »Eigentlich ... wollte ich mich nur erkundigen, ob du schon etwas herausgefunden hast.«

»Ja, habe ich.« Er seufzt tief. »Nur leider noch nicht genug.«

Jetzt, von nahem, erkenne ich die leichten Schatten unter seinen Augen. Er hat offenbar in den letzten zwei Tagen nicht viel geschlafen.

»Kann ich irgendwie helfen?«, erkundige ich mich und sehe ihn zerknirscht an, ärgere mich über mich selbst. Ich hätte viel eher kommen und ihm meine Unterstützung anbieten müssen. Schließlich ist er – ganz abgesehen von der Sache zwischen uns – vor allem hier, um uns aus einer ziemlich brenzligen Situation zu retten. Und damit gibt er sich, wenn ich das Chaos auf dem Schreibtisch richtig deute, offenbar große Mühe.

»Ja, du könntest dir zum Beispiel das hier ansehen und mir sagen, ob ich das richtig deute, dass sich dieser Eintrag auf unser Bild bezieht.« Matteo reicht mir die Kopie eines Registers, offenbar eine alte, handschriftlich verfasste Inventurliste eines englischen Kunsthändlers namens James William Jeffreys von 1809. Die Tinte ist verblasst und die Kopie schlecht, aber an zweiter Stelle ist tatsächlich – soweit ich das erkennen kann – Enzo di Montagna als Maler aufgeführt und der Titel des Bildes lautet ...

»*Amici*«, sage ich halblaut und blicke staunend auf. »Wo hast du diese Liste her?«

»Aus einem Archiv in Brighton. Ich konnte gestern die Besitzer des Bildes bis Anfang des 19. Jahrhunderts zurückverfolgen. Das war gar nicht so schwierig, denn dazu gab es einige Anhaltspunkte, und ich habe mir die entsprechenden Unterlagen beschafft«, erklärt er mir. »Und mit diesem Eintrag hätten wir den Beleg, wann es nach England eingeführt wurde und von wo – dieser Jeffreys scheint es auf einer Auktion in Paris gekauft zu haben.«

Er seufzt und steht auf, geht zu dem Gemälde hinüber, das noch auf der Staffelei steht. »Aber viel wichtiger wären frühere Belege, die das Bild eindeutig Enzo zuordnen, und da bin ich noch überhaupt nicht weitergekommen.«

Ich starre immer noch auf die Kopie der Inventurliste in meiner Hand und beginne erst langsam zu fassen, was Matteo in der kurzen Zeit schon alles geleistet hat. Das hätte ich niemals für möglich gehalten, nicht in zwei Tagen – und von einem Schreibtisch in Hampstead aus. »Wie bist du so schnell an diese ganzen Unterlagen gekommen?« Ich dachte, das wäre alles viel schwieriger.

»Ich habe sie mir von Kollegen schicken lassen.«

»Und das ging so schnell?« Normalerweise arbeiten die Mühlen der Wissenschaft deutlich langsamer.

»Ein paar schuldeten mir noch einen Gefallen«, antwortet er geistesabwesend, weil er immer noch in die Betrachtung des Gemäldes vertieft ist.

»Und die ... löst du für uns ein?« Mir wird auf einmal klar, welche Dimension diese Recherche hat. Und dass Matteo das nur so zügig bewältigt hat, weil er gerade sämtliche Beziehungen spielen lässt, die er hat. Was den Rahmen einer normalen Expertise definitiv komplett sprengt. »Aber das geht nicht. Das musst du nicht. Dann ... dauert es eben länger.«

Matteo wendet sich zu mir um und sieht mich an. »Ich glaube nicht, dass das ›Conroy's‹ sich eine solche Verzögerung leisten kann.«

Nein, denke ich, da hat er natürlich recht. Je schneller dieser Verdacht aus der Welt ist, desto besser. Trotzdem geht es nicht.

»Dass du dich so einsetzt, können wir aber nicht von dir erwarten.«

Mit einem Lächeln auf dem Gesicht kommt Matteo auf mich zu, bleibt dicht vor mir stehen.

»Ich tue das ja auch nicht für euch.« Er hebt die Hand und streicht mir eine Strähne meiner schwarzen Haare hinter das Ohr, streift, als er sie zurückzieht, sanft meine Wange. »Ich tue das für dich.«

6

Atemlos starre ich ihn an und spüre, wie sich Verlangen heiß in meinem Körper ausbreitet und ich ihm entgegenstrebe. Ich kann das nicht aufhalten, und ich will es auch nicht mehr. Er kann als Gegenleistung verlangen, was er will, und ich werde bezahlen – mit Freuden sogar ...

Ein greller Blitz erhellt plötzlich das Zimmer, gefolgt von einem ohrenbetäubenden Donner direkt über dem Haus, der mich heftig zusammenzucken lässt. Das entfernte Grollen des Gewitters hatte ich die ganze Zeit über schon wahrgenommen, doch jetzt erst sehe ich, dass die Wolken am Himmel bedrohlich schwarz geworden sind. Die Schreibtischlampe, die gerade noch brannte, flackert auf einmal und erlischt einen Augenblick später ganz, lässt Matteo und mich in Dunkelheit zurück.

Unsicher taste ich nach ihm, finde seine breite Brust, spüre, wie er die Arme um mich legt und mich an sich zieht. Zitternd atme ich seinen vertrauten Duft ein, fühle seine Hände auf meinem Rücken, meinem Po.

»Das sollten wir nicht tun, Sophie!«, sagt er heiser an meinem Ohr, doch ich höre ihm gar nicht zu, weil sein Mund meine Wange streift und mich am Denken hindert. Und dann, endlich, fühle ich seine Lippen auf meinen, öffne sie ihm willig und vergesse alles um mich herum.

Es ist jedoch nur ein kurzer Moment des Glücks, denn in der nächsten Sekunde wird hinter uns die Tür aufgerissen, und das Licht einer Taschenlampe fällt ins Zimmer. Abrupt lässt Matteo mich wieder los und tritt einen Schritt zurück, sodass wir, als uns der Schein von Lord Ashburys Taschenlampe trifft, weit genug auseinander stehen, dass niemand auf die Idee kommen würde, wir hätten uns gerade geküsst. Und in dem schlechten Licht kann vermutlich auch niemand sehen, wie heiß meine Wangen brennen.

»Es hat leider die Oberleitung erwischt, wie so oft bei Sturm«, erklärt Lord Ashbury und kommt näher. »Das kennen wir schon, aber ich denke, das Notstromaggregat springt gleich an, und dann – ah, sehen Sie, es werde Licht«, sagt er zufrieden, als in diesem Moment die Schreibtischlampe wieder flackert und dann anbleibt. In ihrem Schein mustert Lord Ashbury uns mit gerunzelter Stirn.

»Was ist denn mit Ihrer Frau?«, erkundige ich mich, weil mir die Situation ziemlich unangenehm ist. »Geht es ihr gut?«

»Ja, alles in Ordnung. Sie konnte das Auto doch selbst wieder freikriegen und herfahren.« Er stößt die Luft aus und blickt durch die Fenster nach draußen. »Aber jetzt wird es wirklich ungemütlich da draußen, und das scheint auch noch eine ganze Weile anzuhalten. Deshalb wollte ich Ihnen beiden anbieten, hier zu übernachten. Ich denke wirklich, dass es sicherer für Sie ist.«

Wie um seine Worte zu unterstreichen erhellt noch ein Blitz das Zimmer, gefolgt von einem Donnerschlag, der mich schon wieder zusammenzucken lässt, weil er so laut ist.

»Das Angebot sollten wir wohl besser annehmen«, erklärt Matteo auch in meinem Namen. Er weicht meinem Blick jedoch aus und gibt sich betont unbeteiligt, was mich ein bisschen kränkt.

Aber ich habe keine Gelegenheit, das mit ihm zu besprechen, weil Lord Ashbury sich erst ausgiebig nach dem Stand von Matteos Nachforschungen erkundigt und uns dann mitnimmt ins Speisezimmer, wo gleich das Essen serviert werden soll. Es ist ein großer Raum – kleine scheint es in diesem Haus gar nicht zu geben –, der von einem langen Tisch beherrscht wird. Die hochlehnigen, mit aufwändigen Schnitzereien verzierten Stühle lassen ihn ein bisschen wie eine Rittertafel wirken, was in diesem Herrenhaus-Ambiente irgendwie ganz stimmig ist, und die opulenten Gemälde an den Wänden, die fast ausschließlich Jagdszenen aus verschiedenen Epochen zeigen und Lord Ashburys Kunstleidenschaft schön dokumentieren, runden den altmodischen Eindruck ab. Das Einzige, was in dem Zimmer tatsächlich recht krass aus dem Rahmen fällt, ist Rebecca Ashbury, die bereits auf uns wartet.

Sie hat sich beim Umziehen nämlich richtig in Schale geworfen, trägt jetzt ein enganliegendes grasgrünes Taftkleid, das ihre blonden Haare leuchten lässt und ihre grünen Augen betont. Sie weiß sich definitiv in Szene zu setzen, denke ich und bin schon wieder wütend auf sie. Aber das beruht auf Gegenseitigkeit, denn sie ist auch alles andere als begeistert, als sie mich vor Matteo den Raum betreten sieht.

»Miss Conroy! Robert hat gar nicht erwähnt, dass Sie ebenfalls hier sind«, sagt sie und wirft ihrem Mann einen vorwurfsvollen Blick zu, der sich für seine Nachlässigkeit prompt entschuldigt. »Bleiben Sie auch über Nacht?« Das scheint ihr gar nicht zu gefallen, doch da es nicht zu ändern ist, arrangiert sie sich schnell damit, indem sie mich einfach konsequent ignoriert.

Und zu meinem großen Leidwesen tut Matteo das auch. Er ignoriert mich. Komplett. Er sitzt zwar neben mir am Tisch, als die Haushälterin, die Lord Ashbury mit Mary anspricht, zusammen mit einer jüngeren Hausangestellten wenig später das Essen serviert, doch er redet eigentlich die ganze Zeit nur mit Lord Ashbury – oder flirtet mit der schönen Becca, die erneut nur Augen für ihn hat. Mich dagegen beachtet er kaum, bindet mich eigentlich nur in das Gespräch mit ein, um mich höflich zu fragen, ob ich noch etwas Brot zu meiner Suppe möchte, die es als Vorspeise gibt, oder ob ich meine Kartoffeln beim Hauptgang noch etwas nachsalzen will.

Und dabei waren wir uns vorhin ziemlich nah, denke ich und stochere frustriert in dem Hirschgulasch herum, das bestimmt köstlich schmeckt, das ich aber nicht herunterkriege, weil meine Kehle so eng ist. Was hat Matteo vorhin gesagt – dass wir das nicht tun sollten? Aber wieso küsst er mich, wenn er das gar nicht will? Und warum flirtet er jetzt mit dieser schrecklichen Rebecca und hat für mich nur noch ein paar höfliche Worte übrig? Ich verstehe das einfach nicht, und ich würde nur zu gerne gehen. Doch der Sturm tobt immer noch über dem Haus und scheint in seiner Intensität eher zu- als abzunehmen. Deshalb bleibt mir nichts anderes übrig, als weiter dem Gespräch zuzuhören und mir anzusehen, wie Rebecca Ashbury an jedem Wort von Matteo hängt. Sie stellt ihm tausend Fragen, über seine Mutter, die sie anscheinend auch kennt, über den internationalen Baukonzern seines Stiefvaters, das Design-Unternehmen seiner Familie und über die Stiftung, die er gegründet hat und die junge Künstler in ganz Europa fördert.

Ich versuche, die unangenehme Situation auszublenden und mich nur auf das Dessert – einen leckeren Trifle – zu konzentrieren, aber diese Frage von Rebecca Ashbury dringt doch zu mir durch: »Harriet sagte, Sie hätten vor, die Aktivitäten Ihrer Stiftung in London noch weiter auszubauen – ist das wahr?«

Überrascht schaue ich auf und sehe Matteo an. Heißt das ...?

»Ja, wir denken darüber nach«, bestätigt er. »Abgesehen vom Hauptsitz in Rom haben wir im letzten Jahr auch noch Büros in Berlin, Paris und Madrid gegründet, um unsere internationale Arbeit besser koordinieren zu können. London fehlt da noch, deshalb planen wir, hier ebenfalls eins zu eröffnen.«

»Dann sind Sie demnächst ja vielleicht öfter in London.« Rebecca Ashbury kann ihre Begeisterung darüber kaum verhehlen.

»Möglicherweise«, erwidert Matteo und blickt jetzt doch kurz zu mir. Es reicht nicht, um den Ausdruck in seinen Augen zu deuten, aber schon, um meinen Herzschlag zu beschleunigen.

Plötzlich ist mir das alles zu viel, und ich wünschte, das Essen wäre zu Ende, weil ich es langsam einfach nicht mehr ertrage. Ich habe es satt, Matteo beim Flirten zuzusehen und mich wie das fünfte Rad am Wagen zu fühlen – und als hätte das da oben jemand gehört, ertönt ein extrem lautes Krachen – viel lauter als die bisherigen Donner, und alle Lampen erlöschen schlagartig, sodass der fünfarmige Kerzenleuchter, der auf dem Tisch steht, auf einmal die einzige Lichtquelle im Raum ist.

»Der Strom kommt gleich wieder, keine Sorge«, erklärt Rebecca Ashbury. Doch der Lärm war offenbar auch ihr unheimlich, denn sie klingt nicht so selbstsicher wie sonst. Und es passiert auch nichts, die Lampen bleiben aus.

»Herrje, warum geht das Licht nicht wieder an?«, fragt sie Minuten später, und in ihrer Stimme schwingt neben Verärgerung jetzt auch ein Anflug von Panik mit. Wie herbeigerufen erscheinen in diesem Moment jedoch der Butler

Mallory, gefolgt von Mary und der jüngeren Frau. Sie alle tragen diese altmodischen Kerzenständer mit Griff in der Hand und entzünden auch noch die beiden Leuchter auf der Anrichte, sodass es im Raum deutlich heller wird.

»Es tut mir leid, Sir, aber es sieht so aus, als hätte der Blitz in die Hauptleitung eingeschlagen, und der Kurzschluss könnte auch das Notstromaggregat in Mitleidenschaft gezogen haben«, berichtet Mallory, für seine Verhältnisse ziemlich aufgeregt. »Elderwood wird sich darum kümmern – wenn da überhaupt noch etwas zu machen ist.«

»Hm«, brummt der Lord, offenbar für einen Moment überfordert mit der Situation. Dafür reagiert Matteo und erhebt sich.

»Dann bringen Sie am besten noch mehr Kerzenleuchter her«, bittet er die Frauen, die sich sofort wieder auf den Weg machen, und geht selbst zum Kamin, der jetzt, im Sommer, natürlich nicht an ist. In einem dekorativen Flechtkorb daneben liegen aber einige trockene Holzscheite, die er zusammen mit Zeitungspapier im Rost aufschichtet. Geschickt überprüft er den Abzug – offenbar weiß er genau, was er da tut –, dann zündet er die Scheite mithilfe des Papiers und einer Kerze an, sodass innerhalb weniger Minuten ein flackerndes Feuer zusätzliches Licht spendet.

»Feuern Sie auch in den Schlafzimmern und den Gästezimmern die Kamine an«, weist Lord Ashbury die Haushälterin an, die mit weiteren einzelnen Kerzenständern zurückgekehrt ist, und schickt sie wieder los. Er scheint aus seiner vorübergehenden Lethargie erwacht zu sein. »Und ich werde mal nachsehen, wie Elderwood vorankommt.«

Als ihm einfällt, dass es vielleicht ein bisschen unhöflich ist, seine Gäste allein zu lassen, deutet er auf die Sessel vor dem Kamin. »Machen Sie es sich doch solange hier bequem.«

»Ich würde lieber auf mein Zimmer gehen, wenn das möglich ist«, erkläre ich, weil ich absolut keine Lust mehr darauf habe, noch weiter als Statistin dem Gespräch von Rebecca Ashbury und Matteo zu lauschen. Und zu meiner Überraschung stimmt Matteo zu.

»Ja, mir wäre das auch recht«, sagt er. »Der Tag war lang, und ich habe morgen noch viel vor.«

»Natürlich.« Lord Ashbury nickt und scheint sogar erleichtert, dass er sich nicht länger um uns kümmern muss, sondern sich dem Problem mit dem Strom widmen kann. »Becca, zeigst du unseren Gästen, wo sie schlafen können?«

»Gern«, versichert Rebecca Ashbury ihrem Mann und scheint es gar nicht zu bedauern, dass sie nicht länger mit Matteo reden kann. Was mich wundert. Doch als ich eine Viertelstunde später mit einem dieser kleinen Handkerzenleuchter ausgestattet in dem Gästezimmer stehe, das die Hausherrin mir zugedacht hat, verstehe ich warum.

An dem Zimmer selbst ist nichts auszusetzen, es ist ein ganz normales Gästezimmer mit den gleichen dunklen Möbeln wie überall im Haus, und da Mary gerade damit beschäftigt ist, das Feuer im Kamin anzuzünden, wird es wohl gleich auch ganz heimelig sein. Doch dieser Raum liegt am Ende des Westflügels, so richtig weit weg von allem, während Matteo ein Zimmer im Ostflügel bekommen soll – auf der anderen Seite des Hauses, in dem Trakt, in dem sich auch Rebecca Ashburys eigenes Schlafzimmer befindet. Wenn ich das richtig verstanden habe, teilt sie es sich nicht mit ihrem Mann, also kann sie sich bequem noch mit Matteo treffen – während ich im wahrsten Sinne des Wortes aus dem Weg bin. Ein Gedanke, der mich massiv stört, obwohl ich versuche, das vor mir selbst zu leugnen.

»Es tut mir leid, aber im Moment sind das die einzig

82

bewohnbaren Gästezimmer«, versichert sie mir mit einem zuckersüßen Lächeln, das ihre Augen nicht erreicht. »Ich lasse Ihnen von Mary nachher noch etwas zu trinken bringen. Das Bad ist da vorn, und ansonsten sollte eigentlich alles da sein, was Sie brauchen. Sie können natürlich auch jederzeit nach jemandem vom Personal klingeln – wir haben diese alten mechanischen Züge, die auch bei Stromausfall funktionieren. Aber in Anbetracht der momentan sehr angespannten Situation hoffe ich, dass Sie davon nicht zu viel Gebrauch machen müssen.«

Eine klare Warnung, ihre Angestellten gefälligst nicht wegen jeder Kleinigkeit rumzuscheuchen, sondern mich lieber möglichst still zu verhalten. Oder mich vielleicht am besten gleich ganz in Luft aufzulösen. Tatsächlich frage ich mich, warum sie sich überhaupt die Mühe gemacht hat, mich persönlich zu meinem Zimmer zu bringen. Man hätte fast erwarten können, dass sie sich direkt mit Matteo zurückzieht und mich meinem Schicksal überlässt.

»Natürlich nicht«, versichere ich ihr mit zusammengepressten Lippen und möchte sie würgen, was leider nicht geht. Ich kann überhaupt nichts tun und muss es einfach ertragen, dass sie mit Matteo und Mary, die mit dem Kamin fertig ist, über den Flur irgendwohin verschwindet und mich allein mit meiner Kerze und dem brennenden Kamin zurücklässt.

Danke für die Gastfreundschaft, denke ich, während ich ihnen nachblicke und darauf hoffe, dass Matteo sich noch einmal umdreht. Doch das tut er nicht.

Verdammt, denke ich, und schließe die Tür für meine Verhältnisse ziemlich heftig. Sie knallt zwar nicht – dafür ist sie zu dick und ich nicht stark genug, aber von mir aus hätte sie das ruhig tun können, weil ich so eine Wut im Bauch habe.

Warum habe ich auf Sarah gehört und bin hergekommen? Das war ein verdammter Fehler.

Mit einem Seufzen setze ich mich aufs Bett und starre in die Flammen, verfluche den Sturm, der immer noch vor dem Fenster heult und mich zwingt hierzubleiben. Erst dann erinnere ich mich daran, dass ich das auch noch meinen Eltern mitteilen sollte, damit sie sich nicht unnötig Gedanken machen.

Als ich das Handy herauskrame, sehe ich auf dem Display, dass Nigel mich angerufen hat, und überlege kurz, ihn zurückzurufen. Doch stattdessen wähle ich lieber die Nummer meiner Eltern.

»Sophie, Darling, ist dir was passiert? Das ist ja so ein schrecklicher Sturm draußen.« Mum klingt sehr besorgt, doch ich kann sie beruhigen. Als sie hört, wo ich bin und mit wem, freut sie sich sogar richtig. »Wenn Signore Bertani bei dir ist, dann ist ja alles gut«, findet sie, und ich würde ihr gerne mitteilen, dass sie da komplett falschliegt. Doch ich beiße die Zähne zusammen und mache das lieber mit mir selbst aus.

»Wir sehen uns morgen, Mum«, sage ich und lege auf.

Weil es sonst nichts weiter zu tun gibt, nehme ich mir ein Eisen aus dem Kaminbesteck und stochere ein bisschen im Feuer herum, um die Scheite richtig zum Brennen zu kriegen. Dummerweise ist das nach wenigen Minuten erledigt, und dann sitze ich wieder auf dem Bett und starre in die Flammen. Lange. Und ich stochere auch noch ein paar Mal im Kamin. Bis ich es irgendwann einfach nicht mehr aushalte.

Es war meine Idee, auf mein Zimmer zu gehen, doch ich werde wahnsinnig, wenn ich hier einfach nur rumsitze und grüble. Deshalb beschließe ich, noch mal in die Bibliothek zurückzukehren und mir den Gedichtband von Keats zu holen – oder irgendeine andere Lektüre, mit der ich mich von meinem Frust ablenken kann.

Doch als ich kurz darauf mit dem Kerzenhalter in der Hand den dunklen Flur hinuntergehe, schlucke ich beklommen. Wenn Ashbury Hall tagsüber wie die perfekte Kulisse für eine Jane Austen-Verfilmung wirkt, dann ist es nachts und bei Gewitter das perfekte Setting für einen dieser alten Gruselfilme. Jedenfalls komme ich mir gerade vor wie eine dieser armen unschuldigen Jungfrauen, auf die hinter jeder Ecke ein Geist, ein Monster oder sonst irgendetwas Unheimliches lauert.

Die Kerze macht es nicht besser, denn ihr Schein erhellt zwar meine direkte Umgebung, erschwert es mir jedoch zu sehen, was dahinter liegt. Deshalb bin ich fast überrascht, als der Flur plötzlich zu Ende ist und nach rechts in einen weiteren Flur abbiegt.

So richtig habe ich die Architektur des Hauses nicht verinnerlicht, eigentlich weiß ich nur, dass ich in der zweiten Etage bin und dass ich es irgendwie schaffen muss, zurück zum Treppenhaus zu finden, das mich in die Eingangshalle bringt, von wo aus es bis zur Bibliothek eigentlich nicht mehr weit sein kann.

Doch das ist leichter gesagt als getan, denn als ich durch zwei weitere Flure gelaufen bin, stoße ich zwar auf ein Treppenhaus, doch es ist viel kleiner als das in der Halle, wahrscheinlich ein Dienstbotenaufgang. Als ich ihn betrete, spüre ich einen heftigen Luftzug – der Sturm muss irgendwo ein Fenster geöffnet haben – und ehe ich mich versehe, flackert meine Kerze heftig und geht aus.

Na großartig. Ich muss tief durchatmen, um mich von der Angst, die auf einmal in mir aufsteigt, nicht überwältigen zu

85

lassen. Vielleicht hätte ich mich über Rebecca Ashburys Panik im Dunkeln besser nicht lustig gemacht, denke ich ein bisschen kleinlaut. Ein Notstromaggregat ist in so einem Kasten definitiv eine gute Investition.

Mit klopfendem Herzen wäge ich ab, was ich tun soll – weitersuchen oder zurückgehen –, und entscheide mich in Anbetracht der Tatsache, dass ich kein Licht mehr habe, für Letzteres.

Vorsichtig taste ich mich an der Wand entlang zurück und hoffe, dass ich den Weg noch finde. Tatsächlich erkenne ich trotz der Dunkelheit recht viel, denn die Blitze, die zucken, erhellen immer wieder den Flur und erleichtern mir die Orientierung. Wenn ich eine hätte, denke ich ein bisschen verzweifelt, denn nachdem ich zweimal abgebogen bin, weiß ich nicht mehr wirklich, wo ich bin. Ich denke, dass mein Zimmer irgendwo am Ende dieses Flurs liegt, nur kommt der mir viel länger vor als vorhin. Vielleicht bin ich hier auch falsch.

Ein weiterer Blitz zuckt, und im Schein des Lichts sehe ich vor mir eine große Gestalt. Sie ist so plötzlich aufgetaucht, dass ich vor Schreck den Kerzenhalter loslasse und einen Schrei ausstoße, der jedoch im lauten Donner untergeht. Eine Hand schließt sich fest um mein Handgelenk, und dann lehne ich auf einmal an der Wand und spüre einen warmen Körper, der sich gegen meinen presst – einen Körper, der mir vertraut ist.

»Suchst du mich?«, fragt Matteo mit seiner dunklen, weichen Stimme, und als seine Lippen mein Ohr streifen, spüre ich, wie die Anspannung in mir nachlässt und von etwas anderem, viel Aufregenderem ersetzt wird.

7

»Was machst du hier?«, frage ich ein bisschen atemlos und versuche mich von ihm zu lösen. Doch er ist zu stark – und ich aus irgendeinem Grund gerade ziemlich schwach. »Ich dachte, du amüsierst dich mit Rebecca Ashbury.«

Matteo lässt meine Hand los, presst mich jedoch weiter gegen die Wand, sodass ich nicht wegkann. Ich kann ihn immer nur kurz im Licht der Blitze sehen, aber ich spüre ihn, seinen Atem auf meiner Wange, bin eingehüllt in seinen Duft und seine Wärme, die mich dahinschmelzen lassen, obwohl ich mich verzweifelt dagegen wehre.

»Amüsieren würde ich das nicht nennen.« Seine Hände legen sich um meine Hüften, halten mich fest. »Es war verdammt dumm von dir herzukommen, Sophie.«

»Ach ja?« Meine Stimme klingt in meinen eigenen Ohren schrill. »Und wieso?«

»Weil Lord Ashbury gar nicht gut auf dich zu sprechen ist. Auf dich nicht und auf deinen Vater auch nicht«, sagt er und fährt mit den Händen langsam nach oben. »Er hat euch immer blind vertraut, aber er vertraut leider auch Arnold Highcombe. Und der redet ihm die ganze Zeit ein, dass das Bild wertlos ist. Laut Highcombe sollte er sofort von dem Kauf zurücktreten und euer zweifelhaftes Geschäftsgebaren am besten gleich noch öffentlich machen.« Er seufzt. »Ich hatte viel Mühe, Ashbury davon zu überzeugen, erst meine Expertise abzuwarten, bevor er sich von einem Gemälde trennt, das durchaus echt und eine Rarität sein könnte.«

»Und?« Ich kann nicht denken und ihm deshalb leider auch nicht folgen.

»Weil er nicht weiß, wem er glauben soll, hat er mich zur Entscheidungsinstanz gemacht. Aber er würde vermutlich an meiner Objektivität zweifeln, wenn er wüsste, wie schwer es mir fällt, die Tochter des Mannes, den er für diesen vermeintlichen Betrug verantwortlich macht, nicht zu küssen, wenn sie mir so nah ist. Deshalb hielt ich es für das Beste, Abstand zu dir zu wahren.«

Seine Lippen streifen meine, elektrisieren mich und machen meine Knie ganz weich. Es ist unglaublich erotisch, hier mit ihm in diesem dunklen Flur zu stehen, und mein Körper hat sich Matteos Ansturm auf meine Sinne auch schon längst geschlagen gegeben. Doch mein Geist wehrt sich noch, findet das alles zu verwirrend, um nachzugeben.

»Und wieso musstest du dann mit seiner Frau flirten? Den ganzen Abend lang?«, beschwere ich mich.

»Weil sie das von mir erwartet hat. Wenn ich es nicht getan hätte, wäre sie misstrauisch geworden. Was nicht heißt, dass ich tatsächlich Interesse an ihr habe. Es war nur ein Ablenkungsmanöver, Sophie, ein Mittel zum Zweck.«

Ich schlucke, weil es auf eine ziemlich abwegige Weise logisch klingt. »Dann hast du mit mir auch nur aus taktischen Gründen geflirtet?«

»Mit dir habe ich nie geflirtet, Sophie«, informiert er mich mit belegter Stimme. »Dich musste ich vor Treppenstürzen bewahren und vor schmierigen Kunsthändlern retten. Über dich habe ich mich geärgert und über dich habe ich gerätselt, weil du nie das tust, was ich erwarte. Ich hatte gar keine Zeit, mit dir zu flirten, dafür hast du mich viel zu sehr in Atem gehalten.«

Im Licht des nächsten Blitzes sehe ich, dass seine Augen

88

funkeln, als ob er mir deswegen irgendwie böse ist, aber seine Worte lassen mich trotzdem lächeln, denn sie klingen wie ein Kompliment. Oder eine Liebeserklärung. Aber vielleicht will ich das auch nur glauben, weil ich ihm sowieso nichts entgegenzusetzen habe, sondern lustvoll aufstöhne, als er jetzt seine Hände über meine Brüste legt und mit dem Daumen über meine unter dem Stoff meines Kleides hart aufgerichteten Nippel fährt. Machtlos schließe ich die Augen, genieße das Gefühl der Lust, das sich in mir ausbreitet.

Was hat er vorhin gesagt? Dass es ihm schwerfällt, mich nicht zu küssen, wenn ich ihm so nah bin? Das geht mir genauso, denke ich.

»Du könntest dich rächen«, flüstere ich, »indem du mir einfach auch den Atem nimmst.«

Der nächste Blitz enthüllt sein Lächeln, und dann liegt sein Mund endlich auf meinem, hart und wild und fordernd, und ich kann endgültig nicht mehr denken. Wie von selbst hebe ich die Arme und schlinge sie um seinen Hals, schiebe die Hände in sein weiches Haar und genieße es, ihn zu schmecken, berausche mich an ihm.

Matteo löst seine Hände von meinen Brüsten und macht einen Schritt von der Wand zurück, zieht mich mit sich und in seine Arme, die sich fest um mich schließen, so als wollte er mich nicht mehr loslassen.

Es ist mir egal, ob es nur für heute Nacht ist – ich brauche ihn einfach, kann mich nicht länger wehren gegen das, was er in mir weckt. Deshalb halte ich ihn nicht auf, als er meinen Rock hochschiebt und meinen Po umfasst, stöhne nur lustvoll, als er mich hochhebt und mit dem Rücken gegen die Wand lehnt, umklammere ihn mit den Beinen an der Stelle, an der ich mich so dringend mit ihm vereinen will, zittere erwartungsvoll, als ich seine harte Erektion spüre.

Dann erst wird mir wieder bewusst, dass die von Blitzen durchzuckte Dunkelheit, die uns umgibt, uns nicht wirklich verbirgt, und meine Vernunft drängt noch einmal an die Oberfläche.

»Was ist, wenn das Licht wieder angeht – oder jemand kommt?«, hauche ich ihm ins Ohr, nicht sicher, ob mich der Gedanke erschreckt oder erregt.

»Das wäre nicht gut«, erwidert Matteo, aber er küsst mich noch einen langen Moment weiter, bevor er mich runterlässt und kurzerhand die Tür öffnet, die uns am nächsten ist, mich in der Zimmer dahinter zieht und abschließt.

Es ist ein weiteres großes Schlafzimmer und dem, in dem ich schlafen sollte, gar nicht so unähnlich. So viel also zur Anzahl der »bewohnbaren Gästezimmer«, denke ich wütend. Aber in einem fremden Haus einfach ungefragt ein Zimmer zu betreten, widerstrebt trotzdem meinem Gefühl für Anstand.

»Wir können hier nicht einfach reingehen«, flüstere ich, doch Matteo ignoriert meinen Einwand und zieht mich erneut an sich. »Was wenn ...«

Weiter komme ich nicht, denn er küsst mich wieder und knöpft dabei mein Blusenkleid auf, schiebt es dann über meine Schultern und lässt es zu Boden gleiten. In meinem Kopf ist jetzt nur noch Platz für ihn, ich will ihn auch spüren, deshalb öffne ich sein Hemd und streiche begierig über seine breite Brust, fühle die perfekt geformten Muskeln unter seiner Haut und fahre die gezackte Narbe nach, die ihm etwas Wildes gibt.

Im Zwielicht der Blitze wirkt er noch schöner, noch begehrenswerter, und ich will ihn plötzlich mit einer Macht, gegen die ich völlig wehrlos bin, spüre, dass mich die Lust packt wie ein Fieber.

Es ist viel zu lange her, seit wir zuletzt Sex hatten, und mein Körper brennt vor Sehnsucht nach ihm, lässt keine vernünftige Entscheidung mehr zu.

Mit zitternden Fingern helfe ich ihm dabei, mich auch noch von Slip, BH und meinen Slingpumps zu befreien, und stehe dann vollkommen nackt vor ihm. Es ist kühl im Zimmer und der Sturm rüttelt an den Fenstern, doch ich spüre nur Hitze, dort wo seine Hände und Lippen mich berühren.

»Du bist so verdammt schön«, raunt er mir ins Ohr und zieht mich wieder an sich, sodass meine aufgerichteten Nippel über seine Brust reiben, legt die Hände wieder um meinen Po und lässt mich seinen harten Schwanz spüren, der noch von seiner Hose bedeckt ist. Es ist ein krasser Gegensatz, dass ich nackt bin und er noch fast angezogen, aber das erhöht die Spannung in mir, lässt mich beben vor Erregung.

»Ich will dich, Sophie.« Matteo lässt eine Hand über die Innenseite meines Schenkels gleiten, schiebt seinen Finger in meinen heißen Spalt, der mehr als bereit für ihn ist, lässt einen zweiten folgen. »Und ich kann nicht mehr warten.«

Seine Stimme klingt drängend, fast verzweifelt, und ich verstehe nur zu gut, was er meint. Hastig öffne ich seine Hose und befreie seinen prallen Penis, umfasse ihn mit der Hand und erschaudere, als mir wieder klar wird, wie groß er ist. Er zuckt unter meinen Fingern, und ich spüre seine seidige Härte, kann es nicht mehr abwarten, ihn endlich wieder in mir zu spüren.

Und dann ist es plötzlich, als würde die vernünftige Sophie in den Hintergrund treten und der neuen, leidenschaftlichen Sophie Platz machen, die es erst gibt, seit ich in Rom war. Die, die sich nicht nur verführen lassen, sondern selbst verführen will.

Deshalb drehe ich mich um und umfasse einen der geschnitzten Bettpfosten. Als ein besonders langer Blitz das Zimmer erhellt, blicke ich über die Schulter zu Matteo.

»Dann nimm mich«, locke ich ihn und staune, wie selbstverständlich mir diese Aufforderung über die Lippen kommt. Vor ein paar Wochen hätte ich mir noch nicht vorstellen können, dass ich so etwas zu einem Mann sage – und es so meine. Aber jetzt will ich es mit jeder Faser meines Wesens, lächle glücklich, als er die Hände fest um meine Hüften legt und mich gegen sich zieht. Ich spüre, wie sein breiter Peniskopf meine Schamlippen teilt, und er verharrt dort für einen Augenblick bewegungslos, lässt mich erwartungsvoll erschaudern. Dann dringt er mit einem einzigen, langen Stoß in mich, und ich lege den Kopf in den Nacken und stöhne auf, weil er mich so sehr ausfüllt, dass es auf erregende Weise schmerzt.

Aber ich will genau das, spüre, wie mich erneut ein erwartungsvolles Zittern durchläuft – diese pure Lust, die nur Matteo mir schenken kann. Es ist, als würde ich in seinen Armen zu einer ganz anderen Frau, einer, die sinnlich und wagemutig ist und nicht nur nüchtern und vernünftig, so wie die alte Sophie. Ich fühle mich herrlich lebendig, wie befreit, und stöhne auf, als er meinen Oberkörper gegen seinen zieht und mit den Händen meine Brüste umfasst, sodass wir eng verbunden sind, während er anfängt, sich in mir zu bewegen.

Doch nach wenigen Augenblicken hält er wieder inne, und als ich protestieren will, liegt seine Hand plötzlich über meinem Mund.

»Schsch«, flüstert er an meinem Ohr und hält mich weiter fest, während wir jetzt beide die Schritte hören, die er offenbar schon vorher wahrgenommen hat. Jemand kommt den Flur entlang, und ein Lichtschein huscht unter dem Türspalt entlang. Ich habe keine Ahnung, ob es Mary ist, die mir noch etwas Wasser aufs Zimmer bringt, oder jemand andere – mir stockt auf jeden Fall der Atem und für einen Moment weiß ich nicht, was ich tun soll. Aber Matteo schon, denn anstatt weiter ruhig stehenzubleiben oder sich aus mir zurückzuziehen, nimmt er mich mit einem weiteren festen Stoß, der neue lustvolle Wellen in mir auslöst. Seine Hand liegt noch auf meinem Mund, hindert mich daran zu stöhnen.

Und er hat recht, denke ich dann. Warum sollten wir aufhören – es weiß niemand, dass wir hier sind, und im Grunde erhöht dieses Verbotene, Verruchte sogar den Reiz. Bewusst ziehe ich meine inneren Muskeln um ihn zusammen, um ihm zu signalisieren, dass ich auch will, was er will, und er antwortet mit noch einem Stoß, der mich scharf die Luft einziehen lässt.

Doch ich schaffe es, still zu bleiben, empfange ihn willig und komme ihm entgegen, während er wieder und wieder in mich eindringt, einen Rhythmus findet, der uns beide schwerer atmen lässt. Mein ganzer Körper prickelt jetzt, spannt sich an, und ich möchte aufschluchzen, weil sich ein gewaltiger Orgasmus in mir ankündigt.

Ausgerechnet in diesem Moment kommen die Schritte zurück und der Lichtschein zieht wieder unter der Tür entlang. Aber ich nehme beides nur am Rande wahr, bin zu sehr auf Matteo konzentriert, seine Wärme in meinem Rücken und seine Hände auf meiner Brust, seine Lippen, die er an meine Schulter gepresst hat, und seine Zähne, die sanft über meine Haut kratzen, während er mich hart nimmt und mir zeigt, wie dringend er mich braucht.

Doch als ich schon die ersten Beben meines Höhepunktes spüre, hält er auf einmal inne und zieht sich aus mir zurück, was mich protestierend den Kopf schütteln lässt.

Er schlägt die Tagesdecke vom Bett zurück, hebt mich hoch und legt mich darauf. Das Laken ist so kalt auf meiner Haut, dass es mir kurz den Atem nimmt und mich wieder zur Besinnung kommen lässt. Aber nur kurz, denn einen Augenblick später ist Matteo wieder bei mir. Er ist jetzt ausgezogen und seine warme Haut an meiner lässt mich wohlig aufseufzen und den Schock der kalten Laken sofort wieder vergessen.

»Ich wäre fast gekommen«, beschwere ich mich bei ihm und sehe im nächsten Blitz, dass er lächelt.

»Ich auch. Aber ich will diesen Moment auskosten.«

In der Dunkelheit legt er eine Hand an meine Kehle und drückt mich in die Kissen, umfasst mit der anderen eine meiner Brüste. Und dann fühle ich, wie seine Lippen sich warm um meinen Nippel schließen und bäume mich leise wimmernd auf. Es ist, als gäbe es eine direkte Verbindung zwischen meinem Unterleib und meinen Brustspitzen, denn jedes sanfte Saugen macht mich ganz schwach vor Lust. Auffordernd öffne ich meine Beine für ihn, als seine Hand, mit der er meine Brust umfasst hatte, über meinen Bauch nach unten wandert und meine Klit findet, sie mit kreisenden Bewegungen reizt, bis ich ihm auch meine Hüften entgegenwölbe.

Es ist fast zu viel, liefert mich ihm auf eine erregende Weise aus. Ich bin machtlos, kann mich nur treiben lassen in dem Strudel des Verlangens, in den er mich immer tiefer und tiefer hineinzieht, bis ich mir auf die Lippe beißen muss, um nicht laut zu stöhnen.

Erst, als ich es fast nicht mehr aushalte, ist er plötzlich über mir und drängt meine Beine noch weiter auseinander. Sein Kuss ist berauschend und wild, hindert mich an einem Aufschrei, als ich sein Gewicht auf mir spüre und er langsam und druckvoll wieder in mich eindringt, mich erneut köstlich weitet.

Ein Blitz zuckt und lässt mich sehen, wie er sich über mir aufstützt, die Arm- und Brustmuskeln angespannt, auf dem Gesicht ein verlangender Ausdruck, der mir den Atem nimmt.

»Oh Gott, ich habe es so vermisst, in dir zu sein«, sagt er stöhnend, und ein Schauer durchläuft mich, weil ich gar nicht ausdrücken kann, wie sehr er mir gefehlt hat. Ich spüre, dass er um Beherrschung ringt, doch das will ich nicht, deshalb schließe ich die Beine um ihn und ziehe ihn zu mir, komme ihm entgegen, als er anfängt, sich zu bewegen.

Wir sind beide zu erregt, finden in einen fiebrigen Rhythmus, der schnell so unkontrollierbar wird wie der Sturm, der draußen tobt. Matteos Stöße sind hart, aber ich genieße jeden einzelnen, kralle die Finger in seine Schultern, und fühle, wie sich alles in mir zusammenzieht, ballt, dichter wird, bis ich glaube, die Anspannung nicht mehr aushalten zu können. Und dann katapultiert es mich ohne Vorwarnung in einen erschütternden Höhepunkt, und ich bäume mich mit einem unterdrückten Schrei auf. Matteo folgt mir einen Augenblick später, erstarrt über mir im Licht des nächsten Blitzes und stöhnt meinen Namen, als auch seine Anspannung sich löst. Ich spüre das Pulsieren seines Glieds, fühle, wie er mit jedem weiteren Stoß tief in mir kommt, und erschaudere mit ihm, werde von neuen Beben erfasst, stärker als zuvor. Sie erreichen jeden Winkel meines Körpers und reißen endgültig die Schutzwälle ein, die ich auf der Fahrt von Rom nach London gegen ihn aufgerichtet hatte, überfluten mich mit diesem Gefühl, das noch bei keinem Mann jemals so stark war wie bei ihm.

Ich will ihn nicht aufgeben, denke ich und spüre heiße Tränen in meinen Augen brennen, als wir schließlich wieder ruhiger werden und Matteo sich langsam von mir löst und mich in seine Arme zieht. Ein letzter Schauer durchläuft ihn und er hält mich ganz fest, lässt mich nur kurz los, um die Decke über uns zu ziehen, küsst mein Haar, als ich den Kopf auf seine Brust lege und seinem Herzschlag lausche.

»Ich hätte nicht gedacht, dass ich es so schwer finden würde, dir zu widerstehen, Sophie Conroy«, sagt er, als er wieder ruhiger atmet, und mir wird bewusst, dass das, was Sarah gesagt hat, wahrscheinlich stimmt. Er hat dagegen angekämpft, genau wie ich. Er hat versucht, sich von mir fernzuhalten. Aber er schafft es nicht, genauso wenig, wie ich es schaffe, meine Gefühle für ihn zu leugnen.

»Und was jetzt?«, frage ich leise und höre das Rumpeln in seiner Brust, als er lacht.

»Jetzt rührst du dich hier nicht weg, bis ich mich erholt habe, und dann finde ich vielleicht noch eine andere Methode, wie ich dir den Atem nehmen kann.«

Das hatte ich nicht gemeint, und ich fühle, wie trotz des Glücksgefühls, das meinen Körper ganz träge macht, die Zweifel zurückkommen. Weil es immer noch so klingt, als würde er keine Pläne machen – die ich so dringend brauche, um daran glauben zu können, dass eine Beziehung zu ihm möglich ist.

Aber darüber will ich jetzt nicht nachdenken. Wir haben eine Chance, denke ich und schließe die Augen, zu müde, um mir einzugestehen, dass sie vielleicht nicht besonders groß ist.

8

»Es ist wirklich ungewöhnlich.« Matteo blickt mit einem Stirnrunzeln auf die Unterlagen, die immer noch auf dem Schreibtisch verteilt liegen.

Sein Haar ist noch feucht von der Dusche, und er wirkt frisch und voller Elan, gar nicht wie jemand, der die halbe Nacht heißen Sex hatte. Aber das ist ja auch gut so, denke ich und betrachte ihn mit einem sehnsüchtigen Seufzen.

Ich würde wirklich gerne zu ihm gehen und ihn küssen, um mich zu vergewissern, dass ich das nicht alles nur geträumt habe, was letzte Nacht passiert ist. Aber Matteo hat recht. Lord Ashbury sollte nicht merken, dass wir uns nahestehen, damit er nicht glaubt, Matteo würde die Expertise zu unseren Gunsten verfassen. Deshalb müssen wir vorsichtig sein. Vernünftig – meine Spezialität, denke ich mit einem bitteren Lächeln.

Eigentlich hätte ich deshalb auch direkt nach dem Frühstück fahren sollen. Doch Lord Ashbury ist im Moment nicht da, er begutachtet, wie Mallory uns beim Frühstück mitgeteilt hat, die Sturmschäden an Haus und Ställen, die recht erheblich sein sollen, und muss dann noch zu seinem Anwalt nach Temple, wird also vor dem Nachmittag nicht zurückerwartet. Und Rebecca Ashbury ist mir zwar begegnet, aber nur denkbar kurz. Sie saß noch mit Matteo am Tisch, als Mary mich in den Frühstücksraum geführt hat, ist dann jedoch fast sofort gegangen, zu einem dringenden Termin. Sie wirkte insgesamt ein bisschen kurz angebunden, wohl, weil Matteo am Abend zuvor auf ihr sehr eindeutiges Angebot, doch statt im Gästezimmer lieber bei ihr zu übernachten, nicht eingegangen ist. Ich glaube aber nicht, dass sie ahnt, dass er stattdessen bei mir war, denn dann hätte sie mich mit Blicken vermutlich ermordet. Ich war einfach Luft für sie, genau wie beim Dinner, und auch Matteo muss sich damit abfinden, dass er in ihrer Gunst deutlich abgerutscht ist. Was ihn allerdings nicht zu stören scheint.

Letztlich sind wir in dem Zimmer, in das wir zufällig gestolpert sind, nicht die ganze Nacht geblieben. Matteo hat mich irgendwann, als der Sturm endlich abflaute und der Strom wieder da war, zurück in mein Zimmer gebracht – seine Orientierung ist definitiv besser als meine, denn er hatte überhaupt keine Probleme, es wiederzufinden –, und ist dann zurück in seins gegangen, damit niemand Verdacht schöpft. Mary ahnt es vielleicht, weil ich sie bitten musste, noch ein drittes Bett neu zu beziehen. Ich habe behauptet, ich hätte Angst vor dem Gewitter gehabt und die Bibliothek gesucht, mich auf dem Weg jedoch verlaufen und schließlich in ein anderes Zimmer geflüchtet, wo ich dann die halbe Nacht war. Ob sie mir diese Geschichte abgekauft hat, weiß ich nicht. Aber ich halte es für unwahrscheinlich, dass sie deswegen zu Lady Ashbury gehen wird, deshalb mache ich mir nicht allzu große Sorgen.

Mich beschäftigt viel eher die Frage, wie es jetzt weitergehen soll mit Matteo und mir. Ich möchte mit ihm zusammen sein, und ich spiele ständig in Gedanken durch, wie es funktionieren könnte. Viele Möglichkeiten gibt es nicht, und wir würden beide große Kompromisse machen müssen, aber ...

»Hörst du mir überhaupt zu?«, fragt Matteo, und ich merke erst jetzt, dass er schon weitergeredet hat. Böse ist er jedoch nicht, denn er lächelt und beugt sich vor, küsst mich gerade lange genug, dass ich wohlig aufseufze, als er mich wieder freigibt. »Ich hoffe, du hast wenigstens von mir geträumt.«

»Matteo! Ich dachte, wir dürften uns nicht küssen!«, sage ich ein bisschen entrüstet, doch er zuckt nur mit den Schultern und gibt mir noch einen flüchtigen Kuss auf den Mund.

»Im Moment sieht es schließlich niemand. Also, hast du mir zugehört oder nicht?«

Ich muss mich kurz beruhigen, doch dann erinnere ich mich an das, was er gesagt und was ich mit einem Ohr mitbekommen habe.

»Die Tatsache, dass es sich nicht um eine Heiligendarstellung handelt, passt nicht wirklich in Enzos Gesamtwerk?«

»Genau.« Matteo geht zu dem Gemälde hinüber und betrachtet es nachdenklich. »Enzo hat – für die Renaissance durchaus typisch – überwiegend mit religiösen Motiven gearbeitet. Es gibt kaum etwas anderes von ihm, zumindest in seinen frühen Jahren, nur eine Hand voll Porträts, meist Auftragsarbeiten. Erst später finden sich dann immer wieder Gemälde von Frauen, wahrscheinlich seine Gespielinnen, aber nichts, das an dieses hier erinnert. Es ist ganz klar ein eigenständiges Werk, das zeigt schon der Titel, aber für ihn ist das dennoch ungewöhnlich.«

»Freunde«, sage ich und kann ihm nicht ganz folgen. »Aber ist das denn wirklich so ungewöhnlich? Er wird doch sicher viele Freunde gehabt haben. Warum sollte er also nicht ein entsprechendes Bild malen?«

Matteo schüttelt den Kopf. »Du weißt doch selbst, dass viele Maler Lieblingsmotive haben, die in ihrem Werk immer wiederkehren. Und Enzo ist dafür ein Paradebeispiel. Er hat nicht eine heilige Familie gemalt, sondern Dutzende, nicht immer gleich, aber oft sehr ähnlich. Und auch andere Darstellungen finden sich gehäuft, in Variationen. Von diesem höre ich jedoch zum ersten Mal.«

»Vielleicht hat ihn das Thema nicht sehr lange beschäftigt«, mutmaße ich und trete neben Matteo, um das Bild noch einmal genauer zu betrachten. »Aber es ist eine sehr gelungene Darstellung. Sieh dir nur die Gesichtsausdrücke an – wie vertraut diese beiden Männer miteinander wirken. Sie strahlen aus, wie nahe sie sich stehen – das ist wirklich meisterhaft gemalt.« Ich lege den Kopf ein wenig schief. »Ob er diese Männer kannte?«

»Ich glaube sogar, dass er einer davon ist – der mit dem Hut, siehst du?« Er deutet auf die rechte Figur, die einen dunklen Umhang trägt und von deren Gesicht weniger zu sehen ist als von dem anderen, der farbenfroher gekleidet ist und lockiges braunes Haar hat, das ihm bis auf die Schultern reicht. »Auf den beiden Selbstporträts, die von Enzo existieren, ist er so dunkel gekleidet.«

»Wow – aber das wäre doch eine echte Sensation, oder nicht?«, frage ich aufgeregt.

»Oder ein weiterer Beleg dafür, dass es nicht von ihm selbst stammt«, ernüchtert er mich. »Er hat diese Porträts nur von sich allein gemalt, Sophie, da war sonst niemand drauf.«

»Vielleicht war es eine Auftragsarbeit, vielleicht konnte Enzo sich das Motiv gar nicht aussuchen«, spekuliere ich. »Oder dieser Freund war ihm besonders wichtig und er wollte sich unbedingt mit ihm zusammen verewigen. Das kann doch sein.«

Matteo zuckt mit den Schultern. »Ja, möglich«, sagt er, aber er klingt skeptisch, deshalb sehe ihn fast flehend an.

»Komm schon, so ungewöhnlich ist das doch wirklich

nicht. Jeder Mann hat doch einen besten Kumpel, mit dem er als Kind irgendwelche Streiche ausgeheckt hat und generell durch dick und dünn geht, oder nicht?«

Matteos Gesichtsausdruck verändert sich, wird plötzlich ernster. Viel ernster.

»Ja, wahrscheinlich.« Abrupt wendet er sich ab und geht zum Fenster, sieht mit vor der Brust verschränkten Armen auf die teilweise vom Sturm verwüsteten Gärten von Ashbury Hall hinaus.

Sein plötzlicher Stimmungsumschwung erschreckt mich – das wollte ich mit meiner Bemerkung nicht erreichen. Aber dass er auf dieses Thema so heftig reagiert, weckt auch meine Neugier. Deshalb gehe ich zu ihm und lege ihm eine Hand auf den Rücken, lächle, als er sich zu mir umdreht.

»Stimmt doch, oder? Du hast auch so einen Freund?«

»Früher schon.« Er sieht wieder aus dem Fenster, und auf seiner Wange zuckt ein Muskel. Ich warte darauf, dass er weiterspricht, aber er schweigt, ist offenbar mit den Erinnerungen beschäftigt, die ich durch meine Frage unabsichtlich geweckt habe.

»Früher? Dann hast du keinen Kontakt mehr zu ihm?«

»Nein.« Seine Stimme klingt hart, und als er mich wieder ansieht, liegt in seinen Augen diese Mischung aus Schmerz und Wut, die ich bis jetzt nur darin gesehen habe, wenn es um den Tod seiner Frau ging.

»Was ist denn passiert?«, frage ich erschrocken, weil mir plötzlich klar wird, dass ich an eine Wunde gerührt habe. Und zwar eine, die ziemlich tief geht, denn er schüttelt den Kopf, so als müsste er etwas sehr Unangenehmes loswerden.

»Das ist nicht wichtig.«

Frustriert balle ich die Hände zu Fäusten.

»Doch, das ist wichtig. Wenn du mir diese ganzen Dinge

über dich verschweigst, wie soll ich dich dann kennenlernen? Wie soll ich dich dann verstehen?«

Er dreht den Kopf zu mir, und ich halte den Atem an, als unsere Blicke sich begegnen, weil ich für einen kurzen Moment das Gefühl habe, dass er nachgeben will. Dass er versucht ist, mir anzuvertrauen, was ihn offensichtlich so quält. Doch dann verschließt er sich mir wieder, zieht sich in sich zurück.

»Wir haben im Moment wirklich drängendere Probleme.« Er wendet sich vom Fenster ab und geht wieder zurück zu dem Gemälde. »Wir müssen endlich einen Anhaltspunkt finden, irgendeinen Beleg, dass Enzo zum fraglichen Zeitpunkt an diesem Gemälde gearbeitet hat. Nur dann kann ich seine Urheberschaft schlüssig nachweisen – aber das ist wie die Suche nach der Nadel im Heuhaufen, und ich weiß nicht, wie lange Lord Ashbury noch stillhält. Oder dieser Gernegroß Highcombe. Wenn er mit seinem Verdacht an die Presse geht, dann sollten wir irgendeinen Beweis haben. Auf einen Kunstskandal werden sich die Boulevardblätter stürzen, und dann spielt es keine Rolle mehr, ob das Bild von Enzo ist oder nicht – dann seid ihr geliefert.«

Ich spüre, wie Kälte mich erfasst, doch sie hat nur zur Hälfte mit dem Horrorszenario zu tun, das Matteo da gerade entwirft. Ich friere auch, weil ich schon wieder vor dieser Mauer stehe, die er um sich gezogen hat und an der er mich nicht vorbeilassen will. Das macht mir Angst. Und das macht mich auch wütend.

»Warum willst du es mir nicht sagen?«, hake ich nach. »Matteo, wie sollen wir denn ...«

Ein Klopfen an der Tür unterbricht mich, und einen Augenblick später betritt Mallory den Raum, gefolgt von ...

»Sarah!«, rufe ich überrascht. »Was machst du denn hier?«

»Lady Sarah Norton möchte Sie gerne sprechen«, verkündet Mallory, der diese Vorstellung offensichtlich für seine Pflicht hält, während Sarah schon mit einem breiten Lächeln an ihm vorbei auf uns zuläuft.

»Es tut mir leid, dass ich hier so reinplatze«, sagt sie und umarmt mich herzlich, bevor sie sich Matteo zuwendet, »aber ich musste einfach vorbeikommen und Sie persönlich in England begrüßen, *Professore*. Erinnern Sie sich noch an mich?«

Matteo hat kurz die Stirn gerunzelt, als der Butler Sarahs Namen nannte, doch jetzt lächelt er.

»Sarah Huntington – natürlich! Sie haben in Rom für diese ausgesprochen interessante Doktorarbeit recherchiert«, sagt er und begrüßt sie mit Küssen auf beide Wangen. »Wie lautete doch gleich der Titel?«

»›Die Farben der Liebe‹«, erinnert ihn Sarah lächelnd, und er nickt.

»Richtig. Ich fand die These über den Zusammenhang zwischen der Farbwahl und der emotionalen Haltung des Malers zu seinem Modell zwar gewagt, aber durchaus eine wissenschaftliche Untersuchung wert.«

»Sie gehörten ja damals auch zu den Wenigen, die meine Intention verstanden und das nicht belächelt haben – wofür ich immer noch sehr dankbar bin«, erklärt sie ihm, was ihn den Kopf schütteln lässt.

»Nichts hätte mir fernergelegen. Was ist denn daraus geworden, wenn ich fragen darf?«

»Durch meine Heirat ist mein Zeitplan ein bisschen durcheinandergeraten«, gesteht Sarah. »Aber inzwischen bin ich fast fertig. Ich schicke Ihnen ein Exemplar, wenn es so weit ist – falls Sie das möchten.«

»Gerne.« Matteo schenkt ihr ein charmantes Lächeln, das

mich noch mal daran erinnert, warum es so unglaublich schwer ist, diesem Mann zu widerstehen. Und auch bei Sarah verfehlt es seine Wirkung nicht, denn sie erwidert es strahlend – bis ihr Blick auf die Staffelei mit dem Gemälde fällt, die vor dem Schreibtisch steht.

»Ach ja, die Expertise. Wie sieht es denn jetzt aus mit dem Enzo? Gibt es schon etwas Neues?«, will sie wissen, und Matteo erklärt ihr kurz, was er in der Zwischenzeit herausgefunden hat – und was er noch zu finden hofft.

»Apropos«, sagt er dann und runzelt die Stirn, sucht in seiner Tasche nach seinem Handy, »mir kommt da gerade noch eine Idee, in welchem Archiv in Rom es noch weitere Quellen geben könnte. Ich werde schnell einen meiner Studenten beauftragen, sich dort mal umzusehen.« Er hebt sein Smartphone ans Ohr, und auf dem Weg nach draußen hört man ihn mit jemandem Italienisch reden.

Sobald wir allein sind, hebt Sarah fragend die Augenbrauen.

»Dein Vater meinte, ihr hättet wegen des Sturms die Nacht hier verbringen müssen?«

Ich nicke.

»Und?«, drängt sie.

»Na ja, ich hab's ausprobiert«, sage ich mit einem glücklichen Lächeln, »und ich schätze, jetzt weiß ich es.«

»Was weißt du?«

Ich lehne mich gegen den Schreibtisch und seufze tief. »Dass ich hoffnungslos in Matteo Bertani verliebt bin und dass ich mir nichts mehr wünsche, als dass es einen Weg gäbe, wie ich mit ihm zusammen sein kann.« Hilflos zucke ich mit den Schultern. »Aber ich habe immer noch keine Ahnung, ob es funktionieren wird.«

Aufmunternd streicht Sarah mir über den Arm. »Das ist

doch zumindest mal ein Anfang«, findet sie, und ich sehe ihr an, dass sie noch viel mehr fragen will, nur kommt in diesem Moment Matteo zurück.

»Sebastiano kümmert sich darum«, verkündet er uns zufrieden, was Sarah als Zeichen zu deuten scheint, dass sie sich verabschieden sollte.

»Ich mache mich dann wieder auf den Weg, ich wollte auch nicht lange stören.« Sie reicht Matteo die Hand und umarmt mich noch mal herzlich. »Wir telefonieren«, raunt sie mir noch zu. »Und bring ihn mit zu Grace' Feier nächste Woche, hörst du?«

Als sie gegangen ist, sieht Matteo mich an, und in seinen Augen liegt wieder der abweisende Ausdruck von vorhin.

»Dafür, dass du so viel über mich wissen willst, bist du selbst ziemlich sparsam mit deinen Informationen«, sagt er. »Warum hast du nie erwähnt, dass Sarah Huntington eine gute Freundin von dir ist? Du wusstest doch, dass ich sie kenne, oder nicht?«

Ich weiche seinem Blick aus, fühle mich ertappt, denn das hätte ich ihm wirklich sagen können.

»Weil ich dachte, dass...« Ich zucke mit den Schultern, weil die Begründung mir plötzlich unangenehm ist. »Ich dachte nicht, dass ihr euch begegnen würdet.«

Erst als ich es ausspreche, wird mir klar, wie wenig ich selbst bis jetzt daran geglaubt habe, dass aus Matteo und mir wirklich etwas werden kann. Deshalb wollte ich ihm von meinem Leben in London nicht erzählen – aus Angst, dass ich dann wieder einmal erkennen muss, dass er da niemals reinpasst.

Aber das ist jetzt anders. Jetzt kann ich es mir vorstellen – jetzt will ich es. Und das soll er wissen.

»Sarah hat mich übrigens eingeladen«, füge ich deshalb

hinzu, als mir ihre Abschiedsworte wieder einfallen. »Also eigentlich nicht Sarah, sondern ihre Schwägerin, Grace, die ich auch kenne. Ihr wird nächste Woche eine Auszeichnung verliehen, bei einer Feier im ›Savoy‹. Vielleicht hättest du Lust, mich zu begleiten?«

Unsicher lächle ich ihn an und hoffe, dass er es als das versteht, was es ist: eine Einladung, an meinem Leben hier teilzuhaben. Wenn er das will.

Er antwortet jedoch nicht, sieht immer noch sehr ernst aus. Fast ein bisschen wütend. So als hätte ich etwas gesagt, was er lieber nicht hören möchte.

Als er gerade ansetzen will, etwas zu erwidern, klingelt mein Handy.

»Entschuldige«, sage ich und fische es aus meiner Tasche. Es ist Dad.

»Bist du immer noch in Ashbury Hall?« Er klingt ungeduldig, deshalb blicke ich schnell zu der großen Standuhr, die in der Ecke laut vor sich hin tickt. Es ist halb elf, und ich habe heute Morgen keine Termine, das weiß ich definitiv.

»Ja«, bestätige ich ihm, während ich Matteo ein Zeichen mache und nach draußen gehe. »Wieso?«

»Weil ich dachte, dass du direkt ins Büro kommst.« Überrascht, dass in seiner Stimme Verärgerung mitschwingt, bleibe ich auf dem Flur stehen. »In drei Tagen steht die ›Roaring Twenties‹-Auktion an, und du weißt doch, wie viel davor immer zu tun ist.«

Ja, das weiß ich, denke ich. Aber ich weiß auch, dass es eigentlich nicht meine Aufgabe ist, mich darum zu kümmern.

»Dad, die Ausstellung hat Simon Boswell geplant, nicht ich. Ich habe gestern Morgen mit ihm darüber gesprochen und bin alles mit ihm durchgegangen, und soweit ich das sehe, hat er das ganz hervorragend im Griff. Es ist eine Chance für ihn, sich zu beweisen – du hast selbst gesagt, dass er sehr interessiert daran wäre, sein Praktikum bei uns in eine feste Stelle münden zu lassen. Deshalb bin ich gar nicht sicher, ob ich da eingreifen sollte.«

»Ich hätte es aber lieber, dass du das machst. Wenn Simon das nicht hinbekommt, wäre das sehr peinlich für uns«, entgegnet mein Vater, ohne auf mein Argument einzugehen, und ich spüre plötzlich Wut in mir aufsteigen, weil er mir das aufbürdet, obwohl es nicht nötig ist.

Er ist jetzt wochenlang ohne mich ausgekommen, aber seit ich zurück bin, verlässt er sich wieder blind auf mich, fragt mich ständig nach Dingen, die er auch gut selbst entscheiden kann, und erwartet, dass ich mich um alles kümmere. Es kann sein, dass er das unbewusst tut, weil er es einfach so gewohnt ist, schließlich bin ich sonst immer das Mädchen für alles gewesen. Oder vielleicht will er mir auch absichtlich das Gefühl geben, dass ich unabkömmlich bin – etwas, auf das ich gerade jetzt, wo es Mum so viel besser geht und ich gerne ein bisschen Zeit für mich hätte, gut verzichten könnte.

»Sophie?«, hakt er nach, weil ich so lange geschwiegen habe.

»Ja, ich komme gleich«, sage ich und höre ihn aufatmen.

»Beeil dich.« Er legt auf und lässt mich mit einem grummelnden Gefühl im Magen zurück.

Abrupt drehe ich mich um und gehe wieder in den blauen Salon.

Matteo sitzt nicht am Schreibtisch, wie ich dachte, sondern steht immer noch am Fenster und sieht nachdenklich nach draußen, was mich daran erinnert, dass er mir noch keine Antwort darauf gegeben hat, ob er mich zu der Feier im »Savoy« nächste Woche begleitet.

»Und?«, frage ich, als ich bei ihm bin. »Hast du es dir überlegt? Kommst du mit?«

Als er sich zu mir umdreht, liegt auf seinem Gesicht nicht mehr dieser abweisende Ausdruck. Stattdessen lächelt er, aber nicht charmant oder gewinnend, sondern distanziert. Auf diese Art, die einen auf Abstand hält.

»Ich glaube, das wäre keine gute Idee.«

»Wieso nicht?« Angespannt sehe ich ihn an.

»Weil ich nicht weiß, ob ich dann noch da bin«, erklärt er mir, und ich habe plötzlich ein hohles Gefühl im Magen.

»Natürlich bist du dann noch da. Die Feier ist nächsten Samstag.« Bis dahin kann er die Expertise unmöglich schon fertig haben.

Er weicht meinem Blick aus. »Vielleicht. Aber es wäre trotzdem keine gute Idee.«

Das hohle Gefühl in meinem Magen verschlimmert sich noch, als mir klar wird, dass es nicht um den Termin geht. Wenn er mich zu der Feier begleitet, dann bedeutet das, dass er sich auf mich einlässt. Dass er einen Schritt auf mich zumacht. Und das will er nicht, denn in seinen Augen steht jetzt eindeutig eine Warnung – und das frustriert mich so, dass ich die Wut nicht zurückhalten kann, die mich plötzlich wieder erfasst.

»Ach, und du musstest erst noch mal mit mir schlafen, um das herauszufinden?«

Er presst die Lippen zusammen und seine Augen werden schmal. »Das hat damit nichts zu tun. Und du wolltest das auch, Sophie. Oder täusche ich mich da?«

Betroffen wende ich den Kopf ab. Natürlich wollte ich es. Und ich will auch immer noch – nur will ich offensichtlich mehr von ihm, als er zu geben bereit ist.

»Nein. Aber ich täusche mich wohl in dir«, erwidere ich und spüre, wie der Schmerz sich tief in mein Herz frisst.

»Ich habe dir nie etwas versprochen.« Seine Worte zerstören die Hoffnung wieder, die ich gerade geschöpft hatte. Und das ertrage ich einfach nicht mehr. Plötzlich bin ich unendlich müde.

»Wie du meinst.« Mit versteinerter Miene blicke ich auf die Uhr. Ich muss hier dringend weg, sonst werde ich vor ihm anfangen zu weinen – und das soll er auf gar keinen Fall sehen. »Das eben war mein Vater.« Ich sage es kühl, und es kostet mich meine ganze Selbstbeherrschung, meine Stimme am Zittern zu hindern. Mir gelingt sogar ein schmales Lächeln. »Ich muss zurück zum Auktionshaus.«

Er nickt, akzeptiert es einfach. »Ich rufe dich an, wenn ich neue Erkenntnisse habe.«

Ich schüttele den Kopf. »Bemüh dich nicht. Es reicht, wenn du dich mit meinem Vater in Verbindung setzt.«

»Sophie«, ruft er mir nach, als ich schon auf dem Weg zur Tür bin, und ich drehe mich noch mal zu ihm um und ziehe die Augenbrauen hoch.

»Was?«

Für einen Moment wirkt er unschlüssig, doch dann zuckt er mit den Schultern. »Ach nichts.«

Ich schaffe es, mindestens ebenso unverbindlich zu lächeln wie er, wende mich ohne eine Erwiderung ab und gehe, weil jetzt Tränen in meinen Augen brennen.

Ich blinzele sie weg und schaffe es ohne zu weinen bis zu meinem Mini, lasse ihn an und setze zurück. Erst als ich die Auffahrt von Ashbury Hall hinunterfahre und das große, finstere Herrenhaus im Rückspiegel immer kleiner werden sehe, laufen mir heiß die Tränen über die Wangen, und ich muss am Straßenrand anhalten, weil mein Blick verschwimmt.

Ich war so sicher, dass sich etwas geändert hat nach dieser

Nacht, denke ich und kämpfe plötzlich gegen das Bedürfnis, zurückzufahren. Weil es sich so richtig angefühlt hat, mit Matteo zusammen zu sein. Es fühlt sich immer noch richtig an, und das ist es, was ich einfach nicht verstehe.

Wie kann es sein, dass er diesen riesigen Aufwand betreibt, um unseren Ruf zu retten, wie kann er mich küssen und wild und leidenschaftlich lieben – nur um mich dann wieder wegzustoßen und sich zurückzuziehen?

Hat es etwas damit zu tun, dass er seine Frau immer noch liebt? Aber die Ehe galt am Ende eigentlich nicht mehr als besonders glücklich, und irgendwie scheint in Matteo auch mehr Wut zu sein als Trauer, wenn es um diese Dinge geht, über die er nicht reden will.

Ich bin so wütend und so verwirrt und mir tut das Herz weh, weil ich ihn so liebe. Aber was soll ich tun, wenn er unserer Beziehung keine Chance geben will? Wenn ich immer wieder vor diese Mauer renne, an der ich offenbar nicht vorbeikomme? Er muss das auch wollen, und ich bin zu stolz, um ihn anzubetteln. Dann muss ich ihn mir eben aus dem Kopf schlagen.

Als ich losfahre, sehe ich jedoch wieder sein Gesicht vor mir, und mir wird klar, dass das nicht so einfach wird. Vielleicht wird es das Schwerste, was ich jemals getan habe.

9

Der Lancaster Ballroom im »Savoy« ist bereits voller Leute, als ich ankomme, und für einen Moment bleibe ich in der Tür stehen und lasse den Blick durch den außergewöhnlich schönen Raum gleiten. Die Kronleuchter erstrahlen vor den hellblau-weißen, stuckverzierten Wänden, werfen ein schmeichelndes Licht auf die festlich gedeckten, runden Tische, an denen die Gäste Platz finden sollen. Vor der Bühne, auf der sich die Musiker bereits mit ihren Instrumenten ihre Plätze suchen, ist eine größere Fläche als Tanzfläche reserviert – offenbar soll das wirklich ein rauschendes Fest werden. Was ich unter anderen Umständen auch sehr genossen hätte, denke ich wehmütig. Aber so ...

»Sophie! Da bist du ja!« Sarahs Stimme lässt mich überrascht herumfahren, und dann umarmt sie mich auch schon, nur um einen Augenblick später zurückzutreten und mich anerkennend zu mustern. »Wow, du siehst unglaublich aus. Wo hast du denn dieses Kleid her?«

»Aus Rom«, sage ich ein bisschen verlegen und streiche über den roten, weich fallenden Chiffonstoff, der mir bis zu den Knöcheln reicht. Es war ein Spontankauf, weil es mir so gut gefiel, obwohl es lang und tief ausgeschnitten und eigentlich gar nicht mein Stil ist – ich trage sonst eher nüchterne Businesskleider in gedeckteren Farben, deshalb ist Sarahs Überraschung nicht verwunderlich. Ich weiß selbst nicht, warum ich mich heute ausgerechnet für dieses entschieden habe. Vielleicht, weil das »Savoy« so fein ist und es deshalb gut passt. Oder weil es mich an Matteo erinnert, denn als ich es das erste Mal trug, in Rom, bin ich ihm in diesem Kleid in die Arme gefallen. So habe ich ihn an jenem Abend kennengelernt, und ich kann mich immer noch nicht entscheiden, ob das gut oder schlecht war.

»Du siehst ganz verändert aus darin«, findet Sarah, die selbst ein wundervolles blaues Satinkleid mit Bolerojäckchen trägt, das ihre dunkelblauen Augen besonders gut zur Geltung bringt. Suchend sieht sie sich um. »Und? Wo ist Matteo?«

Irritiert schüttele ich den Kopf. »Ich habe dir doch gesagt, dass er nicht mitkommen wollte.«

»Ja, ich weiß. Aber ich dachte, er überlegt es sich vielleicht noch«, erklärt Sarah in ihrem unerschütterlichen Optimismus. »Und was ist mit unserem allzeit bereiten Nigel? Der wäre doch sicher gerne eingesprungen.«

»Ich habe ihn aber nicht gefragt.« Was nicht nur daran liegt, dass mir die Gelegenheit dazu gefehlt hat. Ich hatte viel zu tun in der Woche, und das habe ich auch als Vorwand genutzt, um Nigel aus dem Weg zu gehen. Aber selbst wenn ich ihm öfter begegnet wäre, hätte ich ihn nicht eingeladen, mich zu begleiten. Mein Verhältnis zu ihm hat sich einfach verändert, ich kann seine Freundschaft nicht mehr so annehmen wie früher, weil mir bewusst geworden ist, dass ich die Erwartung, die bei ihm dahinter steckt, wahrscheinlich nie erfüllen kann.

»Siehst du, jetzt wirst du doch noch vernünftig«, sagt Sarah schmunzelnd, und ich erwidere ihr Lächeln. Vernünftig kann ich meine Entscheidung zwar nicht finden, aber es ist vermutlich wirklich ehrlicher, Nigel nicht zum Lückenbüßer zu machen. Irgendwann versuche ich es vielleicht noch mal, zu unserer alten Beziehung zurückzufinden, und

112

unter Umständen kann ich mich ihm dann eines Tages anders öffnen als jetzt. Doch im Moment hätte das gar keinen Zweck, dafür beherrscht Matteo meine Gedanken und Gefühle viel zu sehr.

Seit dem Morgen nach dem Sturm habe ich ihn weder gesehen noch gesprochen, weiß nur von Dad, der mehrfach mit ihm telefoniert hat, dass er vorankommt mit der Expertise und fast die ganze Zeit in Ashbury Hall ist. Mehr nicht – und das zermürbt mich ziemlich, weil ich trotzdem ununterbrochen an ihn denken muss. Aber nicht heute, beschließe ich. Heute werde ich mich von der Feier ablenken lassen. Sonst werde ich noch wahnsinnig.

»Wo ist denn Grace?«, frage ich Sarah, weil ich die Hauptperson dieses Abends gerne begrüßen möchte.

Sarah deutet in Richtung Bühne. »Sie steht mit Jonathan da vorn, siehst du? Bei den Leuten von der London Business Association, die ihr den Preis verleihen werden. Aber geh ruhig hin, ich glaube, sie ist froh, wenn du sie da mal rausholst«, erklärt mir Sarah.

»Und was machst du?« Eigentlich hatte ich gehofft, dass sie mitkommt.

»Ich geh noch mal runter in die Empfangshalle und warte auf Alex und meinen Vater. Sie müssten gleich eintreffen.« Sie lächelt strahlend. »Aber dann kommen wir sofort nach.«

Während ich zu Grace hinübergehe, überlege ich, dass Sarah eigentlich immer so lächelt, wenn es um ihren Mann geht. Sie wirkt auch nach über anderthalb Jahren Ehe noch frisch verliebt – worum ich sie für einen Moment heiß beneide. Alex ist ein toller Mann, und man merkt den beiden an, wie glücklich sie miteinander sind.

Und das Gleiche gilt auch für Grace und Sarahs Bruder

Jonathan, denke ich, als ich die beiden an der Bühne stehen sehe. Jonathan sieht wie üblich blendend aus. Er ist groß und dunkel, schwarzhaarig und dazu noch ganz schwarz gekleidet, wirkt allein durch seine Statur sehr beeindruckend, während Grace das genaue Gegenteil ist – klein, zierlich und rotblond. Und doch strahlen die beiden aus, dass sie zusammengehören. Vielleicht ist es die Art, wie er sie ansieht, denke ich – als gäbe es keine andere Frau in diesem Raum, die ihn interessiert. Und wenn sie ihn anlächelt, dann strahlt sie richtig, denke ich, genau wie Sarah das tut, wenn es um Alexander geht.

Ich würde vielleicht auch so lächeln, wenn Matteo hier wäre, überlege ich wehmütig und verbiete mir den Gedanken dann, weil er mir wehtut.

»Sophie! Wie schön, dass du gekommen bist!« Grace unterbricht ihre Unterhaltung mit den beiden älteren Herren, mit denen sie im Gespräch war, und kommt zu mir, umarmt mich herzlich, während ich ihr noch mal zu ihrem Preis gratuliere. »Ja, was für eine Ehre«, sagt sie und beugt sie sich verschwörerisch vor. »Und ganz schön aufregend. Ich glaube, so nervös war ich das letzte Mal vor meiner Trauung.«

Sie grinst, und ich stelle wieder fest, wie sympathisch ich ihre ehrliche, direkte Art finde. Sie wirkt allerdings gar nicht nervös, sondern sieht wunderschön aus in ihrem grünen Kleid mit dem weit fallenden Rock, der ihren wachsenden Babybauch auf sehr elegante Art in Szene setzt. Sie ist im sechsten Monat, und laut Sarah ist mit der Schwangerschaft alles in Ordnung. Doch ihren Mann scheint ihr Zustand zu beunruhigen.

»Willst du dich nicht lieber wieder setzen?«, fragt Jonathan, nachdem auch er mich begrüßt hat, und in seinen ungewöhnlich blauen Augen steht Sorge. Was Grace allerdings nur lächeln lässt.

»Mir geht es gut. Wirklich«, versichert sie ihm. »Und gleich sitze ich noch lang genug.«

»Aber der Arzt sagt . . .«

»Dass du dich ein bisschen entspannen sollst«, erklärt Sarahs Mann Alexander Norton, der in diesem Moment zu uns tritt, und grinst seinen Freund an. »Du machst Grace doch nur nervös mit deiner ständigen Überfürsorge, Hunter.«

»Warte, bis Sarah schwanger ist. Dann sprechen wir uns wieder«, brummt Jonathan, während Alexander jetzt mich begrüßt.

»Sarah kommt gleich mit Arthur«, informiert er mich und blickt sich um. »Und du, Sophie? Bist du allein hier? Ist Nigel nicht bei dir?«

»Nein«, sage ich und verstumme dann überrascht, als plötzlich jemand eine Hand warm in meinen Rücken legt.

»Ich begleite Sophie«, sagt eine weiche, tiefe Stimme neben mir, und ich vergesse zu atmen, starre nur ungläubig zu Matteo auf, der plötzlich an meiner Seite steht und es gelassen hinnimmt, dass ihn alle neugierig mustern. Mit einem charmanten Lächeln blickt er mich an. »Ich hoffe, ich bin nicht zu spät?«

Er sieht unglaublich gut aus in dem perfekt sitzenden dunklen Anzug, dem Dresscode für Männer auf einer solchen Feier, zu dem er ein weißes Hemd und eine Fliege trägt, lächelt mich selbstbewusst an, so als wäre er ganz sicher, dass ich mich freue, ihn zu sehen.

»Sie sind ja doch gekommen, *Professore!*«, ruft Sarah, die in diesem Augenblick zu uns stößt, und bricht das überraschte Schweigen, in das wir anderen verfallen sind.

115

Sie begrüßt Matteo auf italienische Art mit Wangenküssen und grinst mich kurz mit diesem »Habe ich's dir nicht gesagt«-Ausdruck auf dem Gesicht an, was mich – endlich – aus meiner Erstarrung reißt. Sprechen kann ich allerdings noch nicht, dafür bin ich zu überrascht, aber das sieht Sarah zum Glück und übernimmt einfach die Vorstellung.

Die anderen, vor allem Jonathan und Alexander, wollen viel wissen über ihn und stellen ihm Fragen, aber das kriege ich kaum mit, weil ich so damit beschäftigt bin zu begreifen, warum er hier ist – und mich zu entscheiden, wie ich das finden soll.

Mein Körper weiß ziemlich genau, wie er das findet, denn Matteos Hand liegt immer noch in meinem Rücken, und das macht mir das Atmen schwer. Es ist eine instinktive Reaktion auf seine Nähe, gegen die ich nichts tun kann. Doch der Rest von mir ist wütend auf ihn. Sehr wütend sogar. So wütend, dass mein Lächeln ziemlich zittrig ist, als Sarah und ihr Vater jetzt ebenfalls zu uns stoßen und wir uns an den Tisch setzen.

»Was machst du hier?«, frage ich Matteo leise, aber scharf, als er ganz selbstverständlich neben mir Platz nimmt. Es ist ein Stuhl für ihn da, offenbar war der für meine Begleitung eingeplant oder jemand anders ist nicht gekommen. Was sein Glück ist, denke ich, immer noch aufgebracht darüber, dass er einfach so aus dem Nichts aufgetaucht ist.

»Du wolltest doch, dass ich dich begleite«, antwortet er ungerührt, ohne sein Lächeln zu unterbrechen, und in seinen goldenen Augen liegt ein warmes Schimmern, das mir erneut den Atem nimmt und es mir schwer macht, an meiner Wut festzuhalten.

»Und du hast gesagt, dass du nicht willst«, entgegne ich. »Was, wenn ich Ersatz gesucht hätte?«

Er hebt die Augenbrauen. »Hast du?«

»Nein. Aber das heißt nicht, dass die Einladung für dich noch galt.« Ich meine, was denkt er sich eigentlich dabei, einfach so aufzukreuzen?

»Dann soll ich wieder gehen?«

»Nein!« Ich atme tief durch, weil ich das ein bisschen zu laut gesagt habe und die anderen uns ansehen. »Nein«, wiederhole ich leiser und verfluche ihn innerlich, weil ich mich nicht entscheiden kann ob ich ihn schlagen will oder küssen. »Bleib.«

Dieser verdammte Mistkerl hat es wieder mühelos geschafft, mich in ein totales Gefühlschaos zu stürzen. Mein Stolz und meine Vernunft finden nämlich, dass ich ihn sofort in die Wüste schicken sollte, während mein Herz dafür plädiert, nicht so nachtragend zu sein und sich erst mal die wahren Gründe anzuhören, warum er hier ist.

Doch ich kann ihn nicht danach fragen, denn während die Kellner die Vorspeise – einen Rukola-Walnuss-Salat mit karamellisiertem Ziegenkäse – servieren, will Sarah von Matteo alles über den Stand der Expertise wissen.

Er bestätigt, was mir Dad schon erzählt hat – dass er sehr viel weitergekommen ist und die Spur des Bildes bis nach Italien zurückverfolgen konnte. Ein wichtiger Schritt ist damit gemacht, doch es fehlt nach wie vor der entscheidende Nachweis, der Enzo mit dem Bild verknüpft – bislang kann es immer noch von einem Zeitgenossen oder einem Schüler gemalt worden sein, was den Wert des Gemäldes ganz entscheidend mindern würde.

»Und was denken Sie, wie lange Sie noch brauchen werden?«, erkundigt sich Sarah.

Matteo zuckt mit den Schultern. »Das kommt ganz darauf an, wie sich die Dinge entwickeln«, sagt er rätselhaft und mit einem Seitenblick auf mich, der meinen Herzschlag beschleunigt und mich noch ein bisschen mehr verwirrt.

Während des Hauptgangs müssen wir mehreren Funktionären und Politikern zuhören, die Grußworte übermitteln – die »Feierstunde« ist nämlich tatsächlich der Jahresball der LBA, mit den entsprechenden Rückblicken auf die Aktivitäten des vergangenen Jahres. Und dann werden die Preise in verschiedenen Kategorien verliehen, was bis zum Nachtisch dauert. Erst nach dem Essen ist endlich Grace dran.

Die Jury begründet ihre Wahl zur »Young Business Woman of the Year« mit vielen Komplimenten, lobt ihre Zielstrebigkeit und ihren Blick für größere Zusammenhänge genauso wie ihr soziales Engagement, das bei ihrer Arbeit stets zu spüren sei.

Grace ist sichtlich bewegt, als sie schließlich ans Rednerpult tritt, um sich für den Preis zu bedanken.

»Ich weiß gar nicht, was ich sagen soll, außer dass ich mich sehr geehrt fühle, für diesen Preis ausgewählt worden zu sein. Aber eigentlich dürfte ich gar nicht alleine hier oben stehen, denn dass ich in den letzten zwei Jahren beruflich so viel erreicht habe, verdanke ich meinem Mann. Er hat mir die Chance gegeben, meine Fähigkeiten zu entdecken und zu entfalten, und ich habe viel von ihm gelernt. Wir sind in so vielen Bereichen ein gutes Team, und ich hoffe, dass wir das noch sehr lange so erfolgreich fortführen können wie bisher – wobei unser nächstes gemeinsames Projekt privater Natur sein wird.« Lächelnd legt sie die Hand auf ihren Bauch und strahlt dann Jonathan an, dessen Gesicht deutlich zeigt, wie stolz er auf seine Frau ist.

Er geht Grace entgegen, und ich bin genauso gerührt wie viele andere im Saal, als er sie fest in die Arme schließt. Die beiden verbindet offensichtlich eine Menge, obwohl sie so verschieden sind, und mir geht nach, was Grace in ihrer Rede gesagt hat. Ich habe auch das Gefühl, dass Matteo und mich viel verbindet, dass wir ein gutes Team sind – oder dass wir es sein könnten, wenn er es zulässt. Aber ist die Tatsache, dass er heute hier ist, ein Zeichen dafür – oder ist das irgendein Spiel, das ich noch nicht durchschaue?

Mein Herz fragt nicht nach den Gründen, es spielt jedes Mal verrückt und klopft wild, wenn wir uns zufällig berühren. Und diese Gelegenheiten scheint Matteo zu suchen. Er legt oft die Hand in meinen Rücken, wenn er mit den anderen am Tisch redet, streift mein Knie mit seinem oder unsere Finger treffen sich, wenn wir gleichzeitig nach etwas greifen. Und jedes Mal halte ich den Atem an und versinke in seinen Augen, spüre, wie sich die Spannung zwischen uns ein bisschen mehr steigert, bis ich irgendwann zwischen meiner hilflosen Wut auf ihn und der Erregung, die er in mir weckt, kaum noch unterscheiden kann. Ich muss mit ihm sprechen, aber ich kann es nicht hier – weil ich nicht weiß, was passiert, wenn ich es tue. Deshalb funktioniere ich weiter, lächle und antworte auf Fragen, während ich eigentlich nur daran denken kann, wie nah Matteo mir ist.

»Uff, das wäre geschafft«, stöhnt Grace, als sie wieder bei uns am Tisch ist. »Ich dachte, ich sterbe vor Aufregung.«

»Du hast das wundervoll gemacht«, versichert ihr Jonathan und runzelt dann die Stirn. »Aber ich glaube, man erwartet von uns, dass wir jetzt den Tanz eröffnen«, sagt er und deutet auf die Tanzfläche.

»Nein, tut mir leid.« Sie schüttelt entschieden den Kopf. »Ich glaube, wenn ich mich jetzt drehe, wird mir schwindelig – mein Kreislauf spielt manchmal ein bisschen verrückt wegen der Schwangerschaft.« Auffordernd blickt sie in die

Runde. »Wenn also unbedingt jemand tanzen soll, dann müsst ihr das übernehmen.«

Alexander reagiert sofort und fordert Sarah auf, die ihm begeistert auf die Tanzfläche folgt, und ich spüre, wie mir ein Schauer über den Rücken läuft, als ich das Glitzern in Matteos Augen sehe.

»Willst du tanzen?«, fragt er, und ich möchte Nein sagen. Ich möchte ihm sagen, dass er sich zur Hölle scheren soll – oder zumindest nach Rom. Aber stattdessen lege ich meine Hand in seine und lasse mir von ihm aufhelfen, folge ihm zur Bühne, vor der sich schon mehrere Paare versammelt haben.

Die Musik ist konservativ und klassisch, ein Walzer – ausgerechnet. Das Herz schlägt mir bis zum Hals, als Matteo mich in seine Arme zieht und anfängt, sich mit mir zu der langsamen, wiegenden Musik über die Tanzfläche zu bewegen. Oder schweben wir? Er ist ein guter Tänzer, führt mich leichtfüßig und sicher und für einen kurzen Moment vergesse ich, wo wir sind, genieße es einfach, seinen Körper dicht an meinem zu spüren. Doch dann spanne ich mich an, wehre mich gegen die Gefühle, die er in mir auslöst und versuche, wieder böse auf ihn zu sein. Was mir auch gelingt – bis ich ihn leise lachen höre und überrascht den Kopf hebe.

Matteos Augen funkeln belustigt. »*Cara*, wenn du weiter so grimmig guckst, werden die Leute glauben, dass ich dir ständig auf die Füße trete.«

»Okay, dann erklär es mir«, sage ich, ohne sein Lächeln zu erwidern, und spüre, dass ich nicht mehr kann. Ich muss es wissen. »Wieso bist du hier, Matteo? Ich dachte, das wäre keine gute Idee.«

Er nutzt die nächste Drehung, um mich noch ein bisschen enger an sich zu ziehen. »Ist es auch nicht.«

»Und warum bist du trotzdem gekommen?«

Einen Moment lang sagt er nichts, dann stößt er die Luft aus, was beinah ein bisschen gequält klingt. »Ich weiß es nicht, Sophie. Wahrscheinlich, weil ich geahnt habe, dass du wieder dieses Kleid tragen wirst, in dem ich dich schon unglaublich sexy fand, als du mir damit in Rom in die Arme gefallen bist. Weil ich ständig dein Bild vor mir sehe, wenn ich versuche, mich auf diese verfluchte Expertise zu konzentrieren. Weil ich von dir träume. Weil ich dich vermisse.«

Seine Worte sind wie Balsam für meine angeschlagene Seele und lassen die Wut, an die ich mich so verzweifelt geklammert habe, restlos verrauchen. Zurück bleiben nur Sehnsucht – und die Hoffnung, auf die ich eigentlich gar nicht mehr setzen wollte.

»Aber woher weiß ich, dass du das morgen auch noch so siehst? Was, wenn dir dann wieder einfällt, dass es nicht geht mit uns?«

Er sieht mich an, und ich kann mich seinem intensiven Blick nicht entziehen, falle ohne Netz in die goldenen Tiefen seiner Augen.

»Willst du jetzt wirklich an morgen denken? Reicht es nicht, wenn ich dir jetzt sage, wie sehr ich dich begehre?«

Seine Stimme klingt angespannt. Verwirrt. Bittend. Und mir wird plötzlich klar, dass er mir mehr nicht sagen kann. Es verunsichert ihn, was er für mich empfindet. Er möchte das Ganze vielleicht beenden, aber er kann mir nicht widerstehen. Und das macht mich stark, gibt mir das Vertrauen zurück, dass ich schon verloren hatte.

»Wie sehr begehrst du mich denn?«, frage ich und sehe mit einem atemlosen Lächeln, wie seine Augen dunkler werden.

Abrupt bleibt er stehen, was zur Folge hat, dass wir von dem Paar neben uns angerempelt werden. Die beiden sehen uns irritiert an, aber Matteo achtet gar nicht auf sie, sondern nimmt meine Hand und zieht mich von der Tanzfläche und durch den Raum, bahnt sich mit mir den Weg durch die Leute, die jetzt, wo das Essen beendet ist, teilweise zwischen den Tischen stehen und reden.

In dem Vorraum, in dem sich die Garderobe befindet, bleibt er kurz stehen und sieht sich um. Er wirkt grimmig und sehr entschlossen, zieht mich in den Eingang zu den Toiletten, einen holzvertäfelten Gang, der uns vor den Augen der Dame an der Garderobe verbirgt, und schiebt mich gegen die Wand. Und dann liegen seine Lippen auf meine, und er küsst mich heftig und wild – was vermutlich die Antwort auf meine Frage ist.

Erst nach einem langen Augenblick gibt er mich wieder frei, legt schwer atmend seine Stirn an meine.

»Ich begehre dich so sehr, dass ich dich hier auf der Stelle nehmen möchte, auch wenn wir dann vermutlich Hausverbot bekommen«, sagt er heiser, und ich lächle an seinen Lippen und spüre, wie das Prickeln, das sich in meinem Körper ausbreitet, die letzten Zweifel vertreibt.

Es ist vielleicht zerstörerisch, was Matteo Bertani in mir auslöst. Aber es ist auch stärker als ich. Ich schmecke ihn in meinem Mund, und ich will mehr, stelle mich auf die Zehenspitzen und suche seine Lippen, küsse ihn heiß und lockend.

Ich weiß, dass es absolut ungeheuerlich ist, was ich hier tue – im Eingang der Toiletten des noblen »Savoy« ohne jede Zurückhaltung einen Mann zu küssen, gehört sich nicht.

Aber es ist mir egal, nein, es gefällt mir sogar. Weil es aufregend ist und weil ich mich auf eine ganz neue Art lebendig fühle. Ich will nicht nachdenken, und ich will nicht vernünftig sein, lasse mich überschwemmen von dem Verlangen, gegen das ich schon den ganzen Abend – oder vielleicht schon, seit ich Matteo vor einer Woche verlassen habe, vergeblich ankämpfe. Hungrig presse ich mich an ihn, als er den Arm hinter meinen Rücken schiebt und mich noch enger an sich zieht, vergrabe meine Hände in seinem Haar. Er löst seine Lippen von meinen und fährt meinen Hals entlang, küsst meine nackten Schultern, die mein Kleid freilässt.

»Ich rufe uns ein Taxi«, flüstert er, als er den Kopf wieder hebt, und ich nicke, auch wenn ich es fast bedaure, dass einer von uns noch halbwegs bei Verstand ist.

Gleich darauf bin ich allerdings froh darum, denn nur einen Augenblick später biegt ein Mann in den Gang zu den Toiletten, dicht gefolgt von einer Frau. Er mustert uns interessiert, sie ein bisschen pikiert, weil man uns vermutlich ansehen kann, dass wir gerade wild geknutscht haben, deshalb nimmt Matteo meine Hand und geht mit mir zurück in den Vorraum.

»Meine Clutch«, sage ich atemlos, als mir wieder einfällt, dass die Tasche noch drinnen im Saal am Tisch liegt. »Und mein Mantel.«

»Ich hole die Tasche und entschuldige uns. Matteo wartet meine Antwort gar nicht ab, sondern ist schon auf dem Weg zurück in den Saal, während ich mir an der Garderobe meinen leichten Abendmantel geben lasse. Ich ziehe ihn jedoch nicht über, sondern hänge ihn nur über meinen Arm, weil meine Wangen brennen und mir immer noch heiß ist von Matteos Küssen. Unruhig gehe ich hin und her – bis mir jemand auf die Schulter tippt.

Ich nehme an, dass es Matteo ist, und hebe mit einem Lächeln den Kopf.

Doch es ist nicht Matteo.

Es ist Nigel.

10

»Sophie! Dann hast du meine Nachricht also doch bekommen? Ich dachte schon, es wäre zu kurzfristig gewesen!« Seine gerade noch freudige Miene wirkt zerknirscht. »Aber warum hast du mir denn nicht gesagt, dass du mitkommen willst?«

Ich starre ihn an wie eine Erscheinung und habe nicht den leisesten Schimmer, wovon er spricht.

»Welche Nachricht?«

Irritiert runzelt Nigel die Stirn. »Ich habe gestern auf deine Mailbox gesprochen und dich gefragt, ob du mich auf den Jahresball der LBA begleiten willst. Deswegen bist du doch hier, oder nicht?«

Ich schüttele den Kopf. »Sarahs Schwägerin Grace hat mich eingeladen. Sie ist zur ›Young Business Woman of the Year‹ gewählt worden«, erkläre ich ihm.

»Grace Huntington?« Er kennt sie auch, über Alexander und Sarah, und ist sichtlich erstaunt. »Ihren Namen muss ich im Programm überlesen haben.« Das wurmt ihn – Nigel macht nicht gerne Fehler –, aber er erholt sich schnell. »Na ja, dann ist es ja wenigstens kein Beinbruch, dass ich wegen dieses unsäglichen Meetings so spät bin. Wenn ich gewusst hätte, dass du da bist, hätte ich es verschoben. Aber ein bisschen Zeit bleibt uns ja noch.« Er legt mir ganz selbstverständlich die Hand in den Rücken und will, dass ich ihm in den Saal folge. Doch ich bleibe stehen.

Es fällt mir schwer, es ihm zu sagen, weil mir bewusst

ist, wie enttäuscht er sein wird. Aber ich kann es nicht ändern.

»Nigel, ich bin mit Matteo hier. Und wir wollten gerade gehen.«

Er bleibt stehen und starrt mich an. »Aha.«

Diese Information muss er erst mal verdauen, denn er schweigt für einen Moment, und ich kann sehen, wie es in seinem Gesicht arbeitet. Doch tatsächlich fängt er sich erstaunlich schnell wieder und lächelt, wenn auch etwas gezwungen, weil ihm offenbar ein Weg eingefallen ist, wie er das Problem lösen kann.

»Aber du musst ihn doch nicht begleiten, oder? Wenn du noch bleibst, dann könnte ich dir ein paar Leute von der LBA vorstellen, die ich kenne. Unsere Bank macht seit Jahren Geschäfte mit den Mitgliedern der Organisation, und das könnten nützliche Kontakte für das ›Conroy's‹ sein.«

Kontakte für das »Conroy's« – ein absolutes Totschlagargument. Und tatsächlich denke ich für einen Moment darüber nach. Es ist wie ein Reflex, den ich ganz schwer ablegen kann, weil ich jahrelang immer nur getan habe, was gut für unser Auktionshaus war. Aber jetzt will ich etwas für mich tun, deshalb schüttele ich den Kopf.

»Nein, ich muss gehen.«

Nigels Lächeln schwindet, und er schiebt seine Hand, die noch in meinem Rücken liegt, ein Stück weiter auf meine Hüfte, sodass er mich quasi umarmt. Sein Gesicht ist meinem plötzlich ganz nah.

»Wieso hast du so einen Narren an diesem Italiener gefressen, Sophie? Seit er da ist, bist du völlig verändert. Er ist nicht gut für dich.«

»Ich denke, das ist etwas, dass ich allein entscheiden kann«, sage ich und mache mich von ihm los, bringe Abstand zwischen uns, weil mir seine Nähe unangenehm ist.

»Das heißt, du gehst? Mit ihm?« Nigel starrt mich an.

Ich nicke und halte seinem Blick stand, registriere den Moment, in dem ihm endgültig klar wird, dass Matteo den Platz erobert hat, den er selbst gerne in meinem Leben einnehmen würde. Er kämpft sichtlich mit seiner Wut und seiner Enttäuschung, doch seine englische Zurückhaltung verbietet es ihm, mir in der Öffentlichkeit eine Szene zu machen, deshalb stößt er nur die Luft aus.

»Du musst wissen, was du tust«, sagt er und wendet sich ab, eilt, ohne sich noch einmal umzudrehen, auf den Eingang zum Lancaster Room zu. Er begegnet Matteo, der mit meiner Clutch in der Hand gerade den Saal verlässt, doch er geht grußlos an ihm vorbei.

»Ist der Kerl immer so unhöflich?«, fragt Matteo irritiert, als er mich erreicht, und tut das, was Nigel eben auch getan hat: Er legt den Arm um mich und zieht mich an sich. Doch an ihn schmiege ich mich gern, seufze zufrieden auf.

Matteos Stirn ist trotzdem noch gerunzelt. »War er die ganze Zeit schon da?«

Ich schüttele den Kopf. »Nein, er hatte ein Meeting in der Bank, deshalb ist er auch zu spät.«

»Wusstest du, dass er hier sein würde?« Matteo lässt mich los und mustert mich mit einem seltsamen Ausdruck im Gesicht. Misstrauisch irgendwie.

»Nein, das wusste ich nicht«, erwidere ich. Aber ich hätte es mir denken können, dass Nigel zu einer solchen Veranstaltung ebenfalls eingeladen ist. Ich hätte es sogar gewusst, wenn ich meine Mailbox abgehört hätte, denn dass er angerufen und mir etwas draufgesprochen hatte, war mir bewusst. Ich hatte nur keine Lust, seine Stimme zu hören.

»Und wieso war er so wütend?«, hakt Matteo nach.

Ich zucke mit den Schultern. »Er wollte, dass ich noch bleibe. Aber ich möchte lieber fahren«, sage ich und schiebe mit einem Lächeln meine Hand in Matteos.

Für einen Moment reagiert er nicht, fixiert mich nur ernst mit seinen unwiderstehlich schönen, goldenen Augen. Ich halte seinem Blick stand und frage mich, was ihn so lange zögern lässt. Doch dann – endlich – lächelt er dieses Lächeln, das mir die Hitze direkt in den Unterleib schickt, beugt sich vor und küsst mich.

»Dann komm«, sagt er, und mir läuft ein lustvoller Schauer über den Rücken, während ich mit ihm zusammen hinunter in die beeindruckende Eingangshalle und durch die Drehtüren aus Edelholz hinaus auf den Vorplatz gehe, wo zwei schwarze Londoner Taxis warten.

Der Fahrer des vorderen Wagens hält uns dienstbeflissen die Tür auf, wir setzen uns auf die Rückbank und Matteo nennt ihm die Adresse seines Hauses in Chelsea. Ich rücke eng an ihn heran, brauche seine Nähe plötzlich ganz dringend, und er legt den Arm um mich. Seine Wärme und sein männlicher Duft, den ich unter Hunderten erkenne würde, hüllen mich ein, und ich schließe kurz die Augen, als ich seine Lippen an meiner Schläfe spüre.

»Gott, ich will dich so, Sophie«, sagt er rau an meinem Ohr, sodass nur ich ihn höre, und schiebt seine Hand unter meinen Mantel, den ich auf dem Schoß halte. Der Rock meines Kleides ist beim Setzen etwas hochgerutscht, und er rafft ihn noch ein bisschen mehr, legt die Hand zwischen meine Schenkel. Verlangen erfasst mich sofort wieder, lässt mich wünschen, dass wir schon da wären.

Aber noch schaukelt das schwarze Taxi durch die Stadt, und die endlosen Minuten bis nach Chelsea dauern mir plötzlich zu lang. Deshalb lasse ich mich etwas tiefer in den Sitz sinken und schiebe mein Becken ein Stück weiter vor – bis Matteo mit den Fingern den seidigen Stoff meines Slips erreichen kann.

Seine Augen funkeln im Halbdunkel des Taxis, und ich lächle ihn an, als ich die Frage darin sehe. Mehr Aufforderung ist nicht nötig, denn im nächsten Moment spüre ich, wie seine Finger aufreizend langsam über meinen noch bedeckten Spalt streichen. Erregt ziehe ich die Luft ein und öffne meine Beine noch ein bisschen weiter, was ihn triumphierend lächeln lässt.

»Gefällt dir das?«, flüstert er mir ins Ohr, und ich nicke. Automatisch wandert mein Blick zum Fahrer. Er kann uns sehen, wenn er in den Rückspiegel schaut, doch er hat seine Aufmerksamkeit nach vorn gerichtet und scheint gar nicht auf uns zu achten. Trotzdem finde ich den Gedanken erregend, dass wir es unter seinen Augen tun.

Matteo beugt sich noch ein bisschen weiter vor, und schiebt mit dem Finger den störenden Stoff meines Slips beiseite, was ein erwartungsvolles Prickeln über meinen Nacken und meinen Rücken tanzen lässt. Einen atemlosen Moment sehe ich in seine Augen, in denen sich mein Verlangen spiegelt, dann senkt er seine Lippen auf meine, und als er mit der Zunge in meinen Mund dringt, taucht er auch den Finger in meinen feuchten Spalt.

Ich kann nicht stöhnen, weil er mich küsst, und ich kann ihn nicht berühren, weil meine Hände meinen Mantel halten, der das, was wir tun, vor den Augen des Taxifahrers versteckt. Deswegen bin ich Matteos Liebkosungen auf eine köstliche Weise ausgeliefert, kann mich nur fallen lassen in dieses heiße, alles verzehrende Gefühl, das sich schon den ganzen Abend in mir aufgebaut hat, spüre, wie ich die Kont-

128

rolle verliere. Oder nicht ganz. Ich schaffe es, nicht zu stöhnen, ich gebe überhaupt keinen Laut von mir, als Matteos Finger über meine Klit reibt und mich plötzlich und ohne Vorwarnung ein intensiver Orgasmus erfasst. Meine inneren Muskeln krampfen sich um ihn zusammen, und Sterne explodieren hinter meinen Lidern, während ich wieder und wieder erschaudere und Matteo fast verzweifelt küsse, weil es mein einziges Ventil in diesem überwältigenden Sturm der Lust ist, der durch meinen Körper tobt. Als es vorbei ist und ich endlich wieder in die Wirklichkeit zurückfinde, löse ich mich von seinem Mund und lehne meine Stirn an seine, seufze innerlich auf, als er sich aus mir zurückzieht und meinen Slip wieder gerade rückt.

Dann erst registriere ich den Grund dafür: Wir sind schon fast da, denn das Taxi rollt langsam durch eine ruhige Sackgasse, vorbei an einer geschlossenen Front weißer, villenähnlicher Häuser mit hübschen Vorgärten hinter schmiedeeisernen Zäunen. Offenbar sucht der Fahrer nur noch nach der richtigen Hausnummer.

Mein Gott, ich bin gerade in einem Taxi gekommen, denke ich und lächle genüsslich, während ich meinen Kopf an Matteos Schulter lehne. Vermutlich sollte ich mich bei einem Mann wie ihm daran gewöhnen, Sex an ungewöhnlichen Orten zu haben. Wir reagieren einfach zu stark aufeinander. Aber wenn es jedes Mal so aufregend ist, dann habe ich nichts dagegen.

Das Taxi hält, und Matteo bezahlt den Fahrer, der uns wieder die Tür aufhält und uns zum Abschied anlächelt. Hat er etwas mitbekommen von dem, was wir gemacht haben? Die Frage lässt Röte in meine Wangen steigen, während Matteo eines der schmiedeeisernen Tore öffnet, mich an der Hand zur Haustür führt und aufschließt.

»Wie lange ist deine Mutter noch weg?«, frage ich, als wir den dunklen Flur betreten, weil ich plötzlich befangen bin in dem fremden Haus. Matteo hat damit jedoch gar keine Probleme, denn er zieht mich sofort wieder in seine Arme, nachdem die Tür hinter uns ins Schloss gefallen ist.

»Ich weiß nicht. Die beiden kommen bald zurück. Aber nicht heute«, antwortet er und hebt mich hoch, trägt mich die Treppe hinauf in ein Schlafzimmer. Es ist offenbar das, was er während seines Aufenthaltes benutzt, denn eines seiner Hemden hängt an einem Bügel am Schrank.

Behutsam stellt er mich wieder auf die Füße. Er hat kein Licht gemacht, doch der Schein der Straßenlaternen, der von draußen durch das Fenster fällt, erhellt den Raum, und ich sehe die Lust auf seinem Gesicht, als er mich weiter küsst.

Mein intensiver Orgasmus hallt noch in mir nach, macht mich fast ein bisschen träge, während Matteos Verlangen immer noch drängend ist. Ich fühle seine harte Erektion durch den Stoff seiner Hose, taste mit der Hand danach und lächle, als er an meinen Lippen aufstöhnt.

Es ist ein gutes Gefühl, so begehrt zu werden. Ein berauschendes Gefühl. Und es ist nicht gerecht, dass er mir diese unglaublichen Freuden bereitet hat, während er selbst verzichten musste. Deshalb lasse ich meine Hände wieder nach oben gleiten und streife ihm das Jackett ab, löse seine Fliege und knöpfe sein Hemd auf, streiche über seine nackte, schöne Brust und über seine Narbe. Ich fühle mich frei und mutig. Und ich möchte ihm geben, was er mir gegeben hat, deshalb gleite ich an ihm herunter, bis ich vor ihm auf dem Teppich knie, und öffne mit neuer Entschlossenheit seinen Gürtel, ziehe seine Hose herunter, bis sein praller Schwanz mir entgegenspringt, und umfasse ihn mit der Hand.

»Sophie«, stöhnt Matteo, und als ich zu ihm aufblicke, sind seine Augen dunkel vor Verlangen.

Es ist ein unglaublich erotischer Anblick, ihn über mir zu sehen, groß, schön und erregt, und ich fühle, wie meine Lust sich von neuem aufbaut, als ich mich vorbeuge und die Lippen um seine Eichel schiebe, ihn in den Mund nehme. Sein erdiger Duft und sein Geschmack sind berauschend, und ich umfahre ihn mit der Zunge. Es gibt mir ein überwältigendes Gefühl von Macht, dass er mit einem hilflosen Knurren den Kopf in den Nacken legt, als ich anfange, in einem langsamen Rhythmus an ihm zu saugen.

Mutig geworden nehme ihn noch tiefer auf, spüre seine Hand an meinem Hinterkopf, die sich in meinem Haar vergräbt. Er kommt mir in kleinen Stößen entgegen, und ich schmecke die ersten, salzigen Tropfen seiner Essenz auf meiner Zunge, lege die Hand an seinen Hoden und ziehe sanft daran, was ihn wieder stöhnen und seine Bewegungen heftiger werden lässt.

Der Gedanke, dass ich ihn mit dem Mund befriedigen und zum Höhepunkt bringen kann, erregt mich, und ich will, dass er kommt. Deshalb steigere ich das Tempo weiter und merke zufrieden, wie sein Atem schwerer und schwerer geht und er sich immer stärker anspannt.

»Ich kann mich nicht mehr lange beherrschen«, stößt er heiser aus, was vermutlich eine Warnung sein soll, mich jedoch nur noch weiter anspornt. Ich lege die Hand an seine Hüfte und halte ihn fest, lasse nicht nach, sauge weiter an ihm, bis er seine Hand plötzlich fest in mein Haar krallt und heftig erschaudert.

»Oh Gott«, stöhnt er, und ich höre die Mischung aus Verzweiflung und Triumph in seiner Stimme, als sein Samen meinen Mund flutet. Ich kann nicht mehr geben, nur noch empfangen, doch ich genieße es, koste es aus, dass diesmal ich diejenige bin, die ihn erlöst.

Matteo erschaudert noch ein letztes Mal, doch er entspannt sich nicht, sondern zieht mich wieder zu sich hoch und umfasst hart meine Arme, küsst mich wieder.

»Das musstest du nicht tun«, sagt er, und ich höre die Überraschung in seiner Stimme, sehe die Erschütterung in seinen Augen. Er zieht mich an sich, ganz fest, und ich lächle an seiner Brust, fühle seinen Herzschlag, der sich langsam wieder beruhigt.

Vor ein paar Wochen hätte ich das wahrscheinlich wirklich noch nicht getan. Aber in Matteos Armen bin ich eine andere. Viel freier. Und viel, viel schutzloser.

Darüber kann ich jedoch nicht mehr weiter nachdenken, denn Matteo lässt mich wieder los und streift sich mit wenigen, sicheren Bewegungen den Rest seiner Kleider ab. Es nimmt mir den Atem, als er nackt vor mir steht, und ich strecke unwillkürlich die Hand nach ihm aus, muss ihn anfassen. Wie von selbst finden meine Finger die breite Narbe auf seiner Brust und fahren darüber. Es ist wie ein Reflex, so als würde ich magisch davon angezogen, und fast erwarte ich, dass er mich aufhält und mir verbietet, ihn dort zu berühren.

Es war bis jetzt ein Tabu, etwas, an das ich nur ganz selten rühren durfte, so als würde ihn diese Wunde immer noch schmerzen. Doch nun lässt er es zu, und ich suche in seinen Augen vergeblich nach der abwehrenden Härte, die sonst oft darin lag. Sie glitzern nur warm, wie eine Einladung, und ich halte seinen Blick fest, während ich weiter die Unebenheiten des weißen Streifens erkunde.

Es waren Scherben, die in verletzt haben, als er durch eine Glastür gefallen ist. Das hat mir seine Großmutter Valentina in Rom erzählt – aber nicht, wie das passiert ist und wieso er nicht darüber reden will. Ich weiß nur, dass die Verletzungen so tief waren, dass er in Lebensgefahr schwebte, und ich spüre, wie mich ein Zittern durchläuft bei dem Gedanken, dass er hätte sterben können.

Sie gehört zu ihm, diese Narbe, denke ich, und ich wünschte, ich könne ihn danach fragen. Aber ich habe zu viel Angst, den Moment der Nähe zwischen uns zu zerstören, will diese neue Vertrautheit lieber genießen.

Als meine Finger seinen Hals erreichen, schiebe ich beide Hände über seine Schultern und verschränke sie in seinem Nacken. Matteo stößt die Luft aus und zieht mich wieder an sich, und als unsere Hüften sich berühren, spüre ich durch den Stoff meines Kleides, dass er schon wieder hart ist. Überrascht sehe ich nach unten – und blicke dann zu ihm auf. Grinsend zuckt er mit den Schultern und küsst mich.

»Du bist eine Sirene, Sophie. Wenn du mich berührst, bin ich verloren. Ich kann dir nicht widerstehen, schon gar nicht in diesem Kleid.«

»Dann zieh es mir doch endlich aus«, sage ich und lächle erwartungsvoll, als er meiner Aufforderung umgehend nachkommt.

✳ ✳ ✳

Das helle Licht, das durch die Fenster hereinscheint, weckt mich. Oder vielleicht ist es auch die Tatsache, dass ich in Matteos Armbeuge liege, weich gebettet und an ihn geschmiegt.

Er schläft noch tief, ich merke es an seinen gleichmäßigen Atemzügen, deshalb bleibe ich einfach liegen und denke an die letzte Nacht. Sie war wie ein langer, aufregender Traum, der ein Lächeln auf mein Gesicht zaubert, und ich möchte mich nicht rühren und aufstehen, weil ich Angst habe, dass er im Licht vielleicht zerplatzt.

Und dann höre ich es wieder – das leise Piepsen meines Handys, das auch der Grund gewesen sein könnte, warum ich aufgewacht bin. Vorsichtig hebe ich den Kopf und drehe mich um, blicke über den Rand des Bettes. Meine Clutch liegt auf dem Boden neben dem Nachttisch, und ich seufze tief, weil ich eigentlich nicht will. Aber ich bin es einfach so gewohnt, immer erreichbar zu sein, dass ich es nicht aushalte, nicht nachzusehen, wer mir da eine SMS geschickt hat. Deshalb strecke ich mich und greife nach der Tasche, hole das Handy heraus und sehe aufs Display. Es ist eine Nachricht von Dad.

Muss dich sofort sprechen. Komm ins Büro.

Das ist für seine Verhältnisse ungewöhnlich harsch und kurz angebunden, deshalb zieht mein Magen sich zusammen. Es ist kein Notfall und es geht nicht um Mum – dann hätte er mich angerufen und dann wäre er nicht im Büro. Dass er an einem Sonntag arbeitet, ist nichts Besonderes, das tut er oft – aber dass er mich persönlich sprechen will, irritiert mich. Was gibt es so Wichtiges, dass er mir das nicht schreiben oder am Telefon sagen will?

Die Neugier treibt mich aus dem Bett. Möglichst leise, um Matteo nicht zu wecken, drehe ich mich von ihm weg. Doch als ich gerade aufstehen will, schließt sich seine Hand fest um mein Handgelenk, und er zieht mich wieder zurück.

»Willst du dich etwa schon wieder wegschleichen?«, fragt er mit vom Schlaf noch belegter Stimme und betrachtet mich stirnrunzelnd. Mir fällt wieder ein, dass ich das nach unserer ersten Nacht getan habe und dass ihm das gar nicht gepasst hat. Die Erinnerung daran lässt mich lächeln.

»Ich wollte dich schlafen lassen. Ich muss ins Büro.«

»Am Sonntag?« Die Falte zwischen seinen Augenbrauen wird noch ein bisschen steiler.

»Dad hat mir gerade eine SMS geschickt. Er will mich dringend sprechen«, erkläre ich ihm.

»Aber du kommst wieder, wenn du fertig bist?«

Ich nicke glücklich und als ich ihn küsse, vergesse ich für einen Moment, dass das alles immer noch nicht so einfach ist, wie es gerade klingt. Doch bevor ich mir darüber Sorgen mache, muss ich erst wissen, was im Auktionshaus passiert ist, deshalb löse ich mich schweren Herzens von ihm und sammle meine Sachen auf. Ich schlüpfe damit in das angrenzende Bad und überlege, ob ich hier duschen soll, entscheide mich dann jedoch dagegen. Ich muss ohnehin erst nach Hause und mich umziehen, denn in diesem Aufzug kann ich keinesfalls zu meinem Vater. Deshalb mache ich mich nur ein bisschen frisch, richte meine Haare und ziehe mich an.

Es fühlt sich komisch an, in einem festlichen Abendkleid durch das morgendliche London zu fahren, und mir wird bewusst, dass ich so etwas noch nie getan habe. Ich bin noch nie einfach mit einem Mann mitgegangen, weil mich die Leidenschaft überwältigt hat, ohne einen Gedanken an den Morgen danach. Solche Sachen passieren mir erst, seit mir Matteo begegnet ist, und es bringt mich ein bisschen aus der Fassung, weil es so ungewohnt ist. Aber es gefällt mir.

In Lennox Gardens schlüpfe ich nach einer kurzen Dusche schnell in eines meiner üblichen Büro-Outfits: einen dunklen Rock und eine Seidenbluse. Doch als ich in meinem Mini den vertrauten Weg zur King's Road fahre, ist es trotzdem nicht wie sonst. Mein Körper schmerzt auf eine angenehme Weise und meine Lippen sind leicht geschwollen von Matteos Küssen. Ich kann ihn noch fühlen, während ich mit klopfendem Herzen aussteige und in die Auktionshalle gehe, und ich weiß einfach nicht, ob mich das verunsichert oder sehr, sehr glücklich macht.

Dad sitzt in seinem Büro und sieht auf, als ich es betrete. Im Gegensatz zu mir lächelt er nicht, sondern fixiert mich mit einem harten Blick, der mein Lächeln wieder schwinden lässt.

»Was ist los?«, frage ich, und schaffe es nicht, meine plötzliche Nervosität zu verbergen, als ich mich auf den Besucherstuhl fallen lasse.

»Nigel hat mich vorhin angerufen«, erklärt er mir ohne Umschweife, und seine Stimme klingt vorwurfsvoll. »Er sagt, du warst gestern mit Matteo Bertani auf dem Ball der LBA und bist mit ihm relativ früh wieder gegangen.«

Offenbar hat Nigel das sehr hart getroffen, wenn er deswegen gleich Dad anruft. Trotzdem ärgert es mich, wie schnell er meinen Vater alarmiert. Das geht ihn schließlich nichts an, und meinen Dad auch nicht.

Ich halte seinem Blick stand und nicke. »Das stimmt.«

»Und da du heute Morgen nicht in deiner Wohnung warst, nehme ich an, du hast die Nacht bei ihm verbracht?«

Ich bin vollkommen überrascht, dass er mich das so direkt fragt, aber es ist schließlich auch nichts, wofür ich mich schämen müsste. Deshalb nicke ich wieder. Dann aber muss ich mich beherrschen, um nicht zusammenzuzucken, als Dad sich abrupt vorbeugt und mich mit zornig geröteten Wangen anstarrt.

»Herrgott, Sophie! Hast du den Verstand verloren?«

11

Ich brauche einen Moment, um mich wieder zu fangen.

»Dad, ich bin erwachsen«, erinnere ich ihn. »Ich bin dir keine Rechenschaft schuldig, mit wem ich meine Nächte verbringe.«

Mein Vater verschränkt die Arme vor der Brust, immer noch wütend. »Aber ich dachte, du wärst dir bewusst, in was für einer Lage wir uns befinden. Was denkst du, wird Lord Ashbury sagen, wenn er erfährt, dass du ein Verhältnis mit dem Mann hast, auf dessen Objektivität er sich verlässt? Er wird der Expertise nicht mehr glauben.«

Unwillig schüttele ich den Kopf. Wie oft soll ich eigentlich noch daran erinnert werden, wie unmöglich meine Beziehung zu Matteo ist?

»Er wird das nicht erfahren. Und es spielt auch keine Rolle. Matteo ist objektiv, Dad. Nur wenn er zweifelsfrei nachweisen kann, dass das Gemälde von Enzo stammt, wird er das auch so schreiben.«

»Wie beruhigend.« Dads Stimme trieft vor Sarkasmus. So böse habe ich ihn noch nie erlebt, jedenfalls nicht auf mich. »Sophie, ich muss dir doch nicht sagen, wie unglaublich unprofessionell das ist, von dir und von ihm. Und es gefährdet das ›Conroy's‹.« Dass ich das in Kauf nehme, befeuert seine Wut, lässt seine Augen fast ungläubig funkeln. »Wir können es uns nicht leisten, Lord Ashburys Vertrauen in Signore Bertani zu erschüttern. Dann wird er nämlich seinen Verdacht sofort publik machen. Und du weißt, was das bedeutet.«

Ja, das weiß ich, denke ich und spüre, wie mir die Kehle eng wird. Ich weiß aber auch, was es für mich bedeutet, wenn ich Matteo aufgebe.

»Lord Ashbury erfährt es nicht, Dad. Wir werden sehr diskret sein.«

Dads Mund wird zu einer schmalen Linie, denn das ist offensichtlich nicht die Lösung, die ihm vorschwebt.

»Ach ja? So diskret wie gestern Abend? Nein, Ashbury wird es nicht erfahren, weil du diese Affäre beendest. Auf der Stelle.«

Für einen langen Moment sehen wir uns an, und mir wird klar, dass ich in meinen fünfundzwanzig Jahren noch nie diese Art von Auseinandersetzung mit ihm hatte. Wir waren immer ein Team, wir haben immer an einem Strang gezogen und hatten nur ein gemeinsames Ziel: das Weiterbestehen des »Conroy's«. Es ist Dads Lebensaufgabe und es war meine, die ich gerne erfüllt habe. Darüber mussten wir nie streiten.

Doch jetzt ist mir das plötzlich zu eng, dieses Korsett, in das ich aus irgendeinem Grund nicht mehr passe. Es hat mir nichts ausgemacht, solange es nichts in meinem Leben gab, was mir wichtiger war. Jetzt ist das jedoch anders, deshalb verschränke ich die Arme vor der Brust und schüttele den Kopf.

»Nein.«

Dad kneift die Augen zusammen, und für einen langen Moment starren wir uns über den Schreibtisch hinweg an, zum ersten Mal Gegner und keine Verbündete. Aber in diesem Punkt gebe ich nicht nach, ganz egal, was er sagt, und das scheint er zu spüren, denn er ist es, der am Ende den Blick abwendet und seufzt. Als er mich wieder ansieht, ist sein Gesicht ernst.

»Er wird wieder gehen, Sophie. Ich hoffe, das ist dir

bewusst«, sagt er und spricht damit aus, was ich immer noch fürchte. Doch ich will das nicht hören.

»Es wird sicher nicht einfach«, gestehe ich ein. »Aber wir finden eine Lösung.«

Dad schüttelt den Kopf, und der zornige Ausdruck kehrt in seine Augen zurück. »Wach auf, Kind. Dieser Mann ist kein Partner für dich. Ich habe ihn gegoogelt. Abgesehen von seinen unzweifelhaften fachlichen Fähigkeiten und Verdiensten gilt er als Playboy. Er hatte seit Jahren keine feste Beziehung mehr. Glaubst du wirklich, das ändert er für dich?«

Seine Worte treffen mich hart, beleidigen mich richtig. »Dann denkst du also, dass ich es nicht schaffen kann, einen Mann zu halten? Vielen Dank für die Blumen«, sage ich und springe auf, gehe ans Fenster, weil ich Abstand brauche.

»Ich meine doch nicht dich, ich meine ihn. Er wird dich nicht glücklich machen, Sophie.«

Wütend wirbele ich zu ihm herum. »Und woher weißt du das so genau? Du kennst ihn doch gar nicht, Dad.«

»Das stimmt«, gesteht er ein. »Aber meine Lebenserfahrung sagt mir, dass es nicht gutgehen kann mit dir und ihm. Du riskierst nur, dass wir Ärger mit Lord Ashbury bekommen – und du riskierst, dass Nigel sehr enttäuscht von dir ist. Willst du deine Beziehung zu ihm wirklich für diesen Kerl aufs Spiel setzen?«

Überrascht starre ich ihn an. Ist das der eigentliche Grund, warum er so wütend ist?

»Ich habe keine Beziehung zu Nigel«, stelle ich richtig. »Er ist ein Freund, mehr nicht.«

»Was sehr schade ist«, findet Dad. »Er wäre genau der Richtige für dich, Sophie. Und er ist auch noch da, wenn Matteo Bertani längst wieder in Rom anderen Frauen den Kopf verdreht.«

Ich stoße die Luft aus, aber mir fällt nichts ein, was ich darauf sagen könnte. Und mein Vater setzt sofort nach.

»Sei doch vernünftig, Sophie. Lass dich nicht auf eine Sache ein, die alles kaputt macht«, appelliert er an mich, doch ich schüttele den Kopf. Weil wir dieses Mal sehr unterschiedliche Vorstellungen davon haben, was vernünftig ist.

»Herrgott noch mal!« Dass ich so uneinsichtig bin, lässt seine Wut zurückkehren. Auch er springt jetzt auf, fährt sich mit der Hand durchs Haar. »Was ist denn los mit dir? So kenne ich dich gar nicht.«

Ich schlucke schwer. »Kennst du mich überhaupt noch, Dad? Du hast jedenfalls keine Ahnung davon, was mich glücklich macht.«

Zu meinem Entsetzen spüre ich, wie meine Augen sich mit Tränen füllen. Ich blinzele sie weg, ermahne mich selbst, mir keine Blöße zu geben. Denn vor meinem Vater will ich nicht weinen, selbst wenn mir seine Missbilligung und sein fehlendes Verständnis furchtbar wehtun.

»Und deshalb wirst du auch nicht über mein Leben entscheiden«, teile ich ihm mit und bin dabei selbst überrascht, wie entschlossen, beinah eisig meine Stimme klingt. »Ich werde dem ›Conroy's‹ nicht schaden, darauf kannst du dich verlassen. Aber mit wem ich zusammen bin, ist meine Privatangelegenheit.«

Mein Vater ist sichtlich geschockt von meinem fehlenden Willen zum Einlenken. Aber er gibt auch nicht nach.

»Du musst wissen, was du tust. Ich hoffe nur, dass es nicht zu spät ist, wenn du wieder aufwachst und feststellst, dass ich recht hatte.«

»Das sehen wir ja dann«, erkläre ich ihm und greife nach meiner Tasche, weil ich ihm unter diesen Umständen nichts mehr zu sagen habe.

Als ich im Auto sitze und zurück nach Chelsea fahre, gehen mir seine Worte nach. Jetzt, wo ich mich nicht mehr verteidigen muss, kann ich mir eingestehen, dass es mich nicht nur wütend macht, sondern auch trifft, wie hart er mich angegangen ist. Doch es lässt meinen Entschluss nicht wanken.

Wie kann Dad sich so auf Nigels Seite stellen, ohne Matteo überhaupt eine Chance zu geben? Und wie kann Nigel es wagen, meinen Vater so gegen mich aufzuhetzen?

Ich kann die freundschaftlichen Gefühle, die ich für ihn hatte, gar nicht mehr heraufbeschwören, bin wie vor den Kopf geschlagen davon, wie er sich seit meiner Rückkehr verhalten hat. Offenbar habe ich total unterschätzt, wie sehr er und Dad sich schon auf den Gedanken versteift hatten, dass aus Nigel und mir ein Paar wird. Sie sind offenbar beide davon ausgegangen, dass ich nur noch ein bisschen Zeit brauche, und wenn ich ehrlich bin, habe ich das wohl auch mal so gesehen. Aber das war, bevor ich gemerkt habe, dass mir nur Verständnis und Freundschaft nicht reicht. Dass meiner Beziehung zu Nigel immer etwas fehlen würde, was ich bei Matteo gefunden habe.

Ob es mit ihm funktionieren kann, weiß ich immer noch nicht, aber während ich durch das sonntäglich ruhige Chelsea fahre, geht es mir besser als seit langem. Mein Herz klopft wild und voller Vorfreude, der Himmel ist ein bisschen blauer als sonst und die Sonne ein bisschen strahlender. Ich bin glücklich, denke ich, und genieße dieses ungewohnte, überschäumende Gefühl, das immer stärker wird, je näher ich Matteos Haus komme.

Ich finde sofort einen Parkplatz, was ich in meinem Überschwang als gutes Zeichen werte, und laufe lächelnd zurück zur richtigen Hausnummer.

Doch als ich klingele, öffnet mir nicht Matteo, sondern eine brünette Frau in einem apricotfarbenen Kostüm. Sie ist um die sechzig und ich erkenne sie sofort wieder, weil ich ihr Bild bei meinen Recherchen über Matteo im Internet schon mehrfach gesehen habe: Es ist Matteos Mutter Harriet Sanderson.

»Oh, Sie müssen Sophie sein! Kommen Sie bitte rein«, sagt sie und lächelt freundlich. Trotzdem bin ich plötzlich irgendwie befangen, weil ich nicht damit gerechnet hatte, dass Matteo nicht mehr allein sein könnte.

»Aber ich will nicht stören«, sage ich und zögere. »Ich … wusste nicht, dass Sie schon zurück sind, Mrs Sanderson.«

»Das konnten Sie auch nicht wissen, weil ich gestern Abend sehr spontan den Entschluss gefasst habe, mich in den nächsten Flieger zurück nach London zu setzen.« Sie macht eine resolute Geste, die mir bedeutet, dass ich auf jeden Fall eintreten soll. »Und nennen Sie mich Harriet«, fügt sie noch hinzu, während wir in das Wohnzimmer im Erdgeschoss gehen.

Bisher kenne ich eigentlich nur den oberen Teil des Hauses – Matteos Schlafzimmer und das Bad, um genau zu sein –, deshalb sehe ich mich neugierig um. Ich finde den Eindruck bestätigt, den ich schon hatte, als ich vorhin im Rausgehen einen kurzen Blick in einige Räume geworfen habe: Es ist alles sehr edel eingerichtet. Keine Experimente, kein Stilmix, keine Designerstücke, eher ein konservatives, aber sehr stimmiges Gesamtbild, das davon zeugt, dass die Hausherren wert auf Stil legen und das nötige Vermögen haben, um das auf sehr hohem Niveau umzusetzen. Auch hier hängen Gemälde an den Wänden, und mir fällt sofort ins Auge, dass es fast alles englische Maler sind. Mit einer Ausnahme – über dem Sofa hängt ein Bild, das eine Kleinstadtszene zeigt, mit einem hübschen weißen Kirchturm, der in einen blauen

142

Himmel ragt, und wunderschönen Licht- und Schatten-spielen auf den Gebäuden, die die Einsamkeit der menschen-leeren Straße betonen.

»Das ist von Edward Hopper«, sage ich überrascht und trete näher, um es mir anzusehen. Harriet folgt mir lächelnd und betrachtet das Gemälde ebenfalls.

»Es gehört Norman – meinem Mann. Er ist zwar Kana-dier, aber er liebt den amerikanischen Realismus.« Sie sieht mich anerkennend an. »Sie haben ein Auge für Kunst – aber Sie arbeiten ja auch für ein Auktionshaus, nicht wahr? Mat-teo hat mir davon erzählt«, erklärt sie mir. »Möchten Sie eine Tasse Tee?«

»Gern.« Ich nicke und frage mich, was ihr Sohn ihr wohl sonst noch erzählt hat. »Wo ist Matteo eigentlich?«

»Oh, er telefoniert oben mit einem seiner Studenten in Rom. Irgendetwas sehr Wichtiges, das länger dauert, deshalb hat er mich gebeten, Ihnen einen Tee zu servieren und sehr nett zu Ihnen zu sein, wenn Sie kommen«, erklärt mir Har-riet mit einem verschmitzten Lächeln, das ich sehr sympa-thisch finde.

Ich hatte sie mir ganz anders vorgestellt, denke ich, als sie in der Küche ist. Härter irgendwie. Kompromissloser. Viel-leicht, weil ich dachte, dass eine Frau, die ihre drei Kinder in Italien zurücklässt, um wieder in England zu leben, so etwas ausstrahlen müsste. Womit dann wohl bewiesen wäre, dass das ein Klischee ist und dass Matteo recht hatte: Sie wird ihre Gründe dafür gehabt haben, und erst, wenn ich die kenne, darf ich mir ein Urteil über sie erlauben.

»Ist Ihr Mann nicht mitgekommen?«, frage ich, als sie mit dem Tee aus der Küche zurückkommt und das Tablett auf den kleinen Tisch vor dem Sofa abstellt, auf dem sie mir einen Platz angeboten hat.

143

Sie seufzt. »Nein, leider. Er muss noch in Vancouver bleiben, vermutlich bis Juli. Die geschäftlichen Angelegenheiten dort lassen sich leider nicht so schnell regeln, wie wir das zuerst gehofft haben. Also musste ich ohne ihn zurückkommen, ich habe einige Komitee-Sitzungen, die ich nicht verpassen darf. Und außerdem wollte ich mir die Chance nicht entgehen lassen, Matteo zu sehen, wenn er schon mal in London ist.« Sie gießt uns Tee ein und setzt sich auf den Sessel mir gegenüber, betrachtet mich genauso interessiert wie ich sie. »Schön, dass Sie ihn dazu überreden konnten herzukommen.«

Ihr Lächeln ist vielsagend, und ich frage mich unwillkürlich, wie viel sie über meine Beziehung zu Matteo weiß.

»Er hilft uns mit einer wichtigen Expertise«, sage ich deshalb nur.

»Ja, das hat er mir gesagt.« Ihr Gesicht wird ernst und sie schüttelt den Kopf. »Eine unangenehme Situation. Aber machen Sie sich keine Sorgen – wenn jemand nachweisen kann, dass dieses Bild von Enzo ist, dann Matteo.«

»Schön zu wissen, dass du so große Stück auf mich hältst«, sagt Matteo, der in diesem Moment lächelnd das Wohnzimmer betritt, was mein Herz sofort wieder Purzelbäume schlagen lässt.

Er ist legerer gekleidet als gestern, trägt ein Hemd in einem warmen Braunton und eine beigefarbene Hose, eine Farbkombination, die extrem gut zu seinem Haar und seinen Augen passt. Die Ärmel seines Hemdes hat er aufgekrempelt – etwas, das er gerne tut –, und beim Anblick seiner sehnigen, sehr kräftigen Unterarme wird mein Mund ganz trocken. Es ist noch nicht so lange her, dass ich neben ihm im Bett gelegen habe, und ich kann mir ohne Probleme auch den Rest von ihm nackt vorstellen – aber vielleicht sollte ich in Gegenwart seiner Mutter lieber nicht allzu intensiv darüber nach-denken.

Harriet scheint das allerdings nicht zu stören, denn als ich zu ihr hinübersehe, betrachtet sie Matteo und mich mit einem wohlwollenden Ausdruck auf dem Gesicht.

»Möchtest du auch eine Tasse Tee? Oder lieber einen Kaffee?«, will sie von Matteo wissen.

»Einen Tee«, antwortet er, und sie erhebt sich, um ihm noch eine Tasse aus der Küche zu holen – was Matteo sofort nutzt, um zu mir zu kommen und mir einen schnellen Kuss zu geben, als er sich neben mich setzt.

Er riecht gut, frisch und männlich und extrem anziehend, und ich lehne kurz den Kopf gegen seine Schulter. Mehr traue ich mich nicht, obwohl ich ihm zeigen möchte, wie gerne ich wieder bei ihm bin. Und ihm geht es offensichtlich ähnlich, denn er sieht mich entschuldigend an.

»Meine Mutter stand plötzlich vor der Tür, als ich mich gerade angezogen hatte und dir Frühstück machen wollte«, sagt er. »Sie wollte mich überraschen, deshalb hat sie nicht angerufen.«

Ich lächle ihn an. »Ein Glück, dass sie uns nicht gestern Abend überrascht hat.«

Ein verlangendes Glitzern tritt in seine Augen. »Du solltest mich lieber nicht an die letzte Nacht erinnern. Sonst wird das kein sehr entspanntes Teetrinken für mich«, erwidert er mit einem sexy Grinsen, was meine Sehnsucht nach ihm so schlimm macht, dass ich ihn einfach noch mal küssen muss – auch auf die Gefahr hin, dass seine Mutter uns dabei erwischen wird.

Matteo scheint ihre Anwesenheit jedoch gar nicht nervös zu machen. Im Gegenteil. Er wirkt ganz entspannt, und als unsere Blicke sich treffen, suche ich vergebens nach diesem abweisenden Ausdruck, den ich fürchten gelernt habe. Deshalb erwidere ich sein Lächeln aus vollem Herzen.

»Mit wem hast du eben so lange telefoniert?«

»Mit Sebastiano«, antwortet er und legt zu meiner Überraschung den Arm um meine Schultern. »Er ist einer meiner Studenten, und ich hatte ihn beauftragt, wegen des Enzos noch mal in der Bibliotheca Hertziana zu recherchieren, erinnerst du dich?«

Ich überlege, und dann nicke ich. Er hat jemanden angerufen, als Sarah in Ashbury Hall war, weil ihm noch ein Archiv in Rom eingefallen war, in dem er recherchieren wollte. Dass es die Bibliotheca Hertziana war, wusste ich nicht, aber das ist eine gute Idee. Das renommierte Forschungsinstitut beschäftigt sich, soweit ich weiß, vor allem mit der italienischen Kunst der Nachantike, und der Schwerpunkt liegt unter anderem auf der Renaissance, also genau in Enzos Schaffenszeit.

»Ist er auf etwas gestoßen?«

»Ja, vielleicht. Er sitzt gerade an der Auswertung und gibt mir Bescheid, wenn er fertig ist. Dann wissen wir zumindest...«

Matteo spricht den Satz nicht zu Ende, weil in diesem Moment seine Mutter zurück ins Wohnzimmer kommt. Seinen Arm zieht er jedoch nicht zurück, lässt ihn in meinem Rücken liegen, was seiner Mutter nicht entgeht. Sie lächelt aber nur, als wäre das völlig normal.

»Norman bedauert es übrigens sehr, dass er nicht mitkommen konnte. Er hätte dich gerne gesehen. Kommt schließlich nicht oft vor, dass wir dich zu Gast haben«, sagt sie, während sie ihm ebenfalls Tee eingießt und sich dann wieder setzt.

Matteos Blick wandert zu mir. »Es könnte sein, dass ich in

146

Zukunft öfter hier bin«, teilt er seiner Mutter mit, und mein Herz schlägt schneller.

Das klingt auf jeden Fall nach einem Plan, denke ich, und ein warmes Gefühl breitet sich in mir aus, fließt in mein Lächeln, das nur ihm gehört.

Erst als plötzlich ein Telefon klingelt, löse ich den Blickkontakt und schaue überrascht auf. Es ist keins unserer Handys, die klingen anders, also muss es das Festnetztelefon von Matteos Mutter sein.

Sie hat sich auch bereits erhoben und ist auf dem Weg in den Flur, woher das Klingeln kommt.

»Das wird Norman sein«, verkündet sie uns. »Ich habe ihn noch nicht erreicht, und er will sicher wissen, ob ich gut angekommen bin.«

Als sie den Raum verlassen hat, sehe ich wieder Matteo an, versinke in seinen goldenen Augen, die meine festhalten, und glaube, in den Tiefen etwas zu entdecken, das vorher nicht da war. Es wird alles gut werden, denke ich und hebe den Kopf, will ihn noch einmal küssen.

Doch Harriet ist schon wieder zurück im Wohnzimmer. Das Lächeln, das auf ihrem Gesicht lag, ist verschwunden. »Lord Ashbury will dich sprechen«, sagt sie und reicht Matteo das Mobilteil. »Er sagt, bei deinem Handy geht nur die Mailbox dran.«

Matteo meldet sich und hört sich an, was Lord Ashbury zu sagen hat. Was nicht viel ist, denn schon nach einem kurzen Moment nickt er.

»Ja, natürlich. Ich mache mich gleich auf den Weg.«

Mit einem Kopfschütteln legt er wieder auf.

»Was ist?«, frage ich beklommen, und mein Herz rast, als Matteo mich ansieht. Denn in seinen Augen steht eindeutig Sorge.

»Er will mich sprechen, jetzt sofort. Und euch auch – er sagt, er hat schon im Auktionshaus angerufen und deinen Vater ebenfalls nach Ashbury Hall bestellt.«

»Warum?«

Matteo zuckt mit den Schultern. »Das hat er nicht gesagt. Aber es klingt nach Ärger.«

12

»Was kann denn bloß passiert sein?«, fragt mein Vater mich, während wir noch darauf warten, dass uns Mallory die schwere Tür von Ashbury Hall öffnet.

Ich weiß, dass er furchtbar nervös und angespannt ist, und nur deshalb sehe ich ihm nach, dass er mir diese Frage schon gefühlte tausend Mal auf der Fahrt hierher gestellt hat.

Die Begründung, die ihm am plausibelsten erscheint, ist die, dass Lord Ashbury von meiner Affäre mit Matteo erfahren hat und uns jetzt deshalb zur Rede stellen will. Ein kleines bisschen befürchte ich das auch, selbst wenn ich im Auto vehement bestritten habe, dass das der Grund dafür sein könnte, dass er uns einbestellt hat.

»Wenn er Bertani nicht mehr glaubwürdig findet, was dann?« Dad sieht mich anklagend an, aber ich bin nicht bereit, mich auf einen Streit einzulassen.

»Wir sollten uns erst mal anhören, was überhaupt das Problem ist«, erwidere ich deshalb kühl und immer noch wütend, weil er Matteo einfach nicht in Ruhe lassen kann.

Dennoch ist mir sehr bewusst, wie wichtig es ist, uns gegenüber Lord Ashbury als das seriöse, altvertraute Team von »Conroy's« zu präsentieren. Deshalb bin ich nach dem Anruf sofort zum Auktionshaus aufgebrochen und habe Dad hierher begleitet. Tatsächlich bin ich sogar den Wagen gefahren, weil Dad so aufgelöst wirkte.

Sorgen mache ich mir allerdings auch, und ich wünschte, Matteo wäre bei uns. Aber er war schneller als wir, sein Alfa stand schon vor dem Herrenhaus, als ich den Wagen dort geparkt habe.

»Seine Lordschaft erwartet Sie im blauen Salon«, verkündet uns Mallory, nachdem er – wieder in seiner altmodischen Livrée – die Tür geöffnet und uns erkannt hat.

Wir schweigen, während wir ihm folgen, deshalb kann man die lauten, aufgebrachten Männerstimmen hinter der Tür zum blauen Salon schon von weitem hören. Die eine gehört Matteo, aber die andere nicht Lord Ashbury, und als Mallory die Tür öffnet und uns eintreten lässt, sehe ich, dass sich tatsächlich neben den beiden noch ein weiterer Mann im Raum befindet.

Er ist vielleicht Ende vierzig und deutlich kleiner als Matteo und Lord Ashbury. Sein mittelbraunes Haar ist oben auf dem Kopf schon ein bisschen schütter, und er hat kleine dunkle Augen, mit denen er Matteo, vor dem er sich aufgebaut hat, angriffslustig anfunkelt.

»Aber Sie können es nicht schlüssig beweisen«, sagt er gerade herausfordernd. »Weil das Bild nicht von Enzo gemalt wurde. Und das werden wir jetzt ...«

Er bricht ab und sieht genau wie Matteo und Lord Ashbury zu uns hinüber, als er unsere Ankunft bemerkt. Die Männer treten auseinander und schweigen, während Mallory pflichtbewusst unsere Ankunft ankündigt und sich dann zurückzieht.

»Gut, dass Sie da sind«, sagt Lord Ashbury, doch seinem Gesicht kann man ansehen, dass gar nichts gut ist. Er wirkt verstört, so als wüsste er nicht mehr, was er denken soll. Sogar die Feindseligkeit, die bei seinen letzten Besuchen in seinen Augen gelegen hat, erkenne ich jetzt nicht mehr, er scheint eher überfordert zu sein.

»Das ist mein Freund Arnold Highcombe«, stellt er uns

den dritten Mann vor. Ich suche sofort Matteos Blick, der mir signalisiert, dass er auch wenig begeistert davon ist, sich erneut persönlich mit dem Mann auseinanderzusetzen, von dem er so wenig hält.

Und nach dem ersten Eindruck zu urteilen, ist Highcombe auch mir extrem unsympathisch. Er lächelt jetzt zwar, aber er mustert mich dabei mit einem abschätzenden Blick, der etwas zu lange an meinem Busen klebt. Was in mir den Wunsch weckt, ihn einfach zu ignorieren, doch das geht leider nicht. Denn Highcombe ist eindeutig der Grund, warum Lord Ashbury uns herbestellt hat.

»Arnold hat mich überzeugt, dass das Gemälde nicht von Enzo stammen kann.« Er sagt es zögernd, fast so, als wäre er noch gar nicht wirklich überzeugt. »Deshalb habe ich Sie hergebeten«, fährt er fort. »Ich werde mit sofortiger Wirkung von dem Kauf zurücktreten und ich erwarte, dass ich den Kaufpreis zurückbekomme. Sollten Sie darauf nicht eingehen, erstatte ich Anzeige.«

Dad holt einmal tief Luft, bleibt gefasst. »Das ist zwar sehr bedauerlich, denn wir waren uns doch einig, dass Sie erst die Expertise von Signore Bertani abwarten wollten. Aber«, sagt er, und ich höre in seiner Stimme einen Hauch von Erleichterung, »in Anbetracht der Situation ist das vielleicht die beste Lösung.«

»Ach, finden Sie, Mr Conroy?«, mischt sich jetzt Arnold Highcombe ein. »Es ist schon bemerkenswert, wie schnell Sie sich aus der Sache herauswinden wollen. Vermutlich hoffen Sie, dass diese ganze Angelegenheit dadurch irgendwie unter den Tisch fällt?« Er schüttelt den Kopf. »Aber das werden wir nicht zulassen. Ich habe Robert von Anfang an gesagt, wie ungewöhnlich es ist, dass Sie ihm dieses Bild schon vor der Auktion abtreten wollten. Da ist doch ganz klar etwas faul. Und deshalb ist jetzt Schluss mit Ihren Machenschaften. Zu Ihrem Pech habe ich mich nämlich nicht nur sehr intensiv mit der Materie befasst – ich habe auch als Kunsthistoriker noch ein Gewissen. Ich kann belegen, dass es sich bei diesem Bild eindeutig nicht um ein Original von Enzo handelt, und die Fachwelt muss über Ihr skrupelloses Vorgehen aufgeklärt werden.«

Also darum geht es hier, denke ich und spüre, wie mein Magen sich zusammenkrampft. Highcombe sucht offensichtlich nach Gelegenheiten, sich in irgendeiner Form zu profilieren, sich vielleicht sogar als Retter der Kunst zu etablieren, und sein Freund Ashbury und wir liefern ihm mit dem Enzo gerade die ideale Plattform dafür.

»Die Frage ist«, sagt Matteo mit ruhiger Stimme, in der dennoch die Wut mitschwingt, die ich auch auf seinem Gesicht sehe, »welche Interpretation in der Fachwelt mehr Gewicht haben wird – Ihre oder meine.«

Das sitzt, denn Highcombe starrt ihn böse an.

»Soweit ich das sehe, können Sie noch gar keine Interpretation vorlegen. Das ist ja das Problem«, erklärt er. »Außerdem will ich keine Wissenschaftler beeindrucken. Hier geht es um Betrug, und ich denke, das sollten Kunstliebhaber erfahren, die sonst vielleicht den falschen Geschäftspartnern vertrauen.«

In seinen Augen liegt eine unverhohlene Drohung, und damit wird unser schlimmster Albtraum für das »Conroy's« wahr: Highcombe will mit der Geschichte an die Presse gehen, und nicht nur die Boulevardblätter werden sich mit Freuden darauf stürzen und sie vielleicht sogar noch aufbauschen.

Entsetzt sehe ich Dad an, der wie erstarrt ist, und dann Matteo, suche Hilfe bei ihm, weil mir die Worte fehlen.

Doch er ist abgelenkt, hat sein Handy aus seiner Tasche geholt und sieht auf das Display, was mich ziemlich entsetzt. Und wütend macht. Wie kann er jetzt in aller Ruhe seine Nachrichten lesen? Falls er Highcombe damit provozieren will, dann gelingt ihm das jedoch sehr gut, denn dessen kleine Augen werden noch ein bisschen schmaler.

»Fällt Ihnen dazu nichts mehr ein, Bertani?«, fragt er hämisch, und als Matteo nicht reagiert, wandert sein Blick zu mir. »Robert hätte von vornherein mich bitten sollen, diese Expertise anzufertigen. Dann hätten wir alle uns viel Zeit und Ärger erspart.« Seiner Stimme ist anzumerken, wie sehr es ihn ärgert, dass Lord Ashbury, der dem Fachwissen seines Freundes vielleicht doch nicht wirklich traut, seine Hilfe zunächst abgelehnt und stattdessen auf Matteo gesetzt hat.

Das löst nur leider nicht unser Problem, und es ist auch nicht hilfreich, dass Matteo sich jetzt ganz aus der Diskussion ausklinkt und zum Schreibtisch hinübergeht, wo zwischen den Büchern und Unterlagen immer noch sein Laptop steht. Er klappt ihn auf und fährt ihn hoch.

»Entschuldigen Sie mich, ich muss etwas Wichtiges nachsehen«, murmelt er, ganz auf den Bildschirm konzentriert, was uns alle irritiert – vor allem Dad. Er ist ohnehin nicht gut auf Matteo zu sprechen, und ich kann in seinem Blick lesen, wie unmöglich er dieses Verhalten findet – gerade jetzt.

Arnold Highcombe dagegen scheint es sehr gelegen zu kommen, dass Matteo ihm das Feld überlässt, denn er lächelt zufrieden. Er will noch etwas sagen, aber ich komme ihm zuvor und wende mich an Lord Ashbury, appelliere noch mal an ihn.

»Wir erstatten Ihnen selbstverständlich den Kaufpreis, aber wollen Sie sich das Ganze nicht noch einmal in Ruhe überlegen? Sie haben schließlich selbst gesagt, dass Sie

Signore Bertani vertrauen. Wieso geben Sie ihm jetzt nicht die Zeit, die er braucht? Und es ist bestimmt nicht nötig, so schnell die Presse einzuschalten.«

Der Blick unseres ehemaligen Stammkunden flackert. Auch ihm gefällt der Gedanke an einen Medienauftrieb anscheinend nicht, und das ist vielleicht auch der Grund, warum er so nervös wirkt. Aber den Brandreden seines profilierungssüchtigen Freundes kann er sich auch nicht entziehen und weiß jetzt nicht mehr, wem er glauben soll.

»Aber ich warte schon so lange«, sagt er. »Ich brauche endlich Antworten. Arnold ist sich sicher, dass es kein Enzo ist, und seine Argumente klingen überzeugend. Mr Bertani behauptet das Gegenteil, aber ganz sicher ist er sich nicht.« Er zuckt mit den Schultern. »Und wer weiß, wie lange ich Ihnen schon zu Unrecht vertraut habe. Vielleicht sollte man der Sache wirklich auf den Grund gehen.«

Ich stoße die Luft aus und sehe Dad an, der meinen verzweifelten Blick erwidert. Denn egal, was wir jetzt tun – es wird schlecht für uns ausgehen. Selbst wenn wir den Kauf rückgängig machen, wird Lord Ashbury es trotzdem als eine Art Schuldeingeständnis sehen und durch einen falsch verstandenen Aufklärungswillen unseren Ruf ruinieren. Und wenn wir stattdessen abwarten und auf der Expertise bestehen, wird er seinen Freund gewähren lassen, und wir lesen morgen schon in der Zeitung, dass das »Conroy's« kein vertrauenswürdiges Auktionshaus ist. So oder so: dass Arnold Highcombe schweigen wird, ist unwahrscheinlich, er scheint geradezu nach etwas zu lechzen, das er der Presse anbieten kann.

Aber das ist offenbar nicht zu ändern, was auch Dad einsieht. Er seufzt abgrundtief und schüttelt den Kopf, doch er fügt sich in das Unabänderliche. »Also gut. Wie ich eben schon sagte, Sie können uns selbstverständlich das Bild zurückgeben«, sagt er niedergeschlagen.

»Ich würde das nicht tun, wenn ich Sie wäre, Lord Ashbury.« Matteo, der bis jetzt geschwiegen hat, blickt von seinem Laptop auf und sieht zu uns herüber. »Sie würden es ganz sicher bereuen, wenn Sie sich davon trennen.« Er deutet auf den Bildschirm. »Einer meiner Studenten hat mir gerade eben die Kopie eines Brieffragments geschickt, in dem das Gemälde erwähnt ist. Es war offenbar eine Auftragsarbeit, die Enzo für einen befreundeten Mäzen gemalt hat.« Ein zufriedenes Lächeln spielt um seine Lippen. »Es ist ein echter Enzo, den Sie da haben, Lord Ashbury. Und eine Rarität noch dazu. Das wird eine ganz neue Perspektive auf sein Schaffen eröffnen.«

Lord Ashbury und Highcombe starren Matteo ungläubig an, während Dad und ich unser Glück kaum fassen können.

»Und das findet Ihr Student jetzt gerade mal ganz zufällig, ja?« Arnold Highcombe ist eindeutig wütend über diesen neuen Erkenntnisstand und will es nicht wahrhaben. »Sie haben nichts, das ist alles eine Lüge!«

Matteo lässt sich jedoch nicht aus der Ruhe bringen, sondern erwidert den Blick des aufgebrachten Mannes kühl.

»Wer hier lügt, werden wir sicher bald herausfinden«, sagt er. »Und es ist mir nicht plötzlich eingefallen – es war das Puzzleteil, nach dem ich schon die ganze Zeit gesucht habe. Sie wissen doch, wie es in der Provenienzforschung läuft. Es lässt sich nicht vorhersehen, wie schnell man die richtigen Hinweise findet.«

»Aber ...« Arnold Highcombe schnappt nach Luft, ist ganz klar überfordert mit dieser unerwarteten Entwicklung. »Das Motiv ist völlig untypisch für Enzo!« Offenbar sein

155

Hauptargument, warum es nicht von dem italienischen Renaissancemaler stammen kann.

»Genau. Darüber bin ich auch gestolpert. Auch das lässt sich erklären«, erwidert Matteo. »In Auftrag gegeben war ein Porträt, aber Enzo hat sich während der Arbeit entschieden, sich selbst auch mit auf dem Bild zu verewigen – als Zeichen, wie sehr er sich dem Auftraggeber verbunden fühlte, mit dem er auch befreundet war. Daher auch der Titel. Und er hatte Glück, denn sein Freund war begeistert, jedenfalls teilt er Enzo das in diesem Brief mit.« Er schüttelt den Kopf. »Mir ist jetzt auch klar, wieso das nie zugeordnet wurde. Ein Teil des Briefes fehlt, und wenn man die entsprechende Stelle liest, ohne das Bild zu kennen, denkt man, es ginge nur um die Freundschaft der beiden. Erst im Zusammenhang mit dem Gemälde ergibt es einen Sinn – und den Nachweis, nach dem wir gesucht haben.«

Vehement schüttelt Arnold Highcombe den Kopf.

»Das hat er sich gerade eben erst ausgedacht, Robert.«

Doch der Ausdruck in Lord Ashburys Gesicht hat gewechselt, ist jetzt wieder viel offener, und er wirkt fast so erleichtert wie mein Vater und ich.

»Kann ich diesen Brief sehen?«

Matteos Lächeln gilt nicht nur Lord Ashbury, sondern auch mir, als er auf den Bildschirm deutet. »Bitte.«

***

»Es tut mir leid.« Sichtlich zerknirscht blickt Lord Ashbury uns an, als wir einige Zeit später noch im Kaminzimmer zusammensitzen. »Aber ich wusste einfach nicht mehr, wem ich glauben sollte. Arnold klang sehr überzeugend, und ich dachte wirklich ...«

156

»Sie brauchen sich nicht zu entschuldigen«, versichert ihm Dad, dem die Erleichterung immer noch ins Gesicht geschrieben steht. »Es ist Ihr gutes Recht sicherzugehen.«

»Dennoch – ich hätte wissen müssen, dass das ›Conroy's‹ integer ist«, beharrt Lord Ashbury und lächelt jetzt auch mich und Matteo an.

Arthur Highcombe ist nicht mehr bei uns, er hat sich relativ schnell und relativ kleinlaut verabschiedet, nachdem Matteo uns noch einmal seine Rechercheergebnisse präsentiert hat. Ganz offiziell ist das alles natürlich erst, wenn er sein Gutachten verfasst hat, aber nach dieser Beweisführung wird niemand noch irgendeinen Zweifel daran hegen, dass *Amici* von Enzo gemalt wurde.

Wir sind aus dem Schneider, denke ich und atme noch einmal tief durch. Erst in dem Moment, in dem er uns mit der guten Nachricht erlöst hat, ist mir wirklich klar geworden, wie sehr ich unter Druck stand wegen dieser Sache.

Und es ist jetzt tatsächlich auch alles wieder gut, denn Matteo hat nicht nur unseren Ruf gerettet, sondern offenbar auch unseren alten Stammkunden für uns zurückgewonnen.

Lord Ashbury sind seine falschen Anschuldigungen nämlich wirklich sehr peinlich. Er will uns gar nicht wieder gehen lassen, lässt Mary noch Scones servieren und kann gar nicht oft genug betonen, wie leid es ihm tut, dass er uns zu Unrecht verdächtigt hat.

Ich bin zwar froh, dass alles wieder in Ordnung ist, doch ich sitze trotzdem auf heißen Kohlen, möchte lieber gehen. Es ist eine Qual, Matteo so nah zu sein und trotzdem Abstand zu ihm halten zu müssen, und immer, wenn sich unsere Blicke treffen, sehe ich, dass es ihm genauso geht. Mir wird jedes Mal heiß und kalt und ich muss die Augen senken, weil ich fürchte, dass man mir sonst ansieht, wie es um mich steht. Aber Dad und Lord Ashbury sind zum Glück zu sehr mit sich beschäftigt, um es zu merken, und Rebecca Ashbury, der das vielleicht eher aufgefallen wäre, ist zum Glück nicht da.

»Ich denke, ich werde jetzt zurückfahren«, verkündet Matteo ganz plötzlich und erhebt sich. »Meine Mutter ist heute Morgen aus Vancouver zurückgekommen, und ich möchte den Rest des Tages gerne mit ihr verbringen.«

Dad und Lord Ashbury, die mittlerweile sogar schon Witze darüber reißen, dass Dad den Enzo wohl doch besser schnell zurückgenommen hätte, um damit dann eine Riesen-Auktion aufzuziehen, sehen überrascht auf.

»Natürlich. Wir haben Sie wirklich schon genug aufgehalten«, sagt Lord Ashbury, und ich spüre, wie mein Herz sich zusammenzieht, weil ich den Gedanken, dass Matteo jetzt gehen wird, gar nicht gut verkrafte.

Doch er hat offenbar gar nicht vor, das allein zu tun.

»Ich könnte Sie mit zurücknehmen, wenn Sie möchten, Miss Conroy«, sagt er, und das einladende Funkeln in seinen Bernstein-Augen schickt meinen Magen auf Talfahrt.

Ich muss einmal durchatmen, damit meine Antwort nicht zu begierig klingt.

»Wenn es Ihnen nichts ausmacht, wäre das sehr nett«, erkläre ich und erhebe mich ebenfalls.

»Eigentlich dachte ich, dass du mit mir fährst.« Mein Vater sagt es lächelnd, doch ich sehe den warnenden Ausdruck in seinem Gesicht. Den ich geflissentlich ignoriere.

»Aber du willst doch sicher noch bleiben, Dad.« Lord Ashbury nickt, dieses Vorhaben unterstützt er eindeutig. »Auf mich wartet zu Hause noch Arbeit, deshalb sollte ich mich wirklich auf den Weg machen.« Ich zucke mit den Schultern. »So ist es für alle am bequemsten.«

Lord Ashbury kommt mir jetzt auch mit Worten zu Hilfe. »Ja, bleiben Sie doch noch, Joseph.«

Dad gibt nach, aber ich sehe ihm an, dass es ihm nicht passt, dass er mich mit Matteo gehen lassen muss. Was mich wütend macht. Und enttäuscht. Ich hätte wirklich gedacht, dass er anerkennen kann, was Matteo gerade für uns geleistet hat. Außerdem steht seine Glaubwürdigkeit ganz außer Frage, egal, ob herauskommt, wie nah wir uns stehen.

Aber als ich einen Augenblick später mit Matteo durch den Flur zurück in die Eingangshalle gehe, vergesse ich das alles, kann nur noch daran denken, wie sehr ich mich danach sehne, mit ihm allein zu sein. Tatsächlich würde ich ihn auch jetzt schon gerne anfassen oder küssen, aber Ashbury Hall scheint plötzlich vor Dienstpersonal nur so zu wimmeln. Ständig kommt uns jemand entgegen, und sogar draußen auf dem Vorplatz vor dem Haus sind zwei Männer damit beschäftigt, Löcher im Kies auszubessern, und betrachten uns neugierig.

Deshalb atme ich auf, als Matteo mit dem Wagen die Auffahrt verlässt und endlich auf die Landstraße biegt.

»Halt an«, sage ich, und er lässt den Wagen auf der Bankette ausrollen. Die Turmspitzen von Ashbury Hall ragen über die Wipfel der Bäume, besonders weit weg sind wir noch nicht.

»Man kann den Wagen vom Haus aus sehen«, warnt mich Matteo deshalb, doch das ist mir egal, ich lege trotzdem die Arme um seinen Hals und ziehe ihn zu mir.

»Das war absolut großartig. Du hast es geschafft!«

Er schüttelt den Kopf. »Es war einfach Glück. Wenn Sebastiano mir seine Ergebnisse nicht direkt geschickt hätte, dann hätte ich Highcombe vielleicht nicht aufhalten können.«

Lächelnd beuge ich mich vor, bis meine Lippen seinen

ganz nah sind. »Hast du aber. Und ich fand's unglaublich«, flüstere ich und küsse ihn, lächle, als ich spüre, wie er die Arme um mich schließt.

Ich will ihm zeigen, was es mir bedeutet, dass er uns gerade gerettet hat. Was *er* mir bedeutet. Mein Herz fließt über davon, aber ich kann es nicht in Worte fassen, wie nah er mir ist und wie sicher ich auf einmal bin, dass er der Einzige ist, mit dem ich jemals wirklich glücklich sein kann. Ich brauche ihn, ich will ihn, am liebsten sofort, und die Tatsache, wie erregend ich den Gedanken finde, es hier mit ihm zu tun – mitten am Tag in einem an der Landstraße geparkten Auto –, beweist mehr als alles andere, dass ich ihm mit Haut und Haar verfallen bin. Es ist ein überwältigendes und auch ein ziemlich beängstigendes Gefühl, aber ich lege es in meinen Kuss, den er so leidenschaftlich erwidert, dass ich aufstöhne, als er sich irgendwann schwer atmend von mir löst. In seinem Lächeln liegt ein neues Versprechen, ein Leuchten, das alles in mir zu wärmen scheint.

»Sophie, ich …«

Er lässt den Satz unbeendet, denn mein Handy hat plötzlich einen lauten Piepton von sich gegeben, das Zeichen, dass eine SMS eingegangen ist. Mit einem tiefen Seufzen löse ich mich wieder von Matteo und hole das verdammte Ding aus meiner Tasche, nur um mir gleich darauf zu wünschen, ich hätte es nicht getan. Denn die Nachricht ist von Nigel.

Eigentlich dachte ich, dass er sich nach unserer Auseinandersetzung gestern nicht mehr melden würde, deshalb sehe ich mir an, was er geschrieben hat.

Tut mir leid wegen unseres Streits. Würde dich gerne sehen. Nigel

Ich klicke den Text weg und stecke das Handy mit gerunzelter Stirn wieder ein, nicht sicher, wie ich das deuten soll, aber ganz sicher, dass ich ihn nicht sehen will.

»Was Wichtiges?«, fragt Matteo, als ich mich ihm wieder zuwende. Ich schüttele den Kopf.

»Nein. Gar nicht«, sage ich und will wieder zurück in seine Arme. Doch er hält mich auf.

»Ich muss wirklich zurück zu meiner Mutter – sie wartet auf mich. Wir haben uns sehr lange nicht gesehen.«

Natürlich, denke ich, und Enttäuschung legt sich wie ein nasses Tuch auf das Feuer in meinen Innern, das mich gerade so wunderbar gewärmt hat. Aber auch wenn ich seinen Wunsch verstehe, irritiert es mich. Wieso ist er plötzlich so vernünftig und pflichtbewusst? Das war bis vor kurzem schließlich mein Job. Und so, wie er es sagt, klingt es außerdem, als würde ich ihn heute nicht mehr sehen. Was ich so nicht hinnehmen kann.

»Dann komm heute Abend zu mir«, schlage ich ihm vor. »Ich koche uns was, ja?«

In Gedanken plane ich schon, was ich für ein perfektes Menü brauche. Zum Glück hat der »Waitrose« bei mir in der Nähe auch sonntags bis abends geöffnet. Und für den Nachtisch habe ich ohnehin schon sehr konkrete Vorstellungen.

Matteo sieht mich an, und ich glaube, plötzlich wieder diesen Ausdruck in seinen Augen zu erkennen, diesen Schatten, dieses Zögern, bei dem mein Herz sich angstvoll zusammenzieht. Doch ich lächle weiter.

»Du würdest was verpassen, ehrlich«, versichere ich ihm. »Ich habe nämlich vor, dich mit den besten Entrecôtes zu verführen, die du je probiert hast.«

Er sieht so ernst aus, dass ich für einen Moment glaube,

dass er mir vielleicht gar nicht zugehört hat. Doch dann seufzt er tief und beugt sich wieder zu mir, küsst mich noch mal.

»An dir ist alles verführerisch, Sophie Conroy«, sagt er, und sein Lächeln ist sexy, aber auch ein bisschen resigniert, fast so, als fände er das bedenklich.

»Dann kommst du?«, hake ich nach, denn eine Zusage war das noch nicht.

Er nickt und lässt den Motor wieder an, lenkt den Wagen zurück auf die Straße. »Da kann ich nicht nein sagen, oder?«

Nachdenklich betrachte ich ihn und frage mich, ob er gerne Nein sagen würde. Seine Aufgabe hier ist erfüllt, er wird jetzt bald wieder zurück nach Rom fahren.

Aber er kommt wieder, das hat er gesagt, beruhige ich mich. Er muss wiederkommen, weil ich mir etwas anderes überhaupt nicht vorstellen kann. Und weil ich es ihm unglaublich schwer machen werde, überhaupt zu gehen.

Mit neuer Entschlossenheit plane ich in Gedanken weiter das Menü für heute Abend und vertreibe damit das unangenehme Gefühl, das Matteos wachsamer Blick in mir auslöst.

13

Als ich zu Dads Büro komme, ist die Tür geschlossen, und wie jedes Mal, wenn ich das sehe, spüre ich wieder diese Mischung aus Wut und Enttäuschung in mir, die meinen Magen unangenehm zusammenzieht. Weil diese Tür sonst nie geschlossen war. Jedenfalls nicht für mich. Dass sie es jetzt ist, soll mir etwas sagen, es ist eine Art äußeres Zeichen für die neue Distanz in unserem Verhältnis. Natürlich reden wir über die Arbeit und besprechen, was immer es zu besprechen gibt, das geht gar nicht anders. Aber abgesehen davon hat er sich deutlich von mir zurückgezogen – weil es ihm nicht passt, dass ich meine Meinung, was Matteo angeht, noch nicht geändert habe und mich damit dem widersetze, was er für richtig hält. Und das soll ich spüren.

Geredet haben wir über das Thema seit unserem letzten Streit nicht mehr, wahrscheinlich weil Dad genau weiß, dass meine Antwort immer noch die gleiche ist. Aber durch diese kleinen Dinge wie die geschlossene Tür lässt er mich wissen, wie böse er mir deshalb ist. Was mich ärgert und nur noch viel entschlossener macht, nicht nachzugeben. Und traurig, weil ich mir gewünscht hätte, dass er mehr Verständnis für mich hat.

Es ist so unnötig, denke ich, während ich anklopfe. Denn im Moment läuft – abgesehen davon – alles wirklich hervorragend.

Am erfreulichsten ist Mum, der es so gut geht wie schon lange nicht mehr. Eigentlich habe ich sie überhaupt noch nie so entspannt erlebt. Sie geht regelmäßig zu ihren Sitzungen bei Dr. Jenkins, zu dem sie ein Vertrauensverhältnis aufgebaut hat wie noch zu keinem anderen Arzt vorher, und sie nimmt ihre Medikamente, ist so eingestellt, wie wir uns das immer erhofft hatten – und ein ganz neuer Mensch. Es ist, als hätte ich endlich wieder eine Mutter, und im Gegensatz zu meinem Vater ist sie nicht gegen Matteo, im Gegenteil. Sie erkundigt sich immer nach ihm und die Tatsache, dass ich so viel mit ihm zusammen bin, scheint ihr zu gefallen.

Und im Geschäft könnte es im Moment auch nicht besser sein. Die letzten Auktionen waren ein voller Erfolg, vor allem die »Roaring Twenties«, was ganz allein Simon Boswells Verdienst ist. Ich habe ihm – gegen Dads Willen – doch freie Hand bei der Organisation gelassen, und er hat seine Feuertaufe mit Bravour gemeistert, genau wie ich gedacht hatte. Er ist Gold wert, und ich würde ihn sehr gerne fest einstellen, bevor ihn uns noch jemand anders wegschnappt. Doch Dad weicht mir aus, wenn ich das Thema anspreche, will nicht mal darüber nachdenken – wahrscheinlich, weil es meine Idee ist und weil ich, wenn Simon einen Teil meiner Aufgaben übernimmt, mehr Zeit für Matteo hätte, der bis jetzt noch an der Expertise gearbeitet hat. Aber er ist fertig damit, und jetzt muss einfach etwas passieren.

»Herein«, ruft Dad von drinnen, und ich öffne die Tür und trete in sein Büro.

»Hast du einen Moment Zeit für mich? Ich würde dich gerne sprechen«, sage ich etwas steif und fühle neben dem Ärger auch Bedauern, dass ich nicht mehr so mit ihm reden kann wie früher.

Dad deutet auf den Besucherstuhl. »Natürlich. Das trifft sich gut – ich wollte auch mit dir sprechen.«

Überrascht über seine freundliche Miene setze ich mich.

»Lord Ashbury hat gerade angerufen«, teilt er mir mit. »Er versucht immer noch, den Ärger, den wir wegen des Enzos hatten, wieder gutzumachen, und hat uns deshalb seinen amerikanischen Geschäftsfreunden empfohlen. Einige davon reisen übernächste Woche zu einem Kongress an und haben großes Interesse an der ›Alte Meister‹-Auktion bekundet. Stell dir vor: sechs neue Kunden, die mindestens so zahlungskräftig sind wie Lord Ashbury. Ist das was?«

Er strahlt jetzt richtig, und ich muss sein Lächeln erwidern.

»Das ist schön, Dad.« Das finde ich wirklich. »Und das es so gekommen ist, verdanken wir Matteo«, erinnere ich ihn und warte fast darauf, dass seine Miene sich verdüstert – wie meistens, wenn ich den Mann erwähne, der mir so wichtig geworden ist. Doch tatsächlich wirkt mein Vater eher nachdenklich und lächelt sogar ein bisschen.

»Das habe ich nie bestritten, Sophie. Fachlich zolle ich Signore Bertani höchsten Respekt. Nicht viele hätten die Expertise in dieser kurzen Zeit so hieb- und stichfest hinbekommen. Darüber staune ich immer noch und dafür wird ihm das ›Conroy's‹ auch auf ewig zu Dank verpflichtet sein.«

Dieses Zugeständnis hätte ich von ihm nicht erwartet, aber es kommt mir sehr gelegen, denn genau deshalb bin ich hier.

»Das könntest du ihm auch noch mal persönlich sagen. Er ist nämlich fertig mit der Expertise, und wir wollen essen gehen, um das ein bisschen zu feiern. Du könntest mitkommen.«

Es ist ein Versuch, die beiden einander doch noch näher zu bringen. Aber er scheitert, denn Dads Lächeln verschwindet bis auf einen winzigen Rest, der wahrscheinlich nur deshalb auf seinen Lippen bleibt, weil er mich nicht vor den Kopf stoßen will.

»Das geht leider nicht«, sagt er. »Ich bin schon mit Nigel zum Lunch verabredet.«

Ich schlucke meine Enttäuschung herunter und halte seinem Blick stand. »Das könntest du absagen.«

Dad zuckt mit den Schultern. »Oder du sagst Signore Bertani ab und gehst stattdessen mit mir und Nigel essen.«

»Nein.« Ich schnaube, weil er genau weiß, dass ich das nicht tun werde. Und weil es mir wehtut, dass er so unglaublich stur ist. »Dad, es wäre mir wichtig.«

»Mir ist das auch wichtig, Sophie.«

Wütend schüttele ich den Kopf. »Wieso bist du so gegen Matteo? Warum kannst du nicht akzeptieren, dass er mich glücklich macht?«

»Weil ich das nicht glaube, deshalb. Im Gegenteil, ich glaube, dass er dich sehr unglücklich machen wird. Du hast den Bezug zur Realität verloren, seit er aufgetaucht ist, du willst nicht sehen, dass er hier nicht reinpasst. Es war ein schöner Traum, ganz bestimmt sogar. Aber es wird Zeit, die rosarote Brille abzusetzen und wieder vernünftig zu werden.«

»Vielleicht will ich aber nicht mehr vernünftig sein«, erkläre ich ihm. »Vielleicht gefällt es mir besser, unvernünftig zu sein.«

»Ich dachte, wir beide hätten bei deiner Mutter recht eindrücklich miterlebt, wohin es führt, wenn man sich nicht unter Kontrolle hat.« Dads Stimme ist schneidend und sein Blick vorwurfsvoll, und beides trifft mich, verletzt mich.

»Was wäre denn in deinen Augen vernünftig, hm? Soll ich Nigel heiraten? Ist es das, was du willst?«

»Es wäre zumindest sehr viel vernünftiger als eine Beziehung zu diesem Italiener. Nigel und du, ihr habt so viel gemeinsam. Ihr habt ein Fundament, auf dem ihr aufbauen könnt – wenn du ihm eine Chance geben würdest, anstatt dich in etwas hineinzusteigern, das nicht halten wird. Mit Bertani kann es nicht funktionieren, und ich wünschte, du würdest das einsehen.«

Ich schüttele den Kopf, weil ich merke, dass es keinen Zweck hat. Dad wird nicht nachgeben, egal, was ich tue. Und so traurig es mich macht – dann werde ich es auch nicht weiter versuchen. Deshalb stehe ich ohne ein weiteres Wort auf und gehe.

In meinem Büro lasse ich mich schwer auf meinen Stuhl sinken und schließe die Augen, fühle mich innerlich zerrissen.

Die letzten Tage waren für mich wie ein glücklicher Rausch. Matteo ist nach dem Besuch in Ashbury Hall letzte Woche Sonntag abends in meine Wohnung gekommen und geblieben, und seitdem verbringen wir jede freie Minute miteinander. Ich zeige ihm mein London, die Pubs und Cafés abseits vom Touristentrubel, und die Galerien und Museen, die ich besonders interessant finde. Und er zeigt mir, wie sehr er mich begehrt, liebt mich oft mit einer fast verzweifelten Heftigkeit, so als könnte er nicht genug von mir bekommen. Die Tatsache, dass wir beide wissen, dass wir uns bald trennen müssen – zumindest für eine Weile –, macht die Zeit, die wir zusammen haben, umso kostbarer. Aber es ist anders als in Rom. Damals dachte ich, dass es keine Chance für mich gibt, wirklich mit ihm zusammen zu sein. Erst jetzt bin ich bereit, es zu versuchen, weil ich weiß, wie sehr ich ihn in meinem Leben will, wie furchtbar ich mich fühle, wenn er nicht bei mir ist. Und ich bin sicher, dass es Matteo genauso geht, auch wenn er nie konkret wird, wenn wir darüber sprechen.

Es wird nicht einfach, das ist uns beiden klar, und genau deshalb würde ich mir wünschen, dass Dad mich unterstützt.

Aber wenn er glaubt, dass ich Matteo aufgebe, nur weil es ihm nicht passt, dass ich mit ihm zusammen sein will und nicht mit Nigel, dann irrt er sich, denke ich und lenke mich von meinem Ärger ab, indem ich mich dem Stapel unbeantworteter Post widme, der auf meinem Schreibtisch liegt. Ich will ihn erledigt haben, bis Matteo kommt, um mich zum Essen abzuholen.

Doch als ich um halb eins – dem verabredeten Zeitpunkt – fertig bin, ist er noch nicht da. Was mich wundert, denn er verspätet sich sonst nie. Aber da er auch nicht an sein Handy geht, bleibt mir nichts anderes übrig als zu warten. Deshalb schreibe ich seufzend noch ein paar Rechnungen und versuche, die Unruhe zu unterdrücken, die mich plötzlich erfasst hat.

Sie geht erst weg, als es um zehn vor eins endlich an meine Tür klopft, und ich lächle erleichtert – nur um einen Moment später wieder ernst zu werden, als sie sich öffnet.

»Nigel!«

»Hallo, Sophie«, sagt er und bleibt zögernd in der Tür stehen, so als wäre er nicht sicher, ob ich ihn reinlasse.

Wir haben uns seit unserer Auseinandersetzung auf dem Ball im »Savoy« nur noch ein Mal ganz kurz im Büro gesehen, doch da bin ich ihm hastig ausgewichen und weggefahren. Und ich beantworte auch seine SMS nicht mehr, die er mir Tag für Tag schickt und die alle den gleichen Inhalt haben: dass ihm unser Streit leidtut und dass er mit mir sprechen muss. Was vermutlich der Grund ist, warum er jetzt in meiner Bürotür steht.

Aber ich will nicht mit ihm sprechen. Es gibt nichts mehr zu sagen, außer, dass ich ihm das, was er von mir will, nicht geben kann.

»Ich gehe nicht mit Dad und dir essen, falls es das ist, was du mich fragen wolltest«, teile ich ihm mit, doch er schüttelt nur den Kopf und betritt das Zimmer.

»Ich wollte dir nur das hier geben«, sagt er und hält mir die schwarze Mappe hin, die er dabei hat.

»Was ist das?«

Er zuckt mit den Schultern. »Hat mir Signore Bertani gegeben. Ich habe ihn auf dem Parkplatz getroffen, als ich gerade kam. Ich nehme an, es ist die Expertise, die er schreiben sollte.«

Mir wird schwindlig, als ich die Mappe entgegennehme und mit klopfendem Herzen aufschlage. Es ist tatsächlich der Bericht mit den Rechercheergebnissen zu dem Enzo, doch ich begreife es trotzdem nicht, wieso Nigel mir das bringt und nicht Matteo.

»Und wo ist er jetzt?«

Nigel zuckt mit den Schultern. »Er sagte, ich solle dir das hier geben, und ist wieder gefahren.«

Ich schüttele den Kopf, weil das keinen Sinn ergibt. »Aber ... warum?«

Nigel hebt die Hände. »Keine Ahnung. Er schien es eilig zu haben.«

In meinem Kopf herrscht plötzlich Chaos, und Kälte kriecht meinen Rücken hoch. Weil das gar nicht zu Matteo passt. Wieso sollte er ausgerechnet Nigel die Expertise geben? Und warum ist er wieder gefahren, wenn wir zum Essen verabredet waren?

Die einzig logische Erklärung ist, dass etwas passiert sein muss, was ihn davon abgehalten hat reinzukommen, deshalb greife ich sofort nach meinem Handy und versuche noch mal, ihn zu erreichen. Doch es geht erneut nur die Mailbox dran.

Mit weichen Knien springe ich auf und laufe an Nigel vorbei aus dem Büro.

»Sophie! Warte!«, ruft er mir nach, doch ich achte gar nicht auf ihn.

»Sag Dad, dass ich noch mal wegmusste«, werfe ich über die Schulter zurück und bin schon auf dem Weg nach draußen. Ich brauche nur ein paar Minuten von der King's Road bis zum Haus von Matteos Mutter, aber die Zeit reicht aus, um in meinem Kopf die schlimmsten Horrorszenarien entstehen zu lassen, von irgendwelchen Notfällen, die es hier in London oder in Rom gegeben haben könnte.

Harriet ist heute nicht da, sie hat eine Komitee-Sitzung, die den ganzen Tag dauern wird, das hat Matteo mir erzählt. Aber ich weiß nicht, wo ich sonst nach ihm suchen soll, deshalb hoffe ich einfach, dass er hier ist. Und ich habe Glück, denn sein Alfa parkt direkt vor dem Haus auf dem Bürgersteig, als ich ankomme – dort, wo man Autos eigentlich gar nicht abstellen darf. Schnell suche ich mir auch einen Parkplatz und laufe wieder zurück, klingele Sturm, weil mir gleich vor Nervosität das Herz zerspringt.

Doch Matteo wirkt gar nicht aufgeregt, als er mir einen Moment später öffnet. Und auch nicht besorgt. Sein Gesicht ist wie versteinert, als er mich hereinlässt, was meine Verwirrung noch vergrößert.

»Was ist los?«, frage ich und sehe erschrocken auf die Koffer und die beiden Taschen, die im Flur stehen. Es sind seine Sachen, er hat alles zusammengepackt. »Nigel sagt, du warst am Auktionshaus. Warum bist du wieder weggefahren? Wir waren doch verabredet.«

»Ich muss zurück«, erklärt er mir nur lapidar und greift sich den Koffer und die Laptoptasche, trägt beides nach draußen zum Auto.

Ich laufe ihm hinterher, immer noch zutiefst verwirrt. »Ist was passiert?«

Meine Fantasie arbeitet immer noch auf Hochtouren. Muss er zu einem Termin an der Uni, der während seiner Abwesenheit anberaumt wurde? Oder ist was mit seiner Großmutter, die über achtzig ist und herzkrank?

»Nein.« Er öffnet den Kofferraum und verstaut die Sachen darin, dann geht er ohne ein Lächeln an mir vorbei zurück ins Haus. Oder er will es, denn ich halte ihn am Arm fest, zwinge ihn, stehen zu bleiben.

»Du willst einfach so zurück nach Rom fahren? Jetzt?« Ich begreife das einfach nicht, starre nur völlig fassungslos in sein Gesicht, auf dem ein eisiger Ausdruck liegt. Eisig und ablehnend.

»Ich bin fertig mit der Expertise«, sagt er, so als würde das alles erklären und macht sich von mir los, geht zurück ins Haus.

Während ich ihm folge, rasen meine Gedanken zurück und ich versuche mich zu erinnern, ob heute Morgen schon irgendetwas darauf hingedeutet hat, dass er abreisen will. Aber da war noch alles in Ordnung. Er war bei mir, ich bin in seinen Armen aufgewacht, habe uns Frühstück gemacht und als ich zur Arbeit musste, ist er zurück zum Haus seiner Mutter gefahren, um dort die Expertise zu beenden. Wir haben uns zum Essen verabredet und zum Abschied geküsst, und seine Augen haben warm geleuchtet. Glücklich. Das habe ich mir nicht eingebildet, da bin ich ganz sicher. Doch es ist schwer vorstellbar, wenn man es mit dem eisigen Blick vergleicht, mit dem Matteo mich jetzt mustert. So als wäre ich eine Fremde. Jemand, mit dem er nichts zu tun hat.

Im Hausflur zwinge ich ihn wieder, stehen zu bleiben und mich anzusehen. »Heute Morgen war noch nicht die Rede davon, dass du fahren willst«, sage ich und hoffe immer noch darauf, dass das alles ein Scherz ist. Oder dass ich gleich aufwache aus diesem Albtraum.

Matteos Gesicht bleibt jedoch ernst, und er stößt die Luft aus. Klingt genervt. »Aber jetzt will ich es. Ich hätte längst fahren sollen.«

»Warum?« Ich spüre, wie der Schock über sein ablehnendes Verhalten in Zorn umschlägt. »Matteo, wieso bist du so seltsam? Was hat sich denn plötzlich geändert?«

Er antwortet nicht, sondern greift auch noch nach der Ledertasche mit den Unterlagen, die er aus Rom mitgebracht hat, und will damit wieder nach draußen zum Auto. Doch ich stelle mich in die Tür und versperre ihm den Weg.

»Erklär es mir«, verlange ich und halte seinem grimmigen Blick stand, weil ich ihn so auf gar keinen Fall gehen lassen kann.

Er verzieht den Mund zu einem Lächeln – seinem ersten –, doch es ist nicht charmant und strahlend wie sonst, sondern kühl und distanziert. Fast herablassend. Es soll mir wehtun, und das gelingt ihm ganz hervorragend.

»Ich habe mich einfach daran erinnert, warum ich Beziehungen aus dem Weg gehe, okay? Ich hätte beinahe ...« Er verzieht das Gesicht und schüttelt den Kopf, so als müsste er gegen etwas ankämpfen, doch dann hat er sich wieder unter Kontrolle. »Ich hätte es beinahe vergessen. Aber jetzt weiß ich zum Glück wieder, dass es keine gute Idee wäre.«

»Wovon sprichst du?«, hake ich nach, doch er hebt die Hand, wehrt mich erneut ab.

»Außerdem war es von Anfang an so abgemacht, Sophie. Ich komme mit und übernehme die Expertise. Und dann fahre ich zurück. Was ich jetzt tue.«

»Aber du hast gesagt, du kommst wieder. Du hast gesagt, du bist jetzt öfter in London.«

Er schnaubt. »Wir wissen doch beide, dass das nicht funktionieren würde. Du hast hier ganz offensichtlich alles, was du brauchst, und ich habe in Rom alles, was ich brauche. Dein Leben ist hier, meins dort, das passt nicht zusammen. Belassen wir es einfach dabei.«

»Aber ...«

»Nein, Sophie«, unterbricht er mich. »Ich will es nicht. Ich kann das nicht. *E basta adesso.*«

»Was?« Das ergibt alles überhaupt keinen Sinn, und ich bin so perplex, so fassungslos, dass ich ihn nicht aufhalte, als er mich zurück auf die Treppe schiebt und die Haustür zuzieht, sie abschließt. Und er sich mit jedem Handgriff mehr von mir entfernt.

Er meint das ernst, denke ich und starre ihm von den Stufen aus nach, sehe, wie er auch noch die letzte Tasche in den Kofferraum legt. Er will wirklich fahren.

»Nein!« Ich laufe die Stufen hinunter und bin bei ihm, bevor er den Kofferraum schließen kann, greife nach ihm und erwische seine Hand, halte sie fest. »Das stimmt nicht.«

Die Berührung überschwemmt mich mit Erinnerungen, mit allem, was uns verbindet, seit ich ihn in Rom getroffen habe, und ich glaube, plötzlich das Gleiche in seinen Augen zu sehen. Deshalb schlinge ich die Arme um seinen Hals, ziehe ihn zu mir herunter und küsse ihn.

Für einen Moment steht er stocksteif und ich fürchte schon, dass er mich wegstößt. Doch dann gibt er nach, und mein Herz jubiliert, als er mich an sich presst und meinen Kuss erwidert, mich verschlingt mit einer fast brutalen Leidenschaft. Ich halte dagegen, kralle mich an ihm fest, spüre seine Hände in meinem Rücken, in meinem Haar und lasse ihn fühlen, was er gerade geleugnet hat. Er kann mir nicht widerstehen, und ich ihm nicht, es ist, als hätte wir jetzt, wo wir über die Linie getreten sind und uns angenähert haben, keine Chance mehr, uns gegen den Sog zu wehren, der uns unausweichlich zueinander zieht, uns mitreißt.

Matteo muss das auch spüren. Es kann nicht nur mir so gehen, dass es mir das Herz herausreißt, wenn ich das nicht mehr haben kann. Wenn ich ihn nicht mehr haben kann.

Irgendwann, nach einer kleinen Ewigkeit, löse ich meine Lippen von seinen, doch ich bleibe dicht bei ihm. Wir atmen beide schwer, versinken im Blick des anderen.

»Es wird funktionieren, Matteo«, sage ich heiser. »Ich brauche dich.«

Er schließt die Augen, und als er sie wieder öffnet, hat der Ausdruck darin gewechselt. Fast grob umfasst er meine Oberarme und trennt sich von mir, schiebt mich von sich weg.

»Aber ich brauche dich nicht«, sagt er, und es ist eine End-gültigkeit in seiner Stimme, die mich zerstört. Er schließt den Kofferraum mit einer so heftigen Bewegung, dass ich zusammenzucke, und setzt sich hinter das Steuer, lässt den Motor an. Das Verdeck ist zurückgeklappt, aber er dreht sich nicht noch einmal zu mir um, sondern fährt los, biegt am Ende der Straße um die Kurve und verschwindet aus meinem Blick-feld.

Erst, als er weg ist, merke ich, dass ich vergessen habe zu atmen, fülle meine Lungen wieder mit Luft. Und erst da wird mir klar, dass es nur Zufall war, dass ich ihn noch erwischt habe. Er wäre auch so gefahren, ohne sich von mir zu verabschieden – und die Erkenntnis schockt mich. Ver-letzt mich noch tiefer, als seine Worte das ohnehin schon getan haben.

Ich habe keine Tränen, weil ich dafür einfach noch viel zu verwirrt bin. Wenn nichts passiert ist, was ist dann auf einmal mit ihm los? Kann er grundsätzlich keine Liebe mehr zulassen, weil ihn der Tod seine Frau zu sehr getroffen hat? Oder schiebt er das vor, um sich auf nichts mehr einlassen zu müssen? Hat er überhaupt je mehr für mich empfunden als für eine seiner sicher zahlreichen Affären?

Mein Körper fühlt sich wie taub an, als ich zu meinem Wagen zurückgehe und einsteige, weil seine Abschiedsworte mir so ins Herz schneiden. Das kann er gut – verletzend sein –, und auch wenn das alles immer noch keine Sinn ergibt, habe ich eins verstanden: Es gibt für uns keine Zukunft. Weil er uns keine geben will.

Aber ich will auch nicht, denke ich und spüre, wie sich jetzt doch ein Kloß in meinem Hals bildet und meine Augen sich mit Tränen füllen. Nicht mehr jedenfalls. Ich habe genug von diesem ständigen Auf und Ab der Gefühle. Matteo Bertani ist einfach zu unberechenbar, ein zu großes Rätsel, das ich nicht lösen kann, und ich werde mich damit abfinden müssen, dass es ohne ihn weitergeht. Es muss gehen, und es wird gehen, ich werde es schaffen, auch wenn ich jetzt noch nicht weiß wie.

Mir graut davor, meinem Vater sagen zu müssen, dass er recht hatte. Und mir graut vor den endlosen Stunden, die der Tag noch hat. Vor den endlosen Tagen, die vor mir liegen und die mir plötzlich so trostlos vorkommen.

Ich wünschte, ich hätte irgendeine Chance, ihn zu vergessen. Aber das ist aussichtslos, denke ich und drehe den Zündschlüssel, starte den Motor. Den Preis dafür, dass ich bei ihm schwach war und zugelassen habe, dass er sich in mein Herz schleicht, werde ich jetzt zahlen müssen.

14

Die große Standuhr im Esszimmer meiner Eltern schlägt den lauten, tiefen Gong, der verkündet, dass es jetzt Viertel nach eins ist, und schreckt mich aus meinen Gedanken. Überrascht sehe ich auf und begegne dem fragenden Blick meiner Mutter, die mir am Esstisch gegenübersitzt.

»Schmeckt es dir nicht, Schatz?«

»Doch, natürlich. Ich ... habe nur keinen Appetit«. Ich versuche ein Lächeln und nehme mir noch einen Löffel von der Hühnersuppe, von der sie mir viel zu viel aufgetan hat. Das schaffe ich niemals. »Ist das ein neues Rezept?«, erkundige ich mich, um die Unterhaltung wieder in Gang zu bringen.

Lächelnd schüttelt sie den Kopf. »Ich dachte, du würdest die Suppe wiedererkennen. Die hast du sehr gern gegessen, als du klein warst«, erklärt sie mir, und ich runzle die Stirn.

»Wirklich?« Wenn das so war, muss das lange her, denn in meiner Erinnerung gab es bei Mum nie so etwas Gewöhnliches wie Hühnersuppe. Es mussten immer sehr ausgefallene Sachen sein, komplizierte Rezepte, die ihr nicht immer gelangen, die aber die Küche regelmäßig in ein nicht mehr beherrschbares Schlachtfeld verwandelt haben. Oder sie hat – meistens – gar nicht gekocht.

Mum lächelt ein bisschen schief, weil ihr das vermutlich bewusst ist. »Ich dachte, ich mache dir eine Freude damit«, sagt sie, und ich schäme mich ein bisschen, dass ich nicht einfach behauptet habe, ich könnte mich erinnern.

176

»Das tust du auch«, versichere ich ihr und lege meine Hand auf ihre.

Unglücklich schüttelt Mum den Kopf, und ihr Blick bleibt skeptisch. »Aber du isst gar nichts, und du bist immer so blass. Ich mache mir wirklich Sorgen um dich.«

»Mir geht es gut«, sage ich, doch ich sehe ihr an, dass sie mir nicht glaubt. Was kein Wunder ist, das ist ja auch eine glatte Lüge.

Es ging mir noch nie so schlecht. Nicht mal damals, vor gut einem Jahr, als das »Conroy's« am Boden lag und ich dachte, wir verlieren alles. Denn da war ich trotzdem voller Energie, voller Kampfgeist. Ich habe es sogar ertragen, die Auktion zu organisieren, in der wir unsere eigenen Bilder verkaufen musste, denn dadurch konnte ich etwas tun, um das Unglück abzuwenden, und ich hatte die ganze Zeit, trotz allem, Hoffnung.

Jetzt dagegen funktioniere ich nur. Meine Tage sind ange-füllt mit Arbeit, je mehr, desto besser, ich übernehme, was immer es zu tun gibt, damit ich keine Zeit zum Nachdenken habe – keine Zeit, mich daran zu erinnern, dass Matteo nicht mehr da ist.

Aber egal, was ich tue, ständig schiebt sich sein Bild vor mein inneres Auge. Ich höre seine Stimme, ich fühle ihn und ich träume von ihm. So war es bis jetzt immer, wenn ich von ihm getrennt war, doch ich musste es höchstens ein paar Tage ohne ihn aushalten. Diesmal sind jedoch schon drei Wo-chen vergangen, seit er wieder nach Rom gefahren ist – und diesmal habe ich keine Hoffnung, dass er zurückkommt. Ich will es nicht mal, weil ich so unglaublich wütend auf ihn bin. Weil ich das alles nach wie vor nicht verstehe. Aber es kommt mir trotzdem wie eine Ewigkeit vor, und ich hasse es. Ich hasse Matteo dafür, dass ich ihn nicht vergessen kann, ob-

wohl er mich offenbar problemlos aus seinem Leben streichen konnte.

Mum seufzt, und die Sorge liegt immer noch in ihrem
Blick, als sie mich jetzt mustert. »Wann kommt Joseph aus
Canterbury zurück, hat er dir das gesagt?«

»Irgendwann heute Nachmittag, denke ich.«

Hätte Dad nicht schon ganz früh heute Morgen zu seinem
Termin fahren müssen, wäre er bei uns, denn wir sind im
Moment jeden Mittag zum Lunch zu Hause bei Mum. Sonst
musste auch einer von uns kommen, um nach ihr zu sehen,
doch jetzt ist sie es, die uns schon mit dem Essen erwartet –
was sich immer noch ein bisschen neu und ungewohnt anfühlt.

Mum erhebt sich und nimmt unsere beiden Teller, um sie
in die Küche zu tragen. Offenbar hat sie eingesehen, dass ich
nichts mehr essen kann. »Trinken wir noch eine Tasse Tee
zusammen, bevor du wieder fährst?«

Ich nicke und stehe ebenfalls auf, um ihr beim Abräumen
zu helfen. »Gern.«

Eigentlich habe ich dafür keine Zeit, im Büro wartet jede
Menge Arbeit auf mich. Aber ich will Mum nicht enttäuschen. Ich weiß, dass es sie Kraft kostet, gegen ihre Krankheit zu bestehen, und ich bin sehr froh, dass sie es weiter versucht, deshalb tue ich alles, um sie zu unterstützen. Wenn ich
Zeit habe, dann machen wir jetzt sogar öfter mal die Dinge,
die Töchter normalerweise mit ihren Müttern tun, gehen
shoppen oder sehen uns einen Film an, gehen abends ins
Theater. Dass das jahrelang nicht ging, ist Mum bewusst, und
sie entschuldigt sich oft dafür und versucht es wieder gut zu
machen – was mir viel bedeutet. Ich wünschte nur, ich
könnte es ihr stärker zeigen. Doch dafür bin ich einfach zu
niedergeschlagen.

»Du vermisst ihn sehr, oder?«, fragt Mum, als wir wieder am Esstisch sitzen und sie mir Tee eingießt, und ich seufze, weil ich befürchtet hatte, dass sie das ansprechen würde. Sie nimmt großen Anteil an meiner Trennung von Matteo, obwohl ich ihr – und mir selbst – immer wieder versichere, dass ich damit fertig werde. Dad dagegen vermeidet das Thema komplett, er erwähnt Matteo nie, so als wäre er überhaupt nicht dagewesen, als würde es ihn gar nicht geben, und manchmal weiß ich tatsächlich nicht, was mir lieber ist.

Mums Blick ist eindringlich, während sie auf eine Antwort wartet, und ich bin ziemlich sicher, dass sie keine Ruhe geben wird, deshalb nicke ich. Es hätte wohl auch keinen Sinn, es zu leugnen.

»Schon komisch, oder?«, sagt sie und lächelt traurig. »Da geht es mir endlich besser, und dann muss ich hilflos mit ansehen, wie meine Tochter leidet.«

»So schlimm ist es nun auch wieder nicht, Mum«, beharre ich, doch sie schüttelt den Kopf.

»Liebeskummer ist immer schlimm, Sophie.« Sie trinkt einen Schluck von ihrem Tee. »Warum fährst du nicht zu ihm?«

Ihre Frage überrascht mich so, dass ich die Teetasse, die ich gerade zum Mund führen wollte, wieder sinken lasse.

»Das geht nicht, Mum«, erkläre ich ihr und überlege, ob sie vielleicht doch wieder einen manischen Schub hat, weil diese Idee so absolut absurd ist. »Ich laufe ihm nicht nach, auf gar keinen Fall. Und außerdem ... hat Matteo recht. Es hätte niemals funktioniert mit uns. Mein Leben ist hier. Dad braucht mich im Auktionshaus, und ich muss mich um dich ...« In allerletzter Sekunde breche ich den Satz ab, doch Mum weiß, was ich sagen wollte.

»Kümmern?« Sie seufzt tief und senkt den Blick, und als

sie mich wieder ansieht, liegt erneut dieses traurige Lächeln auf ihrem Gesicht. »So sollte das nicht sein, Sophie. Das ist alles falsch gelaufen, und ich kann dir gar nicht sagen, wie leid mir das tut. *Ich* hätte für *dich* da sein müssen die ganzen Jahre, nicht umgekehrt. Ich bereue es sehr, dass dein Vater und ich dir so früh schon so viel Verantwortung aufgebürdet haben. Du hast auch ein Recht auf dein eigenes Leben, du sollst nicht unseretwegen auf alles verzichten. Deshalb fahr nach Rom, wenn du das möchtest. Hol ihn dir zurück.«

Ihre Einsicht erstaunt mich und zeigt mir einmal mehr, dass sie sich wirklich verändert hat. Aber auch wenn ich Matteo schrecklich vermisse und manchmal nicht weiß, wie ich es aushalten soll, ihn nicht zu sehen, kann ich nicht zu ihm fahren. Weil es reicht, mich an seinen Gesichtsausdruck zu erinnern, als er gegangen ist, um mich auf den Boden der Tatsachen zurückzuholen.

»Danke, Mum.« Ich erwidere zaghaft ihr Lächeln. »Ich weiß das zu schätzen. Wirklich. Aber das würde nichts ändern.«

»Vielleicht ja doch«, beharrt sie und greift über den Tisch nach meiner Hand. »Tu es, Sophie, fahr zu ihm und rede mit ihm, von mir aus, um ganz sicher zu sein, dass du ihn wirklich nicht mehr willst.«

»Aber, Mum, das ist . . .«

»Unvernünftig, ich weiß.« Sie verzieht ihren Mundwinkel und lächelt ein bisschen verlegen. »Und ich weiß auch, dass es wahrscheinlich seltsam klingt, wenn ausgerechnet ich dir das sage, Sophie. Aber so wie es jetzt ist, besteht dein Leben nur aus Arbeit und Pflichten, und das ist nicht gut. Ich wünsche mir mehr für dich. Du sollst glücklich sein, und dafür muss man manchmal ein Risiko eingehen. Und wenn es sein muss, auch unvernünftig sein. Das ist es doch, was das Leben spannend macht: die Überraschungen, mit denen wir nicht rechnen.« Ihr Blick ist jetzt eindringlich. »Denk auch an dich, Sophie, nicht immer nur an uns. Du brauchst etwas für dich, und du solltest tun, was nötig ist, um es zu bekommen.«

Ich seufze. »Mum, glaub mir, ich brauche keine Überraschungen mehr, was Matteo angeht. Mein Bedarf ist gedeckt, wirklich.«

Trotzdem gehen mir ihre Worte nach, als ich kurz darauf runter in meine Wohnung laufe, um noch ein paar Unterlagen zu holen, die ich heute Morgen hier vergessen hatte. Es ist wirklich merkwürdig, dass mir ausgerechnet meine Mutter so einen Ratschlag erteilt, denn sie war sehr lange die unvernünftigste Person, die mir einfällt, hat stets impulsiv gehandelt und Dad und mich damit in Atem gehalten. Ich dachte, sie wäre jetzt einfach nur froh darüber, dass sie ihre Krankheit – und sich – wieder im Griff hat. Dass sie dieses Spontane, Unkontrollierte, das einen so großen Teil ihres Lebens ausgemacht hat, so positiv sieht, überrascht mich.

Aber hat sie vielleicht recht? Fehlt in meinem Leben etwas, weil ich mich so lange geweigert habe, irgendetwas zuzulassen, dass es durcheinanderbringt? Im Grunde lag es nicht an den äußeren Umständen, dass ich mich nicht verliebt habe. Ich hatte Angst davor, die Kontrolle zu verlieren – ich wollte nicht so sein wie Mum. Deshalb war ich übervorsichtig, habe niemanden an mich herangelassen. Die Arbeit, die immer vorgehen musste, und die Sorge um Mum waren eigentlich nur ein Schutzwall, und es gab keine Veranlassung, hinter ihm hervorzutreten. Dort war es zwar nicht spannend oder aufregend – aber dafür sicher.

Doch als ich Matteo traf, haben meine Abwehrmechanismen einfach nicht funktioniert. Er hat mich so überwältigt, dass ich keine Chance hatte, es aufzuhalten, und mit ihm zusammen zu sein, war viel schöner als alles, was ich bis jetzt erlebt habe. Vielleicht gerade weil es so verrückt war, so unvernünftig, so – aussichtslos.

Und genau das ist das Problem. Mit einem tiefen Seufzen schließe ich die Wohnungstür auf und gehe ins Arbeitszimmer, wo die Fotos liegen, die ich für den nächsten Ausstellungskatalog noch einscannen muss. Dass es aussichtslos wäre. Matteo ist in sein Leben zurückgekehrt, geht seine Wege und hat mich wahrscheinlich längst vergessen. Er läuft keiner Frau nach, dass hat er mir nach unserer ersten Liebesnacht erklärt – und ich laufe ihm auch nicht nach. Wenn er mich komplett aus seinem Leben streichen kann, dann kann ich das auch, und ich werde nicht …

Der Türgong lässt mich vom Schreibtisch aufschauen. Ich erwarte niemanden – eigentlich bin ich gar nicht da, müsste längst wieder im Auktionshaus sein, deshalb überlege ich kurz, ob es Mum sein kann, die da klingelt. Aber das ist Unsinn. Sie würde über die Verbindungstreppe im Haus nach unten gehen und nicht nach vorne zur Haustür. Vielleicht die Post, denke ich dann und lege den Stapel mit den Fotos, den ich schon in der Hand hatte, auf den Esstisch. Ich muss durch den Flur bis zur Haustür laufen und sie selbst öffnen, weil es keinen Türsummer und auch keine Gegensprechanlage gibt, was ich wieder einmal verfluche, vor allem, als ich sehe, dass es Harriet Sanderson ist, die mich sprechen will. Auf diese Begegnung hätte ich mich gerne wenigstens ein paar Sekunden lang vorbereitet.

»Hallo, Sophie.« Matteos Mutter sieht genauso aus wie bei den letzten Malen, bei denen ich sie getroffen habe, ist wieder adrett, aber konservativ gekleidet, diesmal mit einer hellen

Sommerhose und einem passenden fliederfarbenen Twinset. »Könnte ich kurz mit Ihnen reden?«

»Natürlich. Ich war zwar gerade auf dem Sprung, aber . . .«

»Vielleicht besprechen wir das lieber drinnen?««, unterbricht sie mich, und mir fällt plötzlich auf, dass sie nicht lächelt. Das hat sie sonst immer getan, aber jetzt mustert sie mich mit einer so ernsten, fast bösen Miene, dass ich richtig nervös werde.

»Setzen Sie sich doch«, biete ich ihr an, als wir in meinem Wohnzimmer stehen, und deute auf mein Sofa und den Sessel. Matteos Mutter schüttelt allerdings nur den Kopf.

»Ich bleibe nicht lange und ich denke, ich stehe lieber«, sagt sie kurz angebunden, und mir wird klar, dass sie tatsächlich wütend auf mich ist.

»Was kann ich für Sie tun?«, frage ich unsicher, weil ich absolut keine Ahnung habe, was sie von mir wollen könnte.

Sie stellt ihre Handtasche, die über ihrem Arm hing, auf den Sessel.

»Ich habe lange überlegt, ob ich überhaupt kommen soll«, sagt sie. »Aber ich muss einfach wissen, wieso ich mich so getäuscht habe.«

Leider kann ich ihr immer noch nicht folgen. »Getäuscht?«

»In Ihnen«, erklärt sie mir und ihr Blick ist kritisch – um es mal freundlich auszudrücken. Wenn man damit töten könnte, läge ich vielleicht schon auf dem Teppich und würde meinen letzten Atemzug tun. »Ich dachte wirklich, mein Sohn würde Ihnen etwas bedeuten. Dass er mit Ihnen endlich eine Frau gefunden hat, die ihn erreicht und ihm den Glauben an die Liebe zurückgibt. Sie wirkten so glücklich mit ihm.« Sie schüttelt den Kopf. »Und dann so etwas.«

Jetzt bin ich endgültig sehr verwirrt. »Es tut mir leid, aber ich glaube, Sie haben da etwas falsch verstanden«, erkläre ich ihr. »Matteo hat mich verlassen. Nicht ich ihn.«

Das scheint sie zu wissen, doch es macht ihren Blick nicht weniger eisig. »Er sagt, Sie hätten ihn belogen. Wieso haben Sie das getan, Sophie? Er war so anders mit Ihnen, so offen. Wieso mussten Sie das wieder kaputtmachen?«

»Ich?« Heftig schüttele ich den Kopf. »Hören Sie, ich habe wirklich keine Ahnung, wovon Sie sprechen. Ich war morgens bei Matteo, und es war alles in Ordnung. Wir hatten uns zum Mittagessen verabredet, aber er ist nicht gekommen. Und als ich zu ihm gefahren bin, um zu fragen, was los ist, hatte er schon seine Koffer gepackt. Er wollte nicht mehr mit mir reden, hat mir nur ein paar unschöne Dinge an den Kopf geworfen und ist gefahren. Wenn also jemand etwas kaputtgemacht hat, dann Matteo – und nicht ich.«

Das nimmt Harriet endlich den Wind aus den Segeln, denn die Wut verschwindet aus ihrem Gesicht und macht Platz für einen ratlosen Ausdruck, den ich nur zu gut nachvollziehen kann.

»Aber . . . er war so wütend, als er mich anrief. Er sagte, er müsste zurück, weil er auf keinen Fall noch länger in London bleiben könnte, und dass er sich in Ihnen getäuscht hat, weil er jetzt wüsste, dass Sie ihn angelogen hätten. Er war furchtbar aufgewühlt, so habe ich ihn lange nicht erlebt. Das letzte Mal war er damals so, nach diesem schlimmen Sturz.«

»Als er sich die Narbe zugezogen hat?«, frage ich, und sie nickt.

»Körperlich hat er sich davon erholt, aber er konnte das einfach nicht begreifen. Es hat ihn furchtbar mitgenommen. Und dann passierte auch noch das Unglück mit Giulia, und danach hat er sich völlig zurückgezogen. Wir dachten alle, dass er da nie mehr rauskommt.« Sie seufzt und sieht mich ein bisschen weniger böse an. »Deshalb war ich so froh, als ich Sie mit ihm gesehen habe, Sophie. Ich dachte, er schafft es, das endlich alles hinter sich zu lassen und neu anzufangen, verstehen Sie?«

Doch ich verstehe leider immer weniger.

»Was hat ihn so furchtbar mitgenommen? Ich dachte, es wäre ein Unfall gewesen. Er ist durch eine Glasscheibe gefallen, hat mir seine Großmutter erzählt. Und dabei hat er sich diese schlimmen Verletzungen auf der Brust zugezogen.«

Überrascht sieht Harriet mich an. »Das war kein Unfall.« Sie runzelt die Stirn. »Dann wissen Sie es gar nicht?«

»Was?«

Einen langen Moment betrachtet sie mich und scheint sich nicht sicher zu sein, ob sie es mir erzählen soll, dann stößt sie die Luft aus. »Dass sein bester Freund ihn fast umgebracht hätte.«

15

Geschockt starre ich sie an, und ihr Blick wird viel weicher, verliert alles Aggressive, das vorher darin gelegen hat. »Er hat es Ihnen nicht erzählt?«

Ich schüttele den Kopf. »Er weigert sich, darüber zu sprechen.« Wieder sehe ich Matteos wutverzerrtes Gesicht vor mir, als ich mit ihm bei seiner Großmutter war und er befürchtete, dass sie mir das alles gesagt haben könnte. Er war richtig verzweifelt – und unglaublich angriffslustig, wie ein Raubtier, das man in die Enge gedrängt hat. Was plötzlich einen Sinn ergibt, wenn dieses Ereignis derart traumatisch für ihn war.

Matteos Mutter mustert mich prüfend. »Dann hätte ich vielleicht besser nichts gesagt«, sagt sie, und ich habe plötzlich Angst, dass sie auch wieder schweigen wird. Deshalb lege ich ihr die Hand auf den Arm und sehe sie flehend an.

»Nein, bitte. Ich muss das jetzt endlich wissen. Wie soll ich ihn denn verstehen, wenn ich keine Ahnung habe, was ihm passiert ist?«

Harriet zögert noch, aber nur kurz – und folgt dann meiner Einladung, sich an den Esstisch zu setzen.

»Ich koche uns einen Tee«, sage ich und räume die Fotos, die noch darauf liegen, zurück ins Arbeitszimmer. Der Katalog muss warten. Das hier ist wichtiger.

Als der Tee fertig ist, setze ich mich Harriet gegenüber, und sie sieht mich ein bisschen ratlos an. »Ich weiß gar nicht, wo ich anfangen soll.«

»Wie ist Matteo in diese Scheibe gestürzt?«, will ich wissen.

Sie seufzt. »Er hat sich geprügelt. Mit Fabio. Die beiden waren seit der Schulzeit befreundet, ein eingeschworenes Team. Ich denke, dass Matteo meinen Weggang aus Italien und später den Tod seines Vaters verkraften konnte, verdankt er auch Fabio. Die beiden haben immer alles zusammen gemacht.«

Und er hat ihn mir gegenüber nie erwähnt. Mit keinem Wort, denke ich erschüttert, während ich darauf warte, dass Harriet weiterspricht.

»Die Prügelei muss sehr schlimm gewesen sein, die beiden sind wohl sehr heftig aufeinander losgegangen. Sie waren in Fabios Haus, das überall diese Glastüren hat, und irgendwann ist es passiert: Ein Schlag von Fabio hat Matteo mit voller Wucht gegen eine davon geschleudert. Sie ist zerbrochen, und die Glassplitter haben sich in seinen Brustkorb gebohrt, einer davon so tief, dass er innere Verletzungen hatte und fast verblutet wäre. Es war unglaublich knapp, aber die Ärzte konnten ihn retten.«

Diesen Teil der Geschichte kannte ich schon. Doch das wirklich Entscheidende fehlt.

»Aber warum? Wenn die beiden so gute Freunde waren?«

»Matteo hatte erfahren, dass Fabio eine Affäre mit Giulia hatte«, erklärt seine Mutter. »Als er ihn damit konfrontierte, ist Fabio auf ihn losgegangen.«

Betroffen sehe ich sie an. »Wie schrecklich.« Kein Wunder, dass Matteo so reagiert hat, als ich ihn auf seinen besten Kumpel angesprochen habe. »Und wo ist dieser Fabio jetzt?«

»Er ging nach Giulias Tod weg, es heißt, nach Südamerika, aber das weiß ich nicht sicher.«

Sie trinkt von ihrem Tee, und ich blicke nachdenklich in meinen, spüre einen schmerzhaften Stich, als mir klar wird, dass er sich nur aus einem Grund mit seinem Freund so schlimm geprügelt haben kann.

»Matteo muss Giulia sehr geliebt haben«, sage ich leise.

Harriet stimmt mir jedoch nicht zu, wie ich es eigentlich erwartet habe.

»Ich weiß nicht.« Sie zuckt mit den Schultern. »Anfangs sicher. Aber die beiden waren noch so jung, als sie heirateten, und sie entwickelten sich in völlig verschiedene Richtungen. Ich glaube, sie hatten sich recht schnell nichts mehr zu sagen. Giulia war eine von diesen Frauen, die jedem Mann den Kopf verdrehen können. Sie war unglaublich hübsch und lebenslustig, hatte ein einnehmendes Wesen und feierte gerne, war der Mittelpunkt jeder Party. Aber sie hatte nie Verständnis für Matteos Arbeit. Sie fand es unnötig, weil sie nicht begriffen hat, wie viel ihm die Kunst bedeutet. Und das ließ sie ihn auch immer wieder spüren. Deshalb glaube ich eigentlich nicht, dass am Ende noch besonders viel von seiner Liebe übrig war.«

Verblüfft über diese Enthüllung sehe ich sie an. »Aber wieso reagiert er dann so empfindlich, wenn es um sie geht? Wieso spricht er nie über sie?«

»Weil sie so viel in ihm zerstört hat. Dass sie eine Affäre mit Fabio hatte, war nicht das eigentlich Schlimme, sondern dass sie Fabio dazu gebracht hat, für sie alles aufs Spiel zu setzen. Er hat sich mit Matteo geprügelt und ihn fast umgebracht, weil er Giulia liebte. Und er dachte, sie erwidert seine Gefühle. Dafür hat er das Leben und die Gesundheit seines Freundes, ohne nachzudenken riskiert – und das hat Matteo so schlimm getroffen. Dass Fabio ihre Freundschaft einfach weggeworfen hat – für die Liebe einer Frau, die sich weder aus ihm noch aus Matteo wirklich etwas gemacht hat. Wie sich herausstellte, hatte Giulia nämlich zahlreiche Affären, unter anderem mit dem Fluglehrer, der bei ihr in der Maschine saß, als sie abstürzte.« Sie zuckt mit den Schultern. »Matteo hat sich nie mit Fabio versöhnt, dessen Verrat ihn so schlimm enttäuscht hat. Aber das eigentliche Problem ist Giulia. Er gibt ihr die Schuld an allem, was passiert ist. Seitdem vertraut er Frauen nicht mehr – jedenfalls nicht, wenn es um sein Herz geht.«

Diese Informationen lassen Matteos Verhalten plötzlich in einem ganz neuen Licht erscheinen, und ich brauche einen Moment, bis ich das alles verdaut habe. Dann war Giulia gar nicht seine große Liebe, wie ich immer dachte. Aber sie ist trotzdem der Grund, warum er sich nicht mehr bindet.

»Deswegen will er sich nicht mehr auf eine Beziehung einlassen.« Ich spreche den Gedanken laut aus. »Weil er erfahren hat, dass Liebe alles zerstören kann.«

Harriet nickt. »Woran ich sicher auch nicht ganz unschuldig bin. Sein Vater und ich waren ihm schließlich kein gutes Vorbild.« Sie lehnt sich in ihrem Stuhl zurück und sieht mich entschuldigend an, so als müsste sie auch vor mir rechtfertigen, was sie getan hat. »Ich habe Tommaso geliebt, und meine Söhne natürlich auch. Aber ich war sehr unglücklich in Italien, ich habe es einfach nicht geschafft, mir dort ein Leben aufzubauen, in dem ich mich wohlfühlte. Die ganze Zeit hatte ich das Gefühl, dass ich dort nicht hingehöre, dass ich ein Fremdkörper bin in meiner eigenen Familie. Und ich musste gehen, bevor es noch hässlicher geworden wäre zwischen meinem Mann und mir. Wir standen kurz davor, unseren Ärger öffentlich auszutragen, unsere ganze Familie mit in die Streitereien zu ziehen. Es ging nicht anders, glauben Sie mir. Aber ich wollte die Jungs nicht aus ihrem gewohnten

189

Umfeld reißen, deshalb ließ ich sie bei ihrem Vater. Michele und Luca waren schon größer, sie hatten einiges mitbekommen, nur für Matteo war das schwer zu verstehen. Er fühlte sich furchtbar im Stich gelassen, deshalb wollte er auch nicht zu mir kommen, als Tommaso starb, sondern lieber bei seiner Großmutter leben. Valentina konnte ihn zwar irgendwann überreden, sich mit mir auszusprechen, und jetzt haben wir wieder ein gutes Verhältnis zueinander. Aber dass meine Liebe zu seinem Vater damals zerbrochen ist, hat sein Vertrauen in Beziehungen sicher nicht gestärkt.«

Mein Gott, denke ich, als sich das alles langsam zu einem Gesamtbild fügt, und blicke Matteos Mutter erschrocken an. Sie lächelt jedoch ein bisschen.

»Verstehen Sie jetzt, wieso ich mich so gefreut habe, dass er plötzlich Sie an seiner Seite hatte? Damit hatte ich nicht mehr gerechnet, dass es eine Frau schafft, ihm so nahezukommen. Er wirkte so ... glücklich mit Ihnen. Und er wäre nicht mit nach England gekommen, wenn Sie ihm nicht viel bedeuten würden.«

Mein Herz blüht auf, als sie das sagt, möchte das gerne glauben, doch ich bleibe vorsichtig. »Aber er ist nicht geblieben«, erinnere ich sie. »Und er hat mir ziemlich unmissverständlich zu verstehen gegeben, dass er kein Interesse daran hat, mich wiederzusehen.«

Harriet zuckt hilflos mit den Schultern, offenbar weiß sie auch nicht weiter. »Jetzt, wo ich mit Ihnen gesprochen habe, kann ich mir das auch nicht mehr erklären. Matteo hat mir vor seiner Abreise nur gesagt, dass Sie ihn belogen hätten. Deswegen war ich auch so wütend. Und Ihnen fällt wirklich nichts ein? Irgendetwas, das Sie gesagt oder getan haben könnten?«

Mein Handy klingelt in meiner Tasche, doch ich ignoriere

es. »Da war nichts, wirklich nicht.« Wieder überlege ich, was es gewesen sein könnte, das Matteo so aufgeregt hat, und dann wird mir klar, dass es nur mit Nigel zusammenhängen kann. Hat er etwas zu Matteo gesagt, als die beiden sich auf dem Parkplatz getroffen haben? »Wenn, dann kann es nur ein Missverständnis sein.«

»Dann sollten Sie das mit ihm klären.« Harriet beugt sich vor. »Mein Sohn ist nicht einfach, Sophie. Ich weiß nicht, wie Sie zu ihm stehen, und ich habe keine Ahnung, ob es jemals wieder eine Frau schaffen wird, sein Vertrauen zu gewinnen. Manchmal denke ich, dass es dafür zu spät ist. Aber wenn er Ihnen etwas bedeutet, dann geben Sie ihm noch eine Chance.« Sie lächelt. »Dann hätte es wenigstens einen Sinn gehabt, dass ich seine Geheimnisse ausplaudere.«

»Danke«, sage ich und meine es so. »Danke, dass Sie es mir erzählt haben. Aber ...« Ich zucke mit den Schultern, weil ich nicht weiß, wie ich ihr sagen soll, dass ich Angst habe, es noch mal zu versuchen – und wieder zu scheitern.

»Ich verstehe schon«, sagt Harriet. »Ich weiß, wie schwierig das ist mit der Liebe ist, wenn man in verschiedenen Welten lebt.« Sie lächelt traurig, und als sie sich an der Haustür von mir verabschiedet, umarmt sie mich noch mal.

Mit klopfendem Herzen schließe ich die Tür hinter ihr und lehne mich dagegen, versuche, das alles zu begreifen.

Ich verstehe Matteo jetzt viel besser – aber ändert das etwas? Er ist in Italien, seinem Zuhause, so weit weg von mir. Und er hat mir unmissverständlich zu verstehen gegeben, dass er mich dort nicht haben will. Es ist zu spät, um jetzt noch etwas daran zu ändern. Oder?

Mit schweren Schritten gehe ich zurück in meine Wohnung, um die Fotos zu holen. Meine Tasche steht neben dem Sessel, und als ich sie sehe, fällt mir wieder ein, dass mein

Handy vorhin geklingelt hat. Ich bin fast sicher, dass der Anruf aus dem Auktionshaus kam, schließlich bin ich nicht wie erwartet aus der Mittagspause zurückgekommen. Doch im Display steht eine fremde, sehr lange Nummer, und als ich genauer hinsehe, erkenne ich die Landesvorwahl von Italien. Matteo ist es definitiv nicht, seine Nummern sind in mein Handy eingespeichert, also würde sein Name angezeigt, wenn er der Anrufer gewesen wäre. Aber ich bin trotzdem nervös, als ich auf die Nummer tippe und darauf warte, dass der Rückruf sich aufbaut.

»*Sí?*«, ertönt eine weibliche Stimme am anderen Ende, und dann hat diejenige wohl auf ihrem Telefon meine Nummer erkannt, denn sie wechselt ins Englische. »Sophie? Bist du das?«

Ich brauche einen Moment, bis ich die Stimme zuordnen kann.

»Paola?«

Matteos Schwägerin seufzt erleichtert. »Gut, dass du zurückrufst.«

Ich bin ihr in Rom zweimal begegnet, zuletzt auf der Geburtstagsfeier von Matteos Großmutter Valentina, und für einen Moment freue ich mich, von ihr zu hören, weil sie so nett zu mir war und ich sie wirklich mochte. Dann wird mir jedoch klar, dass es einen wichtigen Grund geben muss, wenn sie sich die Mühe macht, mich zu erreichen. Und plötzlich begreife ich auch, dass ihre Stimme aufgeregt klingt. Sehr aufgeregt.

Eine kalte Hand greift nach meinem Herzen.

»Ist was mit Matteo?« Den Gedanken kann ich gar nicht zu Ende denken.

»Nein«, stößt Paola hervor. »Es ist Valentina. Sie hatte einen schlimmen Herzanfall und liegt im Krankenhaus. Es geht ihr sehr schlecht.«

»Oh mein Gott.« Erschrocken lege ich die Hand über meinen Mund, doch Paola redet schon weiter.

»Sie hat nach dir gefragt, Sophie. Sie will dich unbedingt sehen.« Ich höre, wie sie tief Luft holt. »Ich weiß, das kommt jetzt sehr plötzlich – aber könntest du kommen, bitte? Wir wissen nicht, ob sie die nächsten Tage überlebt.«

16

Ein Ruckeln erschüttert das Flugzeug und lässt den Mann im Sitz neben mir erschrocken die Luft einziehen. »Ist das normal?«, stößt er hervor, und ich sehe die Panik in seinen Augen, deshalb versuche ich, aufmunternd zu lächeln.

»Ja. Wir befinden uns wahrscheinlich schon im Landeanflug, und dann wackelt es manchmal«, erkläre ich ihm. Wie um meine Aussage zu bestätigen, gehen in diesem Moment die Anschnall-Zeichen über unseren Köpfen mit einem leisen Pling wieder an. Kurz darauf erklärt uns der Kapitän über den Lautsprecher, dass wir voraussichtlich in zwanzig Minuten auf dem Flughafen Fiumicino in Rom landen werden.

Mein Sitznachbar scheint jedoch weder meine Worte noch die Durchsage beruhigend zu finden, und ich muss an Matteo denken, der so konsequent nicht fliegt, auch wenn er mir noch nicht verraten hat, was genau der Grund dafür ist. Nicht, dass dieser Mann mich an ihn erinnert – er ist ein ganz anderer Typ und immerhin sitzt er hier, so schlimm kann seine Flugangst also nicht sein. Aber mein Gehirn scheint nur auf Gelegenheiten zu lauern, um Matteos Bild heraufzubeschwören, und da reicht eben auch schon eine entfernte Gemeinsamkeit.

Der Mann sieht jetzt über seine Schulter nach hinten zu den Toiletten, wohin die Frau, die auf seiner anderen Seite sitzt, vor ein paar Minuten verschwunden ist. Sie kommt in diesem Augenblick zurück, und er lächelt erleichtert, als sie sich wieder neben ihn setzt und sich anschnallt. Offenbar gibt er ihr, was das Trösten angeht, klar den Vorzug. Sie ist in seinem Alter, auch etwa Mitte Vierzig, und obwohl die beiden nicht zusammen reisen, haben sie sich auf Anhieb gut verstanden und unterhalten sich schon den ganzen Flug über angeregt. Und das ist mir sehr recht, denn für Smalltalk bin ich im Moment einfach zu angespannt. Eigentlich starre ich die ganze Zeit nur aus dem Fenster in die Dämmerung hinaus und wünschte, wir wären schon da.

Dabei kann ich von Glück sagen, dass ich der Stadt überhaupt schon so nah bin. Die Flüge nach Rom waren alle ausgebucht, und ich hätte theoretisch erst morgen Mittag eine Maschine nehmen können. Doch ich habe die Stewardess bekniet und ihr klar gemacht, wie dringend ich fliegen muss, und irgendwie hat sie es dann doch noch geschafft, mir einen Platz auf diesem Flug zu besorgen, der um kurz vor neun Uhr landen wird.

Ob ich noch rechtzeitig komme, weiß ich trotzdem nicht, und meine Gedanken kreisen ständig um Valentina und – natürlich – um Matteo. Nichts kann mich ablenken, ich kann mich weder auf die Zeitschriften konzentrieren, die die Stewardess uns angeboten hat, noch auf die Cartoons, die ab und zu auf den Bildschirmen über unseren Köpfen laufen. Das Einzige, was mich interessiert, sind die Daten zum Flug, die immer wieder eingeblendet werden. Die zweieinhalb Stunden, die wir jetzt schon unterwegs sind, haben sich dennoch endlos in die Länge gezogen und mir viel zu viel Zeit zum Grübeln gegeben.

Diese Zeit hatte ich nach Paolas Anruf nicht, denn da musste ich handeln. Mein Koffer war schnell gepackt, weil Mum, die ich sofort informiert habe, mir dabei geholfen hat. Ihr musste ich auch nicht erklären, wieso ich Valentina ihren

195

Wunsch auf gar keinen Fall abschlagen kann. Dad schon. Der Termin in Canterbury dauerte nicht so lange wie gedacht, deshalb stand er plötzlich in der Tür, als ich gerade das Taxi gerufen hatte, das mich nach Heathrow bringen sollte.

Ich muss die Augen schließen bei der Erinnerung daran, wie wütend er war. Er hatte kein Verständnis für meinen überstürzten Aufbruch, wollte mich nicht gehen lassen. Mum hat zwar versucht, ihn zu beruhigen, doch er hat keines ihrer Argumente gelten lassen, im Gegenteil – er hat sie angeherrscht, dass ich genauso verrückt wäre wie sie, wenn ich nach Rom fliege. So hat er noch nie mit ihr gesprochen.

»Sie kann doch hier nicht alles stehen und liegen lassen für eine Frau, die sie nicht mal besonders gut kennt!«, hat er geschrien, und mir ist klar geworden, dass für ihn alles, was mit Matteo zu tun hat, immer noch ein rotes Tuch ist. Er hat mir sogar gedroht, dass ich nicht mehr wiederzukommen bräuchte, wenn ich jetzt gehe, so außer sich vor Wut war er.

Aber ich musste trotzdem fahren. Natürlich musste ich das. Nicht nur wegen Valentina, sondern auch wegen Matteo. Denn wenn es seiner Großmutter wirklich so schlecht geht, dann geht es ihm auch schlecht. Ich weiß, wie sehr er an ihr hängt. Und deshalb muss ich nicht nur Valentinas Bitte erfüllen – ich muss auch zu ihm. Es ist ein Gefühl, gegen das ich nichts tun kann, es ist wie ein Zwang, und es ist viel stärker als meine Wut auf ihn, stärker als meine Bedenken und meine Zweifel. Vielleicht brauchte es erst diese Nachricht, um mir klarzumachen, dass meine Gefühle für ihn sich nicht geändert haben – obwohl er mich so verletzt hat und trotz meiner Wut auf ihn.

Aber wie sieht Matteo das? Wird er sich freuen, mich zu

sehen? Weiß er überhaupt, dass ich komme? Ich habe absolut keine Ahnung, was mich in der Klinik erwartet, in der Valentina liegt, ich weiß nicht mal, ob ich so spät dort überhaupt noch erscheinen kann. Paola hat mir nur die Adresse durchgegeben, doch ich habe sie danach nicht mehr erreicht, konnte ihr nur kurz eine SMS mit meinen Flugdaten schicken und sie wissen lassen, dass ich auf dem Weg bin. Da ich mein Handy im Flugzeug natürlich nicht benutzen darf, kann ich nicht nachsehen, ob sie darauf geantwortet hat, und ich kann es auch nicht noch mal bei ihr versuchen, um an Neuigkeiten über Valentinas Zustand zu kommen. Ich weiß nichts, absolut nichts, und die Ungewissheit bringt mich um.

Aber genau das ist das hier, denke ich, während ich auf die Lichter der Stadt hinausstarre, die jetzt unter uns aufgetaucht sind und immer heller werden, je tiefer wir sinken. Eine Landung im Ungewissen...

Ich glaube, ich bin noch nie so spontan irgendwo hingeflogen, ohne Rückflugticket, ohne Hotel, ohne Plan. Und das mulmige Gefühl, das mich die ganze Zeit begleitet, wird stärker, droht mich fast zu überwältigen, als wir kurz darauf gelandet sind und ich auf dem langen Weg zur Gepäckausgabe mein Handy wieder anschalte. Ich habe keine SMS, es hat niemand angerufen, und als ich Paolas Nummer wähle, nachdem mein Smartphone sich in das italienische Netz eingebucht hat, geht wieder nur ihre Mailbox dran. Vermutlich heißt das, dass sie nach wie vor bei Valentina im Krankenhaus ist, und ich beschließe, es noch mal zu versuchen, wenn ich durch die ganzen Kontrollen bin.

Doch als ich schließlich, nach endlosen Minuten des Wartens am Gepäckband, mit meinem Rollkoffer durch die Schiebetüren in die Ankunftshalle des Flughafens trete, stelle ich fest, dass man mich doch schon erwartet. Denn Giacomo di Chessa steht, auf einen Stock gestützt, hinter der Absperrung und sieht mir lächelnd entgegen.

»Giacomo!« Ich bin so erleichtert, ihn zu sehen, dass ich auf ihn zulaufe und ihn umarme, was vielleicht nicht ganz angebracht ist, wenn man bedenkt, dass der ehemalige Dekan des Kunsthistorischen Instituts der La Sapienza eigentlich ein Kunde des Auktionshauses ist. Aber unser Verhältnis ist während meines letzten Aufenthalts in Rom sehr eng und eher freundschaftlich geworden.

Ich mochte ihn von Anfang an, und da ich jeden Tag bei ihm war und mit ihm seine Bildersammlung gesichtet habe, die er demnächst von uns versteigern lassen will, haben wir uns sehr gut kennen und schätzen gelernt. Und jetzt gerade ist er so etwas wie ein Rettungsanker für mich, weil ich mich schlagartig nicht mehr so verloren fühle.

Er sieht besser aus als beim letzten Mal, erholter und nicht mehr so blass, auch wenn seine hagere Figur und sein weißes Haar ihn immer noch irgendwie zerbrechlich wirken lassen. Nur sein Lächeln ist matter als sonst.

»Es ist so schön, Sie zu sehen, Sophie – Sie sehen entzückend aus«, sagt er, ganz der italienische Charmeur. Dabei fühle ich mich eigentlich ziemlich zerknautscht, und mein schwarzer Rock und die rote Bluse, die ich heute schon den ganzen Tag trage – ich bin so eilig aufgebrochen, dass ich mich nicht mehr umziehen konnte –, sind es nach dem hastigen Aufbruch und dem Flug definitiv.

Trotzdem muntern seine Worte mich auf, deshalb erwidere ich sein Lächeln. Er wird jedoch schnell wieder ernst. »Ich wünschte nur, die Umstände unseres Wiedersehens wären nicht so furchtbar«, sagt er und erinnert mich wieder an den Grund meines Besuchs.

»Wie geht es Valentina?«

Giacomo zuckt mit den Schultern. »Das muss sich noch zeigen. Es war ein zweiter Eingriff nötig, den sie gut überstanden hat, aber ihr Zustand ist weiter kritisch. Wir müssen abwarten, ob keine Komplikationen auftreten, dann wird sie es vermutlich schaffen.« Über die andere Alternative will er offenbar gar nicht reden, denn er hakt sich bei mir ein und führt mich in Richtung Ausgang.

»Fahren wir zu ihr?«, erkundige ich mich, als wir einen schnittigen schwarzen Mercedes erreichen und der Fahrer, offenbar Giacomos Chauffeur, meinen Koffer einlädt. »Oder ist es dafür schon zu spät?«

Meine Armbanduhr, die ich schon auf dem Flug auf die italienische Zeit umgestellt habe, zeigt mir an, dass es jetzt kurz nach halb zehn ist, und das kommt mir spät vor für einen Besuch im Krankenhaus.

Giacomo lächelt. »Valentina liegt in einer Privatklinik, da gibt es keine festen Besuchszeiten. Und außerdem werden Sie schon erwartet.« Er hält mir die Tür auf und setzt sich nach hinten zu mir, woraufhin der Wagen sofort losfährt. Offenbar weiß der Fahrer, wohin es geht.

»Ist … Matteo auch da?«, erkundige ich mich bei Giacomo, während draußen die Lichter des Zubringers vorbeihuschen, der uns zurück in die Stadt führt.

Giacomo nickt. »Es geht ihm nicht gut, Sophie. Die Sache nimmt ihn sehr mit.«

»Das kann ich mir denken.« Ich schlucke. »Weiß er, dass ich komme?«

»Er war dabei, als Valentina nach Ihnen gefragt hat.« Giacomo mustert mich nachdenklich, und ich kann seinen Gesichtsausdruck nicht deuten. Entweder weiß er nicht mehr, oder er will mir nicht sagen, was Matteo zu der Aussicht

gesagt hat, mich am Krankenbett seiner Großmutter wiederzusehen. Und ich bin zu nervös, um nachzuhaken, denn
wenn es Letzteres ist, dann wird er seine Gründe haben, es
mir zu verschweigen.

»Warum hat sie das getan?«, frage ich, weil mir die Frage
schon die ganze Zeit im Kopf herumgeht.

Giacomo hebt die Brauen. »Was?«

»Warum hat sie nach mir gefragt? Wir kennen uns doch
kaum.«

Er zuckt mit den Schultern. »Ich weiß es nicht. Wahrscheinlich sind Sie ihr ans Herz gewachsen, Sophie – was
ich gut verstehen kann.« Er lächelt kurz, doch dann wird
er wieder ernst. »Sie war allerdings sehr durcheinander, als
sie das gesagt hat. Vielleicht glaubt sie auch ... dass Sie noch
immer mit Matteo zusammen sind«, fügt er dann noch
hinzu.

Erschrocken sehe ich ihn an. »Aber ... das stimmt nicht.«

»Es ist auch nur eine Vermutung. Ich weiß es nicht. Als ich
zuletzt bei ihr war, hat sie geschlafen, und ich kann ihren
Zustand nicht wirklich beurteilen. Das werden wir sehen,
wenn wir da sind.«

Betroffen schweige ich und starre aus dem Fenster. Dass
Valentina nicht ganz bei sich gewesen sein könnte, als sie
nach mir fragte, ist mir überhaupt nicht in den Sinn gekommen – und auch nicht, dass sie mich immer noch für Matteos
Freundin halten könnte.

Jetzt, wo ich darüber nachdenke, wird mir plötzlich klar,
dass ich mir Matteos Großmutter die ganze Zeit – trotz der
schlimmen Nachricht – so vorgestellt habe, wie sie bei unseren Begegnungen war: vital und im Vollbesitz ihrer geistigen
Kräfte. Ich habe mich zwar gewundert, warum sie ausgerechnet mich sehen will, aber irgendwie erschien mir der

Grund für ihren Wunsch nicht wichtig, ich wollte ihn nur erfüllen. Was, wenn sie sich gar nicht erinnern kann, dass sie überhaupt nach mir gefragt hat, wenn sie mich sieht?

Die Worte meines Vaters fallen mir wieder ein. Ich kenne Valentina kaum, das stimmt, und dennoch bin ich auf dem Weg zu ihrem Krankenbett, dringe in einem sehr privaten Moment ein, in eine Familie, der ich nicht angehöre, selbst wenn ich mir das zwischenzeitlich gewünscht habe. Ich störe dort vielleicht nur, und Matteo …

Giacomo legt seine Hand auf meine und unterbricht meine Gedanken. Überrascht drehe ich mich wieder zu ihm um und blicke in sein freundliches Gesicht.

»Wir sind alle sehr froh, dass Sie gekommen sind, Sophie. Es ist wichtig, dass Sie hier sind, Sie helfen Valentina damit«, sagt er, und ich erwidere sein Lächeln zaghaft, weil mich seine Worte ein bisschen beruhigen.

Doch als wir schließlich in der Klinik ankommen – einem sehr modernen, weißen Gebäude mit unglaublich zuvorkommendem, aber dennoch hoch professionell wirkendem Personal – und im Lift nach oben auf die Intensivstation fahren, bin ich trotzdem furchtbar aufgeregt.

Die Intensivschwester gibt uns grüne Kittel, die wir uns über unsere Kleidung ziehen müssen, und führt uns dann in ein großes Krankenzimmer, in dessen Mitte ein ausladendes Bett mit halbhohen Gittern oben an den Seiten steht.

Am Kopfende ist eine ganze Batterie von Monitoren aufgebaut, auf denen Zahlen und Kurven zu sehen sind und die monotone, aber dennoch irgendwie bedrohliche Pieptöne von sich geben. Kabel führen von ihnen zum Bett, auf dem Valentina Bertani liegt.

Erschrocken betrachte ich sie.

Ihre Augen sind geschlossen, und sie atmet offenbar selb-

201

ständig, denn sie ist nicht intubiert. Alle anderen Vitalfunktionen werden jedoch mit Messdioden überwacht, die an ihre Arme und ihre Brust angeschlossen sind. Außerdem hängt sie an einem Tropf.

Aber am schlimmsten ist ihr blasses, eingefallenes Gesicht. Ihre weißen Haare, die sie sonst immer so hübsch frisiert hatte, sind durcheinander und zur Seite gedrückt, und auch die Falten in ihrem Gesicht wirken tiefer als sonst, lassen sie alt und verbraucht wirken, weil ihr Lächeln fehlt und das Blitzen ihrer Augen, das sie sonst so lebendig macht.

Erst jetzt begreife ich wirklich, wie schlecht es ihr geht, und ich schrecke davor zurück, näher an ihr Bett zu treten, weil sie in ihrem Zustand so absolut hilflos ist. So sollte sie nur ihre Familie sehen, die Menschen, die ihr sehr nahe stehen, denke ich. Doch als Paola, die auf einem Stuhl neben dem Bett sitzt, unsere Ankunft bemerkt, kommt sie sofort zu uns und umarmt mich, drückt mich fest an sich.

»Sophie! Wie gut, dass du da bist!«

Ich kenne sie eigentlich nur in schicken Klamotten und mit gekonntem Make-up, im Moment ist sie aber ungeschminkt und hat ihr braunes Haar zu einem Zopf gebunden, trägt Jeans und T-Shirt. Und sie lächelt so erleichtert und glücklich, dass ich meine Bedenken vergesse und mit ihr gemeinsam an Valentinas Bett trete.

Außer ihr ist niemand sonst im Zimmer, und als sie meinen suchenden Blick bemerkt, deutet sie zur Tür.

»Matteo und Luca sind kurz nach unten gegangen, einen Kaffee trinken«, erklärt sie mir, und ich nicke, immer noch erschüttert über Valentinas Anblick.

»Ist sie bei Bewusstsein?«, frage ich leise.

Paola nickt. »Aber sie ist noch sehr schwach. Sie schläft fast nur.«

Ich schüttele den Kopf, weil mich die Unsicherheit mit Macht einholt. »Ich ... weiß nicht, ob ich wirklich hier sein sollte. Ich ...«

»Sophie?« Valentinas Augenlider flattern und ihre Stimme ist ganz schwach, aber sie hat eindeutig meinen Namen gesagt.

»Ja, ich bin hier.« Vorsichtig setze ich mich auf die Bettkante und nehme ihre Hand, beuge mich vor, sodass sie mich besser sehen kann. Als sie die Berührung spürt, runzelt sie die Stirn und öffnet die Augen einen Spalt, versucht, ihren Blick scharfzustellen.

»Sophie«, sagt sie noch mal, und es klingt wie ein Seufzen. Ein Lächeln spielt um ihre Lippen, und ich erwidere es, froh darüber, dass die Valentina, die ich kenne und mag, immer noch da ist, auch wenn dieser Herzanfall sie gerade so schwächt.

Sie wird plötzlich unruhig, sieht über meine Schulter, und das Piepen des Herzmonitors, der ihren Puls überwacht, beschleunigt sich leicht. »Matteo? Wo ... ist ...?«

»Hier, *Nonna*.« Matteo muss eben zurückgekommen sein, denn er steht plötzlich hinter mir. Unwillkürlich halte ich den Atem an, als er sich vorbeugt, und seine Schulter meine berührt. »Ich bin hier.«

Valentinas Blick findet ihn, und wieder huscht ein Lächeln über ihr Gesicht. Dann aber fallen ihr die Augen zu, und das Piepsen des Herzmonitors fällt zurück in den Rhythmus, den es zuvor hatte – sie ist offensichtlich wieder eingeschlafen.

Sofort richtet Matteo sich auf und tritt einen Schritt zur Seite, und ich erhebe mich ebenfalls mit zitternden Knien,

weil seine unerwartete Nähe mich völlig durcheinandergebracht hat. Aber es ist noch schlimmer, als unsere Blicke
sich treffen.

Ich habe ihn seit Wochen nicht gesehen, und es ist ein
bisschen, als würde die Zeit stehen bleiben, während ich sein
Bild in mich aufsauge, Details an ihm wahrnehme. Sein
Haar, das er mit der Hand zurückstreicht und das ihm trotzdem sofort wieder in die Stirn fällt, der Ausdruck des Erstau-
nens in seinen goldenen Augen, der sich, noch während ich
hinsehe, in Misstrauen verwandelt, und seine breite Brust,
die sich unter seinem Hemd hebt und senkt, so als wäre er
gerade gerannt. Auch ohne Giacomos Hinweis wäre mir
sofort aufgefallen, dass er schlecht aussieht. Sein Gesicht
ist blasser als sonst, und unter seinen Augen liegen dunkle
Ringe.

»Du bist also gekommen«, sagt er, doch das monotone
Piepsen der Monitore überdeckt den Klang seiner Stimme,
deshalb weiß ich nicht, wie er das findet. Nicht so gut, seinem Gesichtsausdruck nach zu urteilen.

»Und *Nonna* hat sie erkannt«, sagt Paola sichtlich zufrieden und tritt wie ich einen Schritt zur Seite, als jetzt ein Arzt
und eine Krankenschwester ins Zimmer kommen.

Offenbar hat der beschleunigte Puls, den Valentina gerade
hatte, sie dazu veranlasst, noch mal nach ihr zu sehen. Die
Schwester überprüft mit routinierten Handgriffen den Sitz
der Sonden und die Monitore, während sich der Arzt Valentina und die Werte ansieht.

Schweigend sehen Paola, Matteo und ich ihnen dabei zu,
und auch Giacomo und Matteos Bruder Luca, den ich erst
jetzt bemerke, beobachten von der Tür aus, was im Raum
passiert.

»Wie geht es ihr, *dottore?*«, fragt Matteo auf Italienisch, und der Arzt antwortet ihm so schnell, dass ich nicht ganz folgen kann, weil ich mich erst wieder in die Sprache reinhören muss. Aber das meiste verstehe ich: Valentinas Zustand ist soweit stabil. Sie braucht allerdings nach wie vor viel Ruhe, und deswegen bittet er uns auch alle zu gehen.

Matteo, der offenbar lieber bleiben will, diskutiert mit ihm, doch der Arzt, ein braungebrannter Mann mit dunklen Locken, setzt sich auf eine freundliche, aber konsequente Art durch, erklärt ihm, dass er natürlich die Nacht hier verbringen kann, dass es aber sinnvoller wäre, wenn er sich ebenfalls ein bisschen ausruht. Denn Matteo weicht, wenn ich das richtig verstehe, schon seit Valentinas Einlieferung nicht von ihrer Seite – was die dunklen Ringe unter seinen Augen erklären würde.

Schließlich, nachdem der Arzt Matteo mehrfach versprochen hat, sofort Bescheid zu geben, sobald sich etwas an Valentinas Zustand ändert, gibt er nach, und wir verlassen alle das Zimmer, übergeben die Kittel im Flur wieder an die Schwester.

»Dass *Nonna* gelächelt hat, ist ein gutes Zeichen, findet ihr nicht?« Paola ist immer noch ganz aufgeregt über das, was gerade passiert ist. »Sie hat Sophie erkannt. Sie erholt sich bestimmt«, versichert sie Matteo, der immer wieder über die Schulter zurücksieht und alles andere als glücklich darüber zu sein scheint, dass er gehen soll. Dann wendet sie sich wieder an mich. »Du kannst doch noch bleiben, oder, Sophie?«

Ich habe mir noch keine Gedanken gemacht, wie das jetzt alles weitergehen wird, aber ich nicke. »Ja, natürlich. Ich müsste mir nur noch ein Hotelzimmer besorgen. Das habe ich vor meinem Abflug nicht mehr geschafft.«

Paola schüttelt den Kopf. »Das brauchst du nicht, du kannst in *Nonnas* Wohnung ziehen, solange du hier bist.«

Matteo hebt ruckartig den Kopf und starrt erst Paola an und dann mich. Auch ich bin überrascht. Denn Valentinas Wohnung liegt in Matteos Villa, und dann würden wir für die Dauer meines Aufenthaltes unter einem Dach leben – ein Gedanke, der Matteo nicht zu behagen scheint. Er setzt an, etwas zu sagen, doch Luca, der bis jetzt geschwiegen hat, kommt ihm zuvor.

»Paola hat recht«, sagt er, und als er mich anlächelt, erkenne ich wieder die Ähnlichkeit zwischen den Brüdern. Luca ist kleiner als Matteo, obwohl er der Ältere ist, und sein Haar ist schwarz, genau wie der stylische kurze Vollbart, den er trägt. Doch er hat eindeutig auch dieses charmante Bertani-Lächeln, dem man so schwer widerstehen kann. »Sie müssen auf gar keinen Fall ein Hotel nehmen. Sie sind unser Gast, und da es Valentina so wichtig war, dass Sie kommen, hat sie ganz sicher nichts dagegen, wenn Sie solange ihre Wohnung nutzen. Da ist am meisten Platz, und da sind Sie für sich. Außerdem liegt sie am nächsten zur Klinik.«

»Ich ... weiß nicht«, sage ich und sehe wieder zu Matteo, der jetzt ziemlich finster guckt. Denn aufdrängen will ich mich ihm nicht. »Im ›Fortuna‹ bei Signora Bini, wo ich beim letzten Mal war, bekomme ich sicher auch kurzfristig ein Zimmer.«

»Nein, Luca hat recht. Du kannst bei Valentina wohnen.« Matteo presst es zwischen den Zähnen hervor, offenbar fällt ihm dieses Zugeständnis nicht leicht, und er lächelt auch nicht. Dennoch nicken alle, zufrieden darüber, dass er nachgegeben hat.

Vor der Klinik übergibt mir Giacomos Chauffeur meinen Koffer, und wir verabschieden uns, weil Paola und Luca von Giacomo mitgenommen werden – sie sind Nachbarn auf dem Aventin und offenbar zusammen gekommen. Ich bleibe allein mit meinem Koffer zurück und warte auf Matteo, der seinen Wagen aus der Tiefgarage holt. Und dann sitze ich wieder neben ihm in seinem Alfa und fahre mit ihm durch das nächtliche Rom.

Es ist seltsam, wieder mit ihm allein zu sein, und er macht es mir nicht leicht, denn er schweigt beharrlich und sein Gesichtsausdruck bleibt unverändert finster.

»Wie ist das mit Valentina passiert?«, frage ich, weil ich das immer noch nicht weiß und weil ich die Stille zwischen uns füllen will, die mich nervös macht.

»Sie ist in ihrem Haus draußen am Lago Albano zusammengebrochen. Zum Glück hat ihre Haushälterin sie sofort gefunden und den Notarzt verständigt.« Seine Stimme klingt gepresst, man merkt ihm an, wie schwer es ihm fällt, darüber zu sprechen, und trotz allem fliegt ihm mein Herz zu.

»Es tut mir so leid«, sage ich, und er schließt kurz die Augen und nickt, so als würde er zumindest das von mir annehmen. Aber ansonsten strahlt er immer noch so viel Ablehnung aus, dass ich es nicht mal wage, ihn zu berühren, obwohl ich das gerne tun würde.

Die Straßen sind jetzt, nach zehn, relativ leer, und wir erreichen Monti dank Matteos rasanter Fahrweise sehr schnell, biegen nach gerade mal zehn Minuten durch das Tor auf sein Grundstück.

Die Außenlampen flammen auf, als er den Wagen vor den beiden Garagen abstellt, und beleuchten die schöne, zweistöckige Villa mit den Säulen vor dem Eingang. Ich kenne sie von meinem letzten Besuch noch so gut, dass ich innerlich aufseufze.

Zeit zum Nachdenken bleibt mir jedoch nicht, denn Matteo ist schon ausgestiegen und kommt um den Wagen herum, um mir die Tür zu öffnen. Er ist ein Gentleman, selbst wenn er gerade sehr wütend ist, denke ich und lächle ihn an, was er jedoch nicht erwidert. Stattdessen hebt er meinen Koffer von der Rückbank des Cabrios, wo er ihn verstaut hatte, und geht voran auf das Haus zu.

Ich war schon oben im ersten und im zweiten Stock, wo sich Matteos Wohnung und sein Atelier befinden, aber im Erdgeschoss kenne ich nur die Eingangshalle. Links liegen die Büros der *LA SPIRANZA DI PITTURA*, Matteos Stiftung zur Förderung junger Künstler, und rechts die Eingangstür zu Valentinas Wohnung, die Matteo mir aufschließt.

Er folgt mir hinein, doch er schweigt immer noch, während ich mich umsehe.

Die Wohnung ist größer, als ich dachte, und weitläufig. Direkt hinter der Tür beginnt eine beeindruckende Zimmerflucht, die aus zwei Salons und einem angrenzenden Esszimmer besteht. Auf der linken Seite sind Türen in der Wand, die in andere Zimmer führen, und ganz hinten scheint sich nach links auch noch ein weiterer Teil der Wohnung anzuschließen.

Die Einrichtung ist ähnlich wie die in Matteos Teil des Hauses, denn auch hier findet sich diese perfekte, sehr stilvolle Mischung aus Antiquitäten und modernen Designmöbeln – da scheinen sich Großmutter und Enkel einig zu sein. Man merkt jedoch trotzdem sofort, dass das hier Valentinas Reich ist, denn es gibt einige feminine Details, die ihre Handschrift tragen.

Matteo geht mit dem Koffer, den er wieder trägt, anstatt ihn zu rollen, zu der ersten Tür, die nach links abzweigt und hinter der, wie sich herausstellt, das Schlafzimmer liegt. Er

legt den Koffer auf das breite Himmelbett mit dem hellblauen Baldachin, das darin steht.

»Das Bad ist hier«, sagt er mit knapper Stimme und deutet mit dem Kinn auf die angrenzende Tür, dann streckt er
die Hand aus und zeigt an mir vorbei, »und die Küche da
vorne.«

Er verlässt das Zimmer wieder, und ich folge ihm in den
hintersten Raum der Zimmerflucht, wo ein großer Esstisch
steht. Links daneben ist ein Durchgang in der Wand, durch
den man in die Küche mit edlen Holzfronten und einer Mar-
morarbeitsplatte gelangt.

Matteo geht ganz bis zum Ende und bleibt erst vor der
Arbeitsplatte stehen. Er ist überhaupt sehr zügig unterwegs,
so als müsste er mir die Wohnung möglichst schnell zeigen.
Offenbar hat er keine Lust, sich länger mit mir aufzuhalten,
denke ich und spüre, wie mein Herz sich zusammenzieht, als
ich ihm folge und wenige Schritte von ihm entfernt in der
Küche stehen bleibe.

»Ich denke, du findest hier alles, was du brauchst.« Er
macht eine vage Geste mit der Hand und kommt dabei näher,
will anscheinend an mir vorbei – und wieder gehen. Das
glaube ich zumindest. Doch dann treffen sich unsere Blicke,
zum ersten Mal seit dem Moment vorhin im Krankenhaus,
und ich sehe in die goldenen Tiefen seiner Augen, erkenne,
welch ein Sturm darin tobt. Dass er sich auch gegen das
Gefühl des Verlangens wehren muss, das ihn längst genauso
erfasst hat wie mich.

Es ist der falsche Zeitpunkt, wir sind beide viel zu aufgewühlt, und wir haben über nichts gesprochen, nichts
geklärt. Aber ich versinke trotzdem haltlos in seinen Bernstein-Augen, die ich so vermisst habe. Wie von selbst öffnen
sich meine Lippen, und als ich die Luft, die ich in meine Lun-

gen sauge, wieder ausstoße, klingt es wie ein sehnsüchtiges Seufzen.

»Verdammt, Sophie«, knurrt Matteo, und ich sehe, dass sein Brustkorb sich schnell hebt und senkt. Und dann zieht er mich an sich und küsst mich mit einer Gewalt, die mir den Atem nimmt.

17

Innerhalb von Sekunden stehe ich lichterloh in Flammen. Matteos Kuss ist hart und bestrafend, nimmt keine Rücksicht auf mich, und ich spüre die Verzweiflung in ihm, den hilflosen Zorn, den ich vorhin in seinem Blick gesehen habe, als er bei Valentina war.

Er will mich nicht küssen, aber er kann nicht anders, und das lässt er mich spüren. Es ist, als würde all das aus ihm herausbrechen, was diese letzten Tage ihm abverlangt haben, als würde er Vergessen suchen und es hassen, dass ausgerechnet ich es bin, die ihm das schenken kann.

Und ich will es ihm schenken, lasse mich von ihm überwältigen und halte gleichzeitig mit der gleichen wilden Kraft dagegen, gebe ihm zurück, was er mir nehmen will, was die Leidenschaft zwischen uns immer heftiger brennen lässt.

Matteo hat mich herumgedreht, denn ich spüre die Kante der Arbeitsplatte, die sich in meinem Rücken drückt. Einen Arm hält er die ganze Zeit um mich geschlungen, und er lässt mich nicht weg, presst mich gegen sich, während seine Zunge fordernd meinen Mund erobert, mir den Atem nimmt, und seine freie Hand sich in mein Haar schiebt, sich darin vergräbt. Er packt fest zu und zieht meinen Kopf zurück, löst unsere Lippen voneinander, was mich protestierend aufstöhnen lässt. Für einen Moment sehen wir uns in die Augen, und ich schmecke Blut im Mund. Seine Augen funkeln wie flüssiges Gold und spiegeln blanke Gier, es ist längst zu spät, um das aufzuhalten, was sich zwischen uns mit einer ganz neuen Intensität aufbaut. Und ich will es auch gar nicht aufhalten.

Die lange Trennung hat meine Gefühle für ihn nicht abgekühlt, sondern nur noch drängender gemacht, deshalb ziehe ich ihn wieder zu mir, komme ihm entgegen, als er seinen Mund erneut auf meinen senkt, mich weiter erobert. Er soll nicht aufhören, ich will nicht, dass es jemals endet zwischen uns, ich brauche ihn – und er braucht mich auch.

Das Gefühl, dass er mir genauso wenig widerstehen kann, wie ich ihm, macht mich stark, gibt mir neue Hoffnung, die ich vorhin, als er mir so feindselig begegnet ist, schon fast verloren hatte.

Und es erregt mich unglaublich, dass er so wild ist, dass er seine Leidenschaft nicht im Griff hat, sondern sie über mich hereinbricht wie eine Urgewalt. Er will nicht zärtlich sein, nimmt sich keine Zeit für ein Vorspiel, es ist ihm nur wichtig, sich wieder mit mir zu vereinigen, so als würde sein Körper ihm diktieren, was er braucht, ohne sich um seinen Verstand zu scheren, der sich offensichtlich noch dagegen wehrt, dass es ihn zu mir hinzieht.

Er saugt an meiner Unterlippe und schiebt meinen Rock nach oben, lässt die Hände in meinen Slip gleiten und umfasst meinen Po, drängt mich gegen seine Hüfte, sodass ich seinen harten Schwanz fühle, der sich mir durch den Stoff seiner Hose entgegenreckt. Und dann sitze ich plötzlich auf der Arbeitsfläche und spüre den kalten Marmor an meiner nackten Haut, denn beim Hochheben hat er mir den Slip nach unten gezogen, streift ihn jetzt über meine Beine und wirft ihn achtlos zur Seite, nur um gleich darauf wieder seine Lippen auf meine zu pressen, ohne mir Zeit zu lassen, zu Atem zu kommen. Seine Hand liegt in meinem Rücken und zieht mich näher an den Rand der Arbeitsfläche, ihm entgegen, während seine andere an der Innenseite meiner Schenkel entlangstreicht. Seine Fingerspitzen prickeln auf meiner Haut, und ich öffne die Beine noch ein bisschen weiter, spüre, wie Röte über meine Brust bis hinauf in meine Wangen zieht, weil ich so erregt bin wie nie. Und dann dringt er mit einem Finger tief in meinen nassen Spalt, lässt einen weiteren folgen, und ich stöhne seinen Namen in seinen Mund und erwidere seinen Kuss noch gieriger.

Es ist jedoch sofort wieder vorbei, weil er sich zurückzieht, doch bevor ich protestieren kann, hat er mich von der Arbeitsplatte heruntergeholt und mich auf die Füße gestellt, schiebt mich hinüber zu der Kochinsel in der Mitte der Küche und drückt meinen Oberkörper nach vorn, auf das Kochfeld. Meine Wange liegt auf dem kalten Glas, und ich spüre die Kälte auch durch den dünnen Stoff meiner Bluse an meinen Brüsten. Ich kann mich nicht aufrichten, weil Matteos Hand mich festhält, und da mein Rock immer noch hochgeschoben ist, ist meine nackte Scham Matteos Blicken und Berührungen ausgeliefert, was meine Erregung noch einmal steigert. Doch es geht ihm nicht darum, mich zu stimulieren, er will mich nehmen, und einen Augenblick später höre ich, wie er seinen Gürtel öffnet, und dann, wie er den Reißverschluss seiner Hose mit einem Ruck aufzieht. Seine breite Schwanzspitze teilt meine Schamlippen, heiß und hart, und mit einem triumphierenden Knurren stößt er in mich, füllt mich ganz aus, was einen lustvollen Schauer durch meinen Körper jagt.

Ich brauche ihn, schiebe mein Becken zurück, um ihm entgegenzukommen und will mich aufrichten, doch er lässt mich nicht, hält mich weiter fest und pumpt druckvoll und ohne Rücksicht in mich, so als wollte er mich damit bestrafen. Die Kälte der Glasplatte durchdringt meine Bluse, lässt

213

meine aufgerichteten Nippel, die gegen den Spitzenstoff meines BHs drücken, noch härter werden, während Matteo sein Tempo steigert und meinen Körper in Flammen setzt.

Meine Beine zittern jetzt unkontrolliert, während er sich auf diese explosive, animalische Art mit mir vereinigt, mich gnadenlos weiter fickt. So hat er mich noch nie genommen, doch es fühlt sich wahnsinnig gut an, peitscht mich in einen gewaltigen Orgasmus, der sich so schnell und so heftig in mir aufbaut wie ein Orkan und mich laut aufschreien lässt, als die Wirbel mich erfassen und mitreißen. Meine Muskeln krampfen sich um Matteo zusammen, und das lässt auch ihn die Beherrschung verlieren. Er stöhnt laut, und ich spüre deutlicher als sonst, wie er in mir zuckt, sich mit jedem weiteren Stoß tief in mir verströmt, was immer wieder neue lustvolle Schauer durch meinen Körper jagt, bis wir irgendwann befriedigt und völlig außer Atem nach vorn sacken.

Ich kann mich nicht rühren, fühle Matteos köstliches Gewicht auf mir, seinen heißen Körper, der einen so krassen Kontrast zu dem kühlen Glas unter mir bildet, und will nicht, dass er sich wieder von mir trennt.

Matteo hat mich benutzt, mich auf eine primitive Art und Weise genommen, und wahrscheinlich müsste ich mich jetzt schlecht und ausgebeutet fühlen, doch mein Herz klopft nur voller Sehnsucht, während ich ihn weiter eng umschließe, und mein Körper möchte es noch mal tun, sich ihm wieder hingeben und das erleben, was nur er mir schenken kann.

»Dio«, stöhnt Matteo dicht an meinem Ohr, als ihm bewusst zu werden scheint, was wir getan haben, und er verlagert sein Gewicht, richtet sie auf und zieht sich aus mir zurück, schließt seine Hose. Dann hilft er mir, zieht mich hoch, als ich mich von der Kochinsel abdrücke und meinen Rock richte. Mein Slip liegt immer noch achtlos auf dem

Küchenboden, doch ich lasse ihn liegen, suche stattdessen Matteos Blick.

Er fährt sich mit der Hand durchs Haar und wirkt erschüttert. Und verwirrt. Aber nur einen Augenblick lang. Dann schiebt er die Brauen zusammen, und das Misstrauen und die Feindseligkeit kehren in seinen Blick zurück. Wenn ich gehofft hatte, dass er es mir jetzt einfach macht, nachdem wir uns so leidenschaftlich geliebt haben, dann habe ich mich gründlich getäuscht. Aber ich habe nicht vor, mich wieder so von ihm abfertigen zu lassen. Nicht ohne ein paar Antworten.

»Warum bist du so wütend auf mich?«, frage ich direkt heraus.

Matteo verschränkt die Arme vor der Brust und fixiert mich. »Weil ich mich frage, was du hier machst«, erwidert er dann. »Wieso bist du gekommen, Sophie? Ich dachte …«

»Was dachtest du?«, hakte ich nach.

Er schweigt einen langen Moment, dann geht er mit großen Schritten hinüber zu der Hausbar im Esszimmer und gießt sich ein Glas Whisky ein. Nachdem er einen großen Schluck davon genommen hat, sieht er mich wieder an. »Ich dachte, du würdest es nicht tun.«

Es liegt keine Wut in seiner Stimme, sondern Verwunderung, und mir fällt wieder ein, dass da auch im Krankenhaus dieser ungläubige Ausdruck auf seinem Gesicht gelegen hat.

»Warum sollte ich nicht kommen, wenn es deiner Großmutter schlecht geht?«, frage ich und nähere mich ihm. Das verstehe ich wirklich nicht. »Denkst du, ich bin so herzlos?«

Er schnaubt, und zum ersten Mal sehe ich, dass da nicht nur Zorn in seinen schönen Augen ist. Sondern auch

Schmerz. Doch er versteckt ihn sofort wieder, ehe ich ihn fassen kann.

»Ja, herzlos trifft es vermutlich. Außerdem dachte ich, dass du andere Dinge hast, um die du dich kümmern musst.« Sein Blick wird verächtlich, dann lächelt er wieder dieses kalte Lächeln, mit dem er mir so problemlos wehtun kann. »Deinen toleranten Freund Nigel zum Beispiel.«

Ich runzele die Stirn. »Nigel?«

»Ja, Nigel. Der selbstlose Banker an deiner Seite, der nichts dagegen hat, wenn du dich ein bisschen austobst und Affären mit anderen Männern hast. Weil er weiß, dass du immer wieder zu ihm zurückkehren wirst.« Die letzten Worte spuckt er fast aus und trinkt noch einen Schluck Whisky, verzieht das Gesicht, als ihm der Alkohol durch die Kehle brennt. »Der arrogante Mistkerl hatte Glück, dass ich ihm nicht eine reingeschlagen habe. Das will ich nämlich eigentlich schon tun, seit ich ihn das erste Mal gesehen habe.«

Überrascht sehe ich ihn an. »Nigel hat zu dir gesagt, ich wäre seine Freundin? Wann?«

»Als ich dir die Expertise bringen wollte. Und er hat gesagt, ihr seid so gut wie verlobt.«

»Aber das stimmt nicht«, erkläre ich ihm, was er mir offensichtlich nicht glaubt. Denn er trinkt sein Glas aus, setzt es donnernd auf dem Esstisch ab und geht dann zu dem bodentiefen Sprossenfenster, starrt hinaus in den dunklen Garten, während ich zu begreifen versuche, wie das alles zusammenhängt.

Dann lag ich mit meiner Vermutung also doch richtig, denke ich. Deshalb war Matteo so komisch, als ich ihn am Haus seiner Mutter aufhalten wollte – weil Nigel ihm irgendwelchen Mist erzählt hat und er dachte, ich hätte ihn über mein Verhältnis zu Nigel angelogen. Wenn das wirklich stimmt, dann kann Nigel was erleben, wenn ich ihn das nächste Mal sehe. Doch jetzt gerade nützen mir Rachegedanken leider nichts.

»Es stimmt wirklich nicht, Matteo.«

Er wendet sich wieder zu mir um, und das Lächeln, das auf seinem Gesicht liegt, verändert sich, bekommt einen bitteren Zug.

»Ich weiß, dass es stimmt. Es ist offensichtlich. Er verhält sich besitzergreifend, schickt dir ständig Nachrichten – die du jedes Mal vor mir versteckst. Außerdem ist er dicke mit deinem Vater, er hilft euch im Auktionshaus – natürlich hast du was mit ihm. Ich wollte das nur nicht sehen, weil ich ...«, er atmet tief durch, »... verblendet war.«

»Dann bist du gefahren, weil du eifersüchtig warst?«, frage ich und bin trotz seiner Anschuldigungen plötzlich erleichtert. Denn dann bin ich ihm nicht egal.

Doch er schüttelt den Kopf, leugnet das vehement. »Nein, ich bin gefahren, weil ich endlich wieder zur Vernunft gekommen bin. Das zwischen uns ist Chemie, Sophie. Anziehungskraft. Eine dumme Obsession. Mehr nicht. Das vergeht wieder. Es ist *nicht Wichtig*.« Er sagt es, als wenn er sich selbst davon überzeugen wollte, und dreht sich wieder zum Fenster um.

Ich bleibe hinter ihm stehen und starre auf seinen Rücken, die angespannte Linie seiner Schultern. Jetzt, wo ich von seiner Mutter weiß, was ihm passiert ist, ergibt das alles endlich einen Sinn. Vor dem Hintergrund seiner Erfahrungen mit seiner Frau befürchtet er ständig, wieder enttäuscht zu werden, sich wieder auf etwas einzulassen, was seine Welt zerstören kann. Vielleicht hat er sogar nur darauf gewartet, dass ich ihn betrüge – damit er mich wieder wegstoßen und sich hinter dieser Mauer verschanzen kann, die er um sich gezogen hat.

Er ist so wütend und ich habe keine Ahnung, ob ich ihn noch erreichen kann. Aber ich muss es zumindest versuchen.

»Nigel hat gelogen, Matteo, nicht ich«, sage ich leise, aber bestimmt. »Er war immer nur ein Freund für mich, genau wie ich gesagt habe. Nur in einer Hinsicht hast du recht: Er empfindet mehr für mich, und auch mein Vater würde es gerne sehen, wenn aus Nigel und mir ein Paar wird. Ich habe ihm allerdings zu keinem Zeitpunkt Hoffnungen gemacht, und da war auch nichts zwischen uns. Da war nichts und da wird nie etwas sein.«

Ich hole tief Luft und lege die Hand auf seinen Arm. »Ich liebe einen anderen, Matteo. Ich liebe dich.«

Es fällt mir nicht leicht, ihm das zu gestehen. Ich trage mein Herz nicht auf der Zunge, ich bin mindestens so gut darin wie Matteo, meine Emotionen zu verbergen, wenn es sein muss. Aber ich muss ehrlich zu ihm sein, wenn ich eine Chance haben will, ihn zu erreichen. Denn es stimmt, was ich gesagt habe, auch wenn es mir in dieser Tragweite erst jetzt wirklich klargeworden ist.

»Ich liebe dich«, wiederhole ich. »Und ich will mit dir zusammen sein. Mir dir und niemandem sonst.«

Matteo dreht sich um und starrt mich an, so als könnte er nicht fassen, was ich gesagt habe – so als wäre das völlig absurd. Für einen Moment glaube ich, etwas über sein Gesicht huschen zu sehen, das keine Ablehnung ist. Doch dann ist es vorbei und er schüttelt den Kopf, macht sich von mir los. Mit schnellen Schritten durchquert er das Esszimmer, so als müsste er dringend Abstand zwischen uns bringen.

»Ich fahre noch mal zu Valentina«, sagt er, und ich kann von hier aus den Ausdruck in seinen Augen nicht mehr erkennen. »Sie braucht mich.«

Damit wendet er sich um und geht, verlässt die Wohnung und schließt die Tür mit einem lauten Knallen, das durch die Räume nachhallt. Kurz danach springt draußen ein Wagen an und Reifen knirschen über den Kies auf der Einfahrt. Dann ist er weggefahren, und es wird draußen wieder still.

Erschöpft und zittrig bleibe ich stehen und fühle, wie Angst mit eisigen Fingern nach meinem Herzen greift und die Hoffnung, die ich gerade noch hatte, wieder zerstört. Er glaubt mir nicht, denke ich. Er glaubt mir nicht, egal, was ich sage. Und das ausgerechnet jetzt, wo mir endlich klar geworden ist, dass er – trotz allen Schwierigkeiten, die wahrscheinlich noch auf uns warten würden, wenn wir es wirklich mit einer Beziehung versuchen – der Mann ist, ohne den ich nicht glücklich sein kann. Ich brauche ihn. Aber es sieht nicht so aus, als wenn ich ihn bekommen könnte.

18

Als ich am nächsten Morgen aufwache und den hübschen hellblauen Baldachin über mir sehe, brauche ich einen Moment, bis ich mich erinnern kann, wo ich bin. Doch sobald mir wieder einfällt, dass ich in dem Himmelbett in Valentinas Wohnung liege, ist auch alles andere wieder da: der Besuch bei ihr gestern im Krankenhaus, der entfesselte Sex mit Matteo – und unser Streit danach.

Mit einem Seufzen lasse ich mich in die Kissen zurücksinken und schließe die Augen, spüre wieder dieses hohle Gefühl in der Brust, das beim Einatmen schmerzt.

Ich habe keine Ahnung, wie viel Uhr es ist – meine Armbanduhr ist im Bad und mein Handy in meiner Tasche, die vor dem Schrank steht. Aber die Sonne scheint hell durch die Vorhänge, die ich nicht zugezogen habe, deshalb ist es bestimmt nicht mehr früh. Unwillkürlich frage ich mich, was ich jetzt tun soll. Aufstehen und mich anziehen, sicher, das auf jeden Fall – aber was dann? Ich habe keinen Schlüssel für die Wohnung oder das Haus, also werde ich Matteo danach fragen müssen. Nur weiß ich nicht mal, wo er ist und ob er überhaupt noch mit mir spricht.

Vielleicht hätte ich ihm meine Gefühle nicht gestehen sollen, denke ich. Aber ehrlich zu ihm zu sein, erschien mir die einzige Möglichkeit, ihn irgendwie zu erreichen.

Nach seinem Weggang gestern Abend bin ich ziemlich bald ins Bett gegangen, habe aber noch ewig wachgelegen und bin in einer Endlosschleife immer wieder die Momente mit ihm durchgegangen, habe versucht, irgendeinen Hinweis zu finden, irgendetwas, das mich hoffen lässt, dass er mir vielleicht doch noch glauben wird. Aber er sah so entschlossen aus, so feindselig, so verletzt, und ich kann mir nicht vorstellen …

Überrascht hebe ich den Kopf und schnuppere kurz, um zu überprüfen, ob ich mich irre. Aber nein, es riecht eindeutig nach Kaffee, der Duft zieht richtig unter der geschlossenen Schlafzimmertür ins Zimmer hinein. Was komisch ist, jetzt, wo ich darüber nachdenke, denn ich bin ganz sicher, dass ich sie gestern Abend offen gelassen habe.

Mit gerunzelter Stirn schwinge ich die Beine aus dem Bett, gehe in meinem kurzen Nachthemd zur Tür und öffne sie. In der Küche rumort jemand, man hört Geräusche und das Gurgeln der Kaffeemaschine, und ich setze mich wie von selbst in Bewegung, um nachzusehen, wer es ist. Viele Möglichkeiten gibt es nicht, da vermutlich außer Valentina nur noch Matteo und seine Haushälterin Elisa einen Schlüssel zu der Wohnung haben. Deshalb bin ich nicht wirklich überrascht, als ich tatsächlich Matteo an der Arbeitsplatte in der Küche stehen sehe, wo er gerade kleine, sehr appetitlich aussehende Hörnchen auf einen Teller füllt. Oder doch, ich bin überrascht, sehr sogar. Denn damit gerechnet, ihn nach gestern Abend hier zu sehen, hatte ich nicht.

»Guten Morgen.«

Matteo bemerkt mich erst jetzt und fährt zu mir herum. Er ist immer noch blass und sieht übernächtigt aus, aber er kommt nicht direkt aus dem Krankenhaus, denn seine Haare sind feucht und er hat sich umgezogen, trägt nicht mehr das Hemd von gestern, sondern ein frisches, und dazu eine wirklich knackige Jeans, die meinen Herzschlag ziemlich beschleunigt.

»Guten Morgen!«, antwortet er, und ich suche in seinem Gesicht vergeblich nach den Spuren unseres Streits. Doch er lächelt, strahlend sogar, und der Anblick seines verführerischen Grübchens hat erst recht beängstigende Auswirkungen auf meine Pulsfrequenz. »Ich wollte dich eigentlich überraschen. Wenn du also das Frühstück im Bett serviert bekommen möchtest, so wie es gedacht war, dann legst du dich am besten auf der Stelle wieder hin und tust so, als hättest du noch gar nicht bemerkt, dass ich da bin.«

Ich rühre mich jedoch nicht vom Fleck, weil ich noch überlege, ob ich das hier vielleicht gerade träume.

»Ich dachte, du bist bei Valentina.«

»Das war ich auch«, antwortet er. »Sie war heute Morgen etwas länger wach, und die Ärzte sind sehr zufrieden mit ihr. Es sieht jetzt wirklich so aus, als könnte sie es schaffen.« Diese Tatsache scheint ihn extrem zu erleichtern. »Wir fahren nachher zu ihr, sie hat nämlich wieder nach dir gefragt. Aber erst musst du was essen.« Er stellt auch noch eine Tasse Cappuccino auf das Tablett, auf dem er schon die Hörnchen, Orangensaft, Butter und Marmelade platziert hat, und kommt mir damit entgegen.

Doch ich bleibe mit verschränkten Armen im Durchgang stehen und lasse ihn nicht vorbei. Weil das so typisch für ihn ist. Man weiß absolut nie, was einen bei ihm als Nächstes erwartet, und obwohl ein Teil von mir gerade glücklich Luftsprünge macht, weil er auf einmal wieder zugänglich ist, kann ich das nicht kommentarlos hinnehmen.

»Was wird das hier, Matteo?«, frage ich und hebe die Brauen, um ihm deutlich zu machen, dass ich nicht vergessen habe, was passiert ist.

Er zuckt mit den Schultern und lächelt so charmant, dass ich richtig kämpfen muss, um es nicht zu erwidern.

»Ein Friedensangebot, schätze ich«, antwortet er. »Ich habe mich gestern ziemlich schlecht benommen. Du bist extra wegen Valentina aus England gekommen, und es ist ihr wichtig, dass du da bist. Deswegen hätte ich nicht so unfreundlich sein dürfen.« Sein Gesichtsausdruck ist entschuldigend, bittend, und sein Lächeln immer noch so unwiderstehlich, dass ich merke, wie mein innerer Widerstand dahinschmilzt. Er deutet mit dem Kinn in Richtung Schlafzimmer. »Und jetzt geh zurück ins Bett, sonst war die ganze Mühe umsonst.«

Ich bin schlichtweg zu verwirrt, um ihm weiter Paroli zu bieten, deshalb tue ich, was er sagt. Als ich, wie geheißen, wieder unter die Decke geschlüpft bin, stellt er vorsichtig das Tablett auf dessen zwei Standbeinen vor mir ab.

»Ich kann auch noch Eier mit Speck braten«, sagt er, doch ich schüttele den Kopf.

»Nein, das hier reicht, wirklich.« Mir fällt wieder ein, dass die Tür geschlossen war, als ich aufgewacht bin. »Warst du vorhin hier drin?«, will ich wissen.

Matteo setzt sich ans Bettende und legt sich dann auf die Seite, stützt den Kopf auf den Arm. »Ich wollte sehen, ob du noch schläfst«, sagt er und die Art, wie er mich ansieht, macht mich nervös – aber auch lächerlich glücklich.

Ich hätte nicht gedacht, dass dieser Morgen so verlaufen würde. Mit allem hätte ich gerechnet, aber ganz sicher nicht damit, dass Matteo mir das Frühstück ans Bett bringt.

Die Frage ist nur, was für einen Grund er tatsächlich für dieses plötzliche Friedensangebot hat, denke ich, während ich von den knusprigen kleinen Hörnchen probiere. Ist es wegen Valentina, so wie er gesagt hat? Oder tut er das auch ein bisschen seinetwegen?

»Und Valentina hat heute Morgen wirklich nach mir

gefragt?« Matteo nickt, was meine Ratlosigkeit noch ein bisschen größer macht. »Aber wieso? Ich meine, sie kennt mich doch eigentlich kaum.« Diese Frage treibt mich immer noch um. »Giacomo meinte gestern, es könnte sein, dass sie nicht ganz bei klarem Verstand ist und glaubt, wir wären noch zusammen. Denkst du, dass ist der Grund dafür?«

Matteo schüttelt den Kopf. »Sie ist nicht verwirrt«, erklärt er vehement, so als wäre das eine Beleidigung seiner Großmutter, die er auf gar keinen Fall akzeptieren will. »Sie hat oft von dir gesprochen, bevor sie den Herzanfall hatte. Wahrscheinlich bist du ihr deshalb so präsent.«

Die Information verblüfft mich. »Sie hat oft von mir gesprochen?«

Matteo nickt und steht auf, geht zu der Glastür hinüber, von der aus man auf eine kleine Terrasse gelangt. Mit vor der Brust verschränkten Armen sieht er hinaus in den üppig grünen Garten. »Ich schätze, du hast bei uns allen einen bleibenden Eindruck hinterlassen.«

Als er sich wieder umwendet, lächelt er immer noch, aber der Ausdruck in seinen Augen ist anders. Ernster. Immer noch vorsichtig, aber nicht ablehnend – oder so feindselig wie gestern Abend.

Ich würde ihn gerne fragen, ob sein Verhalten heute bedeutet, dass er mir glaubt. Aber mein Gefühl sagt mir, dass ich nicht daran rühren sollte. Dafür ist es zu früh und dieses Friedensangebot zu anfällig – wenn es denn überhaupt mir gilt.

Das Klingeln von Matteos Handy reißt uns aus diesem Moment, und er nimmt es hastig aus seiner Hemdtasche, befürchtet offenbar, dass es die Klinik ist. Aber sein Gesicht entspannt sich sofort wieder, als er auf dem Display die Nummer des Anrufers sieht. Aus seinen Antworten schließe ich, dass es Paola sein muss oder Luca, denn er gibt auf Italienisch Auskunft über Valentinas Zustand, bevor er dann das Zimmer verlässt. Das Gespräch dauert länger, ich höre ihn nebenan weiterreden, während ich esse und meinen Kaffee trinke.

»Fertig?«, fragt er, als er zurückkommt, und als ich nicke, nimmt er das Tablett wieder an sich. »Wir fahren in die Klinik, wenn du angezogen bist«, teilt er mir mit, lächelt jedoch noch mal, bevor er mich allein lässt.

Gestärkt und mit neuem Elan dusche ich schnell und ziehe mir ein luftiges Kleid an, denn die Sonne scheint draußen und der Tag verspricht, sehr schön zu werden.

Der Besuch im Krankenhaus fällt jedoch kurz aus, denn Valentina schläft tief, als wir kommen, und der Arzt mit den schwarzen Locken – Dr. Fasetti steht auf dem Schild auf seinem weißen Kittel, das ich erst jetzt entdecke – erklärt uns, dass es besser ist, sie nicht zu stören und lieber später noch mal nach ihr zu sehen. Deshalb sitzen wir schon nach einer Viertelstunde wieder im Alfa und Matteo informiert Paola, die später allein in die Klinik fahren wird. Dann sieht er mich an.

»Ich müsste noch mal kurz zur Uni, was erledigen«, sagt er und ich höre die Frage in seiner Stimme.

»Kann ich mitkommen?«

Er nickt zufrieden, weil es das zu sein scheint, was er hören wollte, und fährt los.

Langsam ist es ein fast vertrautes Gefühl, an seiner Seite mit offenem Verdeck durch diese schöne Stadt zu fahren, die mir aus irgendeinem Grund immer schon besonders nah war. Ich liebe London, es ist meine Heimat, aber gerade das pulsierende Rom hat mich von Anfang an fasziniert, und ich war immer froh, wenn sich Gelegenheiten für einen Besuch ergeben haben.

225

Doch ob ich jetzt noch nur zu Besuch bin, weiß ich nicht, denn Dad hat gesagt, ich bräuchte nicht zurückzukommen nach London. Das Zerwürfnis mit ihm belastet mich, und für einen Moment überlege ich beklommen, ob er mich wirklich einfach so aus seinem Leben streichen würde – und was das dann für mich bedeutet. Ich kann mir eigentlich nicht vorstellen, nicht mehr in das Haus meiner Eltern zurückzukehren und nicht mehr für das »Conroy's« zu arbeiten. Aber ich musste so handeln, und das wird mein Vater ja vielleicht noch einsehen.

»Träumst du, Sophie?«, fragt Matteo, und als ich ihn ansehe, grinst er auf diese unverschämte Weise, mit der er mir von Anfang an den Atem genommen hat. Zeit, sich auf die Gegenwart zu konzentrieren, Sophie, denke ich und verdränge das Gefühl, dass dieser glückliche Moment eigentlich nur geliehen ist.

Auch Matteos gute Laune hält an, denn als wir die *Città Universitaria* erreichen, den Hauptstandort der La Sapienza, und die breite Außentreppe hinauf in das Gebäude gehen, in dem sich auch die Kunsthistorische Fakultät befindet, legt er den Arm um mich.

Überrascht sehe ich ihn an. »Denkst du nicht, dass es für ziemlich wilde Gerüchte sorgen wird, wenn du hier Arm in Arm mit einer Frau gesehen wirst?«

Er winkt ab. »Du hast meinen Ruf als Playboy schon ruiniert, Sophie. Ich schätze, da kommt es auf ein Mal mehr oder weniger nicht mehr an.«

Es stimmt, denke ich, bei meinem letzten Besuch gab es auch schon Gerede, weil er mehr als einmal mit mir gesehen wurde, das hatte mir seine Nichte Adriana damals erzählt. Matteo ist einer der beliebtesten Dozenten, und mindestens die Hälfte der Studentinnen ist vermutlich heimlich in ihn verliebt – was die vielen Blicke bestätigen, die ich ernte, als wir den Eingangsbereich des Gebäudes betreten. Die meisten sind neugierig, aber einige junge Frauen mustern mich tatsächlich ziemlich grimmig, und bei mehr als einer habe ich den Verdacht, dass sie Matteo nur deshalb mit Fragen bestürmt, weil er dadurch gezwungen ist, mich wieder loszulassen.

Es dauert ein bisschen, aber schließlich erreichen wir den Flur im ersten Stock, wo sein Büro liegt. Es ist klein und eher muffig, ein typisches Uni-Büro, das so gar nicht zu Matteos sonstigem Lebensstil passt. Das scheint ihn jedoch überhaupt nicht zu stören, denke ich nicht zum ersten Mal, während ich in der Tür stehe und ihm dabei zusehe, wie er an seinem Schreibtisch die Post durchsieht, die für ihn gekommen ist.

Er ist einfach gerne hier, das Unterrichten bedeutet ihm etwas, überlege ich, und mir wird wieder klar, dass seine Arbeit tatsächlich ein ganz wichtiger Teil seines Lebens ist. Wie hatte er am Anfang mal zu mir gesagt? *Ich hätte auch Kunstgeschichte studiert, wenn meine Familie keinen Cent besäße.* Er hätte seinen Weg auch so gemacht ...

»Signore Bertani?« Ein älterer, ziemlich korpulenter Mann steht vor der offenen Tür und klopft vorsichtig an den Türrahmen. »Könnte ich Sie kurz sprechen?«, fragt er auf Italienisch.

»Umberto!« Matteo freut sich sichtlich, ihn zu sehen und geht sofort zu ihm, umarmt ihn herzlich und erkundigt sich, was er möchte. Es ist jedoch offensichtlich etwas, das nur er hören darf, denn der beleibte Umberto sieht mich unsicher an und bittet ihn dann, kurz mitzukommen.

Matteo entschuldigt sich bei mir, und die beiden verschwinden auf dem Flur, lassen mich allein. Und weil ich

227

sonst nichts anderes zu tun habe, beschäftige ich mich damit, mir Matteos Büro noch einmal anzusehen.

In den Regalen stehen Ordner mit Unterlagen, aber auch Bücher, meist Bildbände und Abhandlungen über die Renaissance, Matteos Spezialgebiet, von denen ich mir einen herausnehme und ansehe. Dann jedoch fällt mein Blick auf seinen Schreibtisch, und ich stutze, als ich mir plötzlich selbst ins Gesicht sehe. Schnell stelle ich das Buch zurück und trete an den Schreibtisch. Auf der rechten Seite liegt ein Stapel mit Zeichnungen. Eines der unteren Blätter ist ein Stück herausgerutscht, und darauf ist eindeutig mein Kopf abgebildet.

Neugierig ziehe ich es ganz heraus und keuche überrascht auf, als ich erkenne, dass ich auf der Zeichnung nackt bin. Aber natürlich, denke ich dann – das ist eins der Bilder, die Matteos Zeichenklasse von mir gemalt hat, als ich als Aktmodell eingesprungen bin. Mit einem verträumten Lächeln erinnere ich mich daran, was nach der Sitzung passiert ist, und fange an, den Stapel durchzusehen, weil ich die Ergebnisse – bis auf zwei – nie zu Gesicht bekommen habe.

Sie sind tatsächlich alle da, und während ich sie betrachte, habe ich das komische, aber sehr interessante Gefühl, mich selbst durch die Augen eines Fremden zu sehen. Jeder Schüler hat eine eigene Herangehensweise gewählt, eine eigene Perspektive, eine eigene Technik, und ich bin wirklich beeindruckt.

Das Letzte allerdings ist anders und so gut, dass ich es nur überrascht anstarren kann. Es zeigt nicht mich, sondern Matteo, wie er vor dem Fenster oben in seinem Atelier in der Villa steht. Ich kann mich daran erinnern, dass er das während der Sitzung getan hat, genau in dieser Haltung, die Arme vor der Brust verschränkt. Auch das Henley-Shirt erkenne ich, das er an dem Tag getragen hat. Und sein Gesicht ist – atemberaubend detailgetreu. Es ist wie ein Foto, nur mit mehr Tiefe, spiegelt seine Gefühle, während er sehr konzentriert auf etwas blickt. Etwas, das seine gesamte Aufmerksamkeit fesselt und das ihm viel wert ist. Denn auf seinem Gesicht liegt ein weicher Ausdruck und seine Augen strahlen, drücken gleichzeitig Bewunderung und Begierde aus und auch noch etwas anderes – etwas Primitiveres, Besitzergreifendes, das mir den Atem nimmt.

Denn als Matteo an dem Atelierfenster stand, ruhte sein Blick auf mir. Der Signatur nach ist dies das Bild von Matteos Nichte Adriana. Er hat mir erzählt, dass sie ein großes Zeichentalent hat und dass er sie deshalb an dem Kurs teilnehmen lässt, doch dass sie so gut ist, habe ich nicht geahnt. Jetzt erinnere ich mich auch, dass Matteo ihr Bild besonders lange und besonders kritisch betrachtet hat, und dass sie ihn später provozierend gefragt hat, wie er ihren Ansatz findet. Das muss ihn tatsächlich gewundert haben, und nicht ohne Grund, damit hat sie ihn ziemlich herausgefordert. Denn wenn das nicht Adrianas künstlerische Freiheit war und er wirklich damals schon so geguckt hat, dann …

Ich höre Schritte auf dem Flur, Matteo hat sein Gespräch offenbar beendet und ist auf dem Weg zurück ins Büro, deshalb schiebe ich die Bilder schnell wieder in den Stapel und lächle ihm zu, als er im Türrahmen erscheint.

»Tut mir leid, dass es so lange gedauert hat. Paola hat noch angerufen«, sagt er, und ich sehe ihn besorgt an.

»Gibt es etwas Neues?«

»Nein, Valentinas Zustand ist stabil. Wir können heute Abend noch mal hinfahren.« Er bedeutet mir, dass wir gehen sollen, und schließt das Büro wieder ab.

Der Flur vor dem Hauseingang ist ziemlich voll, offenbar

finden gerade ziemlich viele Seminare statt, und während wir uns den Weg durch die Menge bahnen, legt Matteo wieder den Arm um mich. Was erneut sehr viele überrascht registrieren, denn wir werden ziemlich offen angestarrt.

Ich stoße die Luft aus. »Wenn Blicke töten könnten, dann hätte ich mein Leben wohl soeben ausgehaucht«, flüstere ich ihm zu, und er lacht, während er schwungvoll die Glastür öffnet und mir den Vortritt auf den Treppenabsatz vor dem Eingang lässt. Das hat er schon lange nicht mehr getan, denke ich überrascht, und lächle ihn strahlend an.

»Was ist daran komisch, hm?«, frage ich ihn gespielt streng. »Dank dir schwebe ich jetzt quasi in Lebensgefahr. Wenn ich allein herkomme, stürzt sich die Meute bestimmt auf mich und rupft mir jedes Haar einzeln aus, weil ich es gewagt habe, mir den heißen *Professore* zu schnappen, den sie eigentlich selbst . . .«

Matteo bleibt stehen und greift nach meiner Hand, zieht mich zurück in seine Arme und schlingt sie so fest um mich, dass ich keine Chance habe, mich zu befreien. Sein Gesicht ist jetzt dicht vor meinem, und seine Lippen streifen meine Wange.

»Wenn sie das wagen, dann kriegen sie definitiv Ärger mit dem *Professore*«, sagt er mit seiner tiefen Stimme, die ich so sexy finde, und küsst mich, lange und ausgiebig und so verführerisch sanft, dass meine Knie nachgeben und ich zittere, als er meine Lippen wieder freigibt. Seine Augen schimmern golden, und ich versinke darin, verwirrt und hoffnungsvoll und glücklich.

»Matteo, ich . . .« *Liebe dich*, will ich wieder sagen, doch er küsst mich noch mal, schneidet mir das Wort ab, so als wüsste er das genau, und als er mich dann wieder ansieht, ist dieser wachsame Schatten in seinen Blick zurückgekehrt.

»Komm.« Er nimmt meine Hand und zieht mich die Treppe hinunter in Richtung Auto.

Er will das nicht hören, denke ich und schlucke. Vielleicht weil er darauf nicht antworten will.

Und plötzlich wird mir klar, dass sich an dem Schwebezustand, in dem wir uns schon befinden, seit wir uns getroffen haben, nichts geändert hat. Das, was uns verbindet, ist alles immer noch ohne Netz und doppelten Boden. Ohne Garantien. Ich kann es nur nehmen, wie es kommt, einen Tag nach dem anderen. Aber verglichen mit gestern ist dieser heute zumindest eine wirkliche Steigerung, denke ich mit einem ironischen Lächeln und steige zu Matteo in den Alfa.

»Und was jetzt?«, frage ich, als wir die *Città* verlassen haben und wieder unterwegs durch die Stadt sind.

»Jetzt fahren wir zurück zur Villa«, sagt Matteo. »Es gibt da nämlich noch etwas, das ich wiedergutmachen muss.«

Ich runzele die Stirn. »Was denn?«

Seine Augen glitzern jetzt, und das Grübchen erscheint auf seiner Wange, als sein Lächeln sich vertieft.

»Lass dich überraschen.«

19

»Was hast du vor?«, frage ich ein bisschen irritiert, als Matteo mich rauf in sein Atelier im zweiten Stock seiner Villa führt.

Es ist lange her, dass ich zuletzt hier war, und einiges hat sich verändert, überlege ich, während ich den Blick durch den großen, hellen Raum gleiten lasse. Die Staffeleien, an denen seine Schüler arbeiten, wenn er hier seine Malklasse abhält, sind noch da, aber sie sind jetzt anders angeordnet, stehen alle am Ende des Raumes zusammen, als hätten sie Platz für etwas anderes machen müssen. Auch der Tisch, auf dem ich damals gesessen habe, als ich als Aktmodell eingesprungen bin, ist ganz an die Wand gerückt und es stapeln sich Zeichnungen darauf. Durch die verrückten Möbel ist die Fläche vor der breiten Fensterfront, die fast über die gesamte Länge des Raumes reicht, frei und lässt alles viel weitläufiger wirken, als ich es in Erinnerung hatte.

Nur die alte, schon etwas zerschlissene Ledercouch steht noch an ihrem Platz an der Stirnseite des Raumes, und dorthin führt mich Matteo, bleibt davor stehen und dreht mich zu sich um.

»Was machen wir hier?«, frage ich erneut, doch er antwortet nicht, lässt seine Hand stattdessen langsam von meiner Schulter nach unten wandern, streift dabei ganz leicht meine Brustwarze und lächelt, als ich aufkeuche. Dann wird er wieder ernst.

»Sophie, das was gestern in Valentinas Wohnung passiert ist...« Er macht eine Pause, streichelt mich jedoch weiter.

»Die Art, wie ich dich genommen habe – das war brutal. Ich habe dir wehgetan, und das tut mir leid.«

Die Erinnerung daran steht mir noch klar vor Augen, und seine Sorge ist unbegründet, deshalb schüttele ich den Kopf. »Ich habe mich nicht beklagt.«

Matteo lässt sich jedoch nicht beirren, öffnet jetzt die Knopfleiste vorne an meinem Kleid. Verlangen durchrieselt mich. »Ich war außer mir, ich konnte nicht klar denken.«

»Ich auch nicht«, sage ich und atme scharf ein, als er das Kleid vorne öffnet und die Hände jetzt über meine Brüste legt und sie durch den Spitzenstoff meines BHs streichelt. Hitze wallt in mir auf.

»Trotzdem tun wir's jetzt noch mal – anders«, sagt er und beugt sich vor, küsst mich kurz und ganz sanft. »Schließ die Augen«, befiehlt er mir, und ich erhasche einen kurzen Blick auf sein verheißungsvolles Lächeln, bevor ich ihm gehorche.

Ganz langsam zieht er mich aus, lässt mein Kleid an mir heruntergleiten und öffnet dann den Verschluss meines BHs, streift meinen Slip ab und umschließt meinen Knöchel mit seiner Hand, als er mir aus den Schuhen hilft. Nackt stehe ich schließlich vor ihm und atme tief ein. Er geht kurz weg, kommt aber fast sofort zurück, und ich höre ein Rascheln. Dann folge ich seinen Händen, die mich zur Couch leiten und mir mit sanften Berührungen bedeuten, mich darauf zu legen. Ich erwarte kühles Leder auf meiner Haut, spüre stattdessen jedoch glatten Stoff, eine Decke oder ein Laken, das er unter mir ausgebreitet hat.

»Nicht blinzeln«, sagt Matteo dicht an meinem Ohr, doch ich bin überhaupt nicht versucht, meine Augen zu öffnen. Dafür ist dieses Spiel viel zu erregend. Gespannt lausche ich, als es wieder raschelt, beiße mir auf die Lippe, weil ich mir vorstelle, dass er sich ebenfalls auszieht, stelle mir seinen wunderschönen Körper vor.

Genau hier habe ich schon mal gelegen, als ich das erste Mal mit ihm geschlafen habe. Da ahnte ich noch nicht, welche Freuden mich erwarten würden. Aber jetzt weiß ich es, und es steigert meine Vorfreude, lässt einen lustvollen Schauer durch meinen Körper laufen.

Matteo geht noch einmal weg, ich höre seine Schritte, und als er wiederkommt, klappert etwas, das er neben der Couch abstellt. Dann ist es wieder still, und ich warte darauf, seine Haut an meiner zu spüren. Stattdessen berührt jedoch etwas Kaltes, Feuchtes meine Brustspitze, und ich keuche erschrocken, reiße die Augen wieder auf.

Matteo hat sich tatsächlich ausgezogen und kniet mit einem zufriedenen Lächeln neben der Couch. In der Hand hält er einen Pinsel, und die Spitze davon drückt gegen meinen Nippel. Erst jetzt sehe ich, dass auf dem Boden drei geöffnete Tiegel mit roter, brauner und weißer Farbe stehen. In die rote muss Matteo den Pinsel getaucht haben, dem Strich nach zu urteilen, den er jetzt über meine Brust zieht.

Der Kontrast zwischen meiner heißen Haut und dem kühlen Pinsel ist erregend, und ich spüre, wie ich noch feuchter werde, kralle die Hände in die dünne Decke, auf der ich liege.

»Was ...?«, will ich fragen, doch Matteo beugt sich plötzlich vor und umschließt den Nippel, den er bemalt hat, mit den Lippen, saugt daran, was nicht nur einen heißen Blitz in meinen Unterleib jagt, sondern mich auch erschreckt.

»Nicht!« Ich lege die Hände an seinen Kopf und will ihn wegziehen, doch er hebt ihn schon selbst wieder, und als er mich küsst, schmecke ich die ungewohnte Süße auf seinen Lippen und begreife, dass es keine echte Farbe ist. Sie ist essbar, hat einen leichten Kirschgeschmack, und ich koste begierig davon, lecke sie von seinen Lippen.

Er grinst, als er sich wieder von mir löst, und taucht den Pinsel in den Topf mit der braunen Farbe, bemalt damit meine andere Brustspitze. Er macht es genau wie eben, saugt die Farbe wieder auf, was noch einen Schauer durch meinen Körper jagt, küsst mich – und ich schmecke eine köstliche, leicht herbe Schokolade. Die weiße Farbe testet er zwischen meinen Brüsten, und deren Geschmack ist besonders verführerisch, eine exquisite weiße Schokolade, von der ich gar nicht genug kriegen kann, als ich sie von seinen Lippen koste. Doch irgendwann unterbricht Matteo unseren Kuss.

»Lieg still«, befiehlt er mir, was gar nicht so leicht ist. Denn er fängt an, mich aufreizend langsam und zärtlich mit den Farben zu bemalen. »Du bist ein Kunstwerk, *bellezza*. Süß und verführerisch und unwiderstehlich«, sagt er und zieht feine Linien über meine Brüste und meinen Bauch, bis sie am Ende ein filigranes Muster ergeben – und ich so erregt bin, dass ich nur noch flach atmen kann.

Doch Matteo steigert es noch, leckt genauso langsam wieder auf, was er gezeichnet hat, lässt seine Zunge in aufreizenden Kreisen über meine Haut wandern – und erkundet ungewohnte Stellen, fährt unter meinen Brüsten entlang, an meinen Seiten, an meinem Rippenbogen.

Es ist unglaublich, löst ein Feuerwerk der Empfindungen in mir aus und macht mich ganz schwach. Mit geschlossenen Augen lasse ich mich treiben, koste immer wieder die Süße von seinen Lippen, wenn er mich küsst, und stöhne auf, wenn er weitermacht.

Wenn unsere Vereinigung gestern besonders brutal und hart war, dann ist das jetzt das genau Gegenteil, ein Fest der Zärtlichkeit, das mich ganz langsam in den Wahnsinn treibt.

»Matteo, bitte«, flehe ich irgendwann, weil er den Teil von mir, der sich heiß nach ihm sehnt, noch gar nicht berührt hat, und er erhört mich und öffnet meine Beine. Doch anstatt mich zu befriedigen, wie ich es gehofft hatte, setzt er seine süße Folter fort und bemalt mit der gleichen Geduld die Innenseiten meiner Schenkel.

Das Fieber in meinen Körper steigt, und als er schließlich auch dort die Spuren des Pinsels sanft mit der Zunge nachfährt, halte ich es kaum noch aus, stöhne und bäume mich auf. Es ist kühl und es ist heiß und es ist klebrig und es fühlt sich so unglaublich gut an, dass mich immer neue Schauer durchlaufen und meine Erregung ins Unermessliche steigern.

Und dann, endlich, taucht Matteo den Pinsel in die weiße Farbe und fährt damit über meine Schamlippen, was mir ein kehliges Stöhnen entlockt. Ich bin so angespannt, so bereit, so begierig darauf, erlöst zu werden, dass ich aufschluchze, als er sich vorbeugt und den Kopf zwischen meine Schenkel senkt. Doch wieder zögert er es heraus, leckt die Schokolade genüsslich von meinen Schamlippen, ohne sich meiner empfindlichsten Stelle zu nähern. Meine Klit pocht, schmerzt richtig vor Sehnsucht, als er sie schließlich nach einer gefühlten Ewigkeit freilegt, und ich halte den Atem an, als er mich ansieht und auf diese verführerisch selbstbewusste Art lächelt, die mir verrät, dass er sehr gut weiß, wie vollkommen er mich in der Hand hat.

Es braucht nicht viel, nur eine winzige Berührung seiner Zungenspitze, und ich zerberste mit einem Schrei in tausend Teile, bäume mich schluchzend auf und überlasse mich hilflos dem gewaltigen Orgasmus, der wie ein Feuer durch meinen Körper rast und alles versengt. Ich bin gar nicht mehr bei mir, spüre wie durch einen Nebel, dass Matteo sich zwischen meinen Beinen nach oben schiebt und in mich eindringt. Doch als er mich ganz ausfüllt und mit festen Stößen nimmt, ist es, als hätte mir genau das gefehlt, um meinen Höhepunkt perfekt zu machen. Meine inneren Muskeln krampfen sich um ihn zusammen, halten ihn, und ich erbebe noch einmal mit ihm, als er kommt, schlinge Arme und Beine um ihn und ergebe mich ganz der Wucht der Leidenschaft, die nur ganz langsam von köstlicher Befriedigung ersetzt wird.

Irgendwann rührt Matteo sich wieder und verlagert sein Gesicht so, dass er, mit mir fest im Arm, ebenfalls auf die Couch passt.

»Das war besser«, knurrt er, und da kann ich ihm nicht widersprechen, deshalb schmiege ich mich dicht an ihn und dämmere ein bisschen weg – bis ich plötzlich merke, wie er mich hochhebt. Seine Brust klebt, als ich meine Hand darauf lege, und ich merke, dass ich selbst auch mit den Spuren unserer besonderen »Malstunde« übersät bin.

»Vermutlich waschen wir das besser ab.« Matteo wartet meine Antwort gar nicht ab, sondern trägt mich lächelnd nach unten in das Bad neben seinem Schlafzimmer.

Meine Beine sind noch ganz wackelig, tragen mich nicht richtig, als Matteo mich in der geräumigen gläsernen Duschkabine absetzt, doch er hält mich fest, wartet, bis ich das wieder alleine kann.

Der Duschkopf ist groß und rund, und als er das Wasser anstellt, rinnt es warm und angenehm über unsere Körper, und selbst wenn ich von meinen fantastischen Höhepunkt gerade noch sehr träge bin, weckt es meine Lebensgeister wieder. Deshalb kann ich nicht lange still halten, als Matteo Duschgel in seinen Händen verteilt und anfängt, mich damit sanft einzuseifen. Begierig lasse meine Hände auch über seine Brust wandern, genau wie er das bei mir tut, und erkunde

237

im Gegenzug seinen Körper, während wir uns gegenseitig waschen.

Die letzten Zuckerspuren sind längst von unserer Haut verschwunden, doch wir hören trotzdem nicht auf, weil es viel zu erotisch ist, unter dem weich fallenden Wasser zu stehen und uns gegenseitig auf diese neue Art zu berühren.

Ich will ihn schon wieder, auch wenn ich gerade erst Unglaubliches in seinen Armen erlebt habe, und Matteo will mich auch, denn sein Schwanz ist wieder hart, drängt sich heiß gegen meine Hand, als ich ihn damit umschließe.

»Gott, Sophie, ich kriege nicht genug von dir«, sagt er heiser an meinem Ohr, und ich lächle, weil es mir mit ihm genauso geht. Ich kann mir nicht vorstellen, dass ich jemals einen anderen Mann so begehren werde wie Matteo. Ich bin süchtig nach ihm, und ich will ihn jetzt.

»Dann fick mich«, locke ich ihn und halte ihn auf, als er die Kabinentür öffnet, um mit mir zurück ins Schlafzimmer zu gehen. »Hier«, füge ich hinzu und schließe die Tür wieder. »Jetzt.«

Eine weitere Aufforderung braucht er nicht, drängt mich gegen die gefliese Wand und hebt mich hoch, dringt mit einem kräftigen Stoß tief in mich ein.

»Ich brauche dich«, flüstere ich an seinem Ohr und stöhne, als er sich zurückzieht und wieder tief in mich stößt. »Du kannst mich nehmen, wann du willst.«

Matteo sucht meinen Blick, und ich sehe die rohe Lust in seinen Augen, das Verlangen, das genauso heiß brennt wie meins. Und dann kann ich nicht mehr denken, weil Matteo mir den Atem nimmt, mich küsst und in mich pumpt, während das Wasser unablässig über unsere erhitzten Körper rinnt.

Es ist nicht so wie eben, nicht so verspielt und geduldig.

Und es ist auch nicht wie gestern, er bestraft mich nicht, sondern wir sind ebenbürtig in unserer Lust, geben und nehmen gleichermaßen. Matteos Stöße werden härter, unkontrollierter, entflammen meinen Körper erneut auf diese unwiderstehliche, alles verzehrende Weise. Und dann schreien wir beide auf, als die Explosion unseres Höhepunkts uns gleichzeitig mitreißt, verlieren uns ineinander und erschaudern wieder und wieder, fallen gemeinsam, bis wir nach endlosen, köstlichen Minuten langsam wieder in die Realität zurückgleiten.

Protestierend stöhne ich auf, als Matteo sich aus mir zurückzieht und mich wieder auf die Füße stellt, weil es mir fehlt, ihn zu spüren. Doch ich muss nicht lange warten, denn er trocknet mich zärtlich ab, als wir die Dusche verlassen, trägt mich dann zum Bett und legt sich neben mich, zieht mich dicht an sich.

Die Sonne scheint durch das Fenster und wärmt unsere nackten Körper angenehm, und ich bin für einen Moment einfach nur entspannt und zufrieden. So könnte es immer sein, denke ich und fahre mit dem Finger über die Narbe auf seiner Brust.

»Wann fährst du wieder?«, fragt Matteo in die Stille, und als ich überrascht den Kopf hebe, liegt ein Ausdruck in seinen Bernstein-Augen, den ich nicht richtig deuten kann.

Wünscht er sich, dass ich es bald wieder tue? Nein, denke ich dann. Da ist nichts Wütendes, Feindseliges in seinem Blick mehr, so wie gestern. Er ist eher – wachsam. Offenbar geht er, wie schon beim letzten Mal, nicht davon aus, dass ich bleibe. Deshalb schlucke ich, bevor ich antworte. Denn wenn mir der Tag heute etwas gezeigt hat, dann, dass ich das, was ich hier gefunden habe, nicht mehr hergeben will.

»Es gibt keinen Grund für mich, wieder nach London zu fahren«, erkläre ich ihm. »Ich habe mich furchtbar mit meinem Vater gestritten, weil er nicht wollte, dass ich herkomme. Er hat gesagt, wenn ich es tue, dann könnte ich gleich hier bleiben.«

Matteo runzelt die Stirn. »Das hat er sicher nicht ernst gemeint. Er wird dich mit offenen Armen empfangen, wenn du wieder zurückfährst. Er braucht dich doch.«

»Vielleicht«, erwidere ich und lege den Kopf wieder auf seine Brust. »Aber ich werde nicht zurückfahren.« Denn wenn ich das täte, würde es bedeuten, dass ich in meinen Alltagstrott zurückkehre – in ein Leben, das sich nicht mehr wie meins anfühlt, wenn Matteo darin nicht vorkommt. Es wäre wie ein Eingeständnis, dass mein Vater recht hat. Wie eine Kapitulation.

»Ich könnte mir hier eine Wohnung suchen«, sage ich, weil ich nicht weiß, wie Matteo die Idee findet, dass ich in Rom bleibe. Außerdem will ich nicht, dass er denkt, ich ziehe einfach bei ihm ein.

Doch er winkt ab. »Du kannst erst mal in Valentinas Wohnung bleiben«, murmelt er noch sichtlich erstaunt. Er mustert mich, offensichtlich nicht sicher, ob ich das ernst meine. »Aber … was ist mit dem Auktionshaus? Du liebst doch deine Arbeit.«

»Ich muss sie ja auch nicht aufgeben«, erkläre ich. »Es gibt sicher Möglichkeiten, hier auch etwas zu finden.«

Erst, als ich jetzt darüber nachdenke, wird mir klar, dass ich dafür sogar nicht mal Matteos Kontakte bräuchte. Andrew Abbott, ein Freund meines Vater, der seit vielen Jahren in Italien lebt und sehr gute Kontakte zur römischen Kunstszene hat – ihm verdanke ich es letztlich, dass ich Matteo überhaupt kennengelernt habe –, wird mir sicher gerne dabei behilflich sein, in Rom neu anzufangen. Und Giacomo hat als ehemaliger Dekan der Kunsthistorischen Fakultät sicher auch noch Einfluss. Es kann also sein, dass es gar nicht so schwierig ist.

Matteo ist immer noch fassungslos. »Aber ... London würde dir fehlen.«

»Es gibt Dinge, die mir mehr fehlen würden«, erkläre ich ihm und streiche über seine Brust, damit er versteht, was ich damit meine.

»Du würdest nach Rom kommen? Ganz?« Er sieht mich lange an. Sehr lange. Ringt offensichtlich mit sich, ob er annehmen kann, was ich ihm biete. »Das ist verrückt, Sophie«, sagt er dann und schüttelt den Kopf, doch um seine Lippen spielt ein Lächeln. Ein erleichtertes Lächeln. Eins, das breiter wird und mir wieder Hoffnung gibt. »Du bist verrückt.«

»Ja, nach dir«, erwidere ich, und als ich sein Lächeln erwidere, glaube ich, dass sich meine Gefühle für einen kurzen Moment in seinen Augen spiegeln.

Doch dann zieht er mich zurück in seine Arme und küsst mich drängend, fast verzweifelt, lässt mir keine Chance mehr, die goldenen Tiefen zu ergründen und mich zu vergewissern, dass er auch bereit ist, sich auf mich einzulassen. Und dann verliere ich mich endgültig in seinen Berührungen und Küssen und kann keine klaren Gedanken mehr festhalten.

20

»Dann hat es dir gefallen?« Matteo legt den Arm um meine Schulter, während wir nebeneinander durch die schmale Gasse gehen, in die er abgebogen ist, um den Touristen zu entgehen, die auch jetzt, nach zehn Uhr abends, noch so zahlreich die Straßen von Trevi bevölkern.

Um seine Lippen spielt ein amüsiertes Lächeln, und ich schlinge seufzend den Arm um seine Hüfte und lege meine Hand an seine, um seinen Arm auf meiner Schulter festzuhalten, weil es mir gefällt, so dicht bei ihm zu gehen. »Ich rede zu viel davon, oder?«

Er grinst. »Nein. Ich finde es toll, wenn meine Überraschungen so ein Erfolg sind, dass du zwei Tage lang von fast nichts anderem sprichst.«

»Aber eine Privatführung durch die Vatikanischen Museen – wie sollte ich da nicht beeindruckt sein? Das war ... unglaublich, ein Traum! Wie hast du das hingekriegt?«

»Das war gar nicht so schwer«, sagt er und spielt es herunter, dabei weiß ich sehr genau, dass es etwas ganz Besonderes war, was er da für mich getan hat.

Ich hatte zwar in einem meiner Reiseführer gelesen, dass es Exklusivführungen gibt, bei denen kleine Gruppen in den Abendstunden in die Museen gelassen werden, abseits der Touristenströme. Aber da stand auch, dass die Vorlaufzeiten lang sind, und selbst wenn man einen Termin bekommt, geht man auch dort in kleinen Gruppen. Matteo und ich waren aber allein. Nur wir beide sind, begleitet von einem fachkundigen Führer, Hand in Hand durch die Sixtinische Kapelle, den Petersdom und die anderen Räume der Vatikanischen Museen geschlendert und haben in aller Ruhe die herrlichen, von der Abendsonne in goldenes Licht getauchten Kunstwerke betrachtet. Das war absolut einmalig, etwas, das ich niemals vergessen werde und über das ich ihm gerade erst wieder vorgeschwärmt habe.

»Du meinst, es war nicht so schwer für dich«, korrigiere ich ihn, denn ich bin ziemlich sicher, dass so etwas unter normalen Umständen nicht möglich ist, und schon gar nicht so kurzfristig. Das ging nur, weil Matteo so viele Kontakte hat und weil er wahrscheinlich bereit war, einen sehr stattlichen Preis dafür zu zahlen.

Manchmal muss ich mich immer noch daran gewöhnen, dass diese Dinge in seiner Welt ganz normal sind. Und dass er mich gerne mit so etwas überrascht. Er hat nämlich auch schon mal die Villa Farnesina in Trastevere, die als eines der elegantesten Renaissance-Gebäude in Rom gilt, nur für uns gemietet. In dem Saal, dessen Deckenfresken von Rafael stammen, wurde uns ein wunderbares, mehrgängiges Dinner serviert – und ich wusste nicht, was ich beeindruckender finden sollte, die Fresken oder diesen unglaublichen Mann neben mir. Es waren die Höhepunkte in den drei unvergesslichen, fast atemlosen Wochen, die ich jetzt schon an seiner Seite verbringe. Natürlich muss er weiter unterrichten, und wir sind auch viel bei Valentina, der es schon viel besser geht und die in eine sehr exklusive Reha-Einrichtung ganz in der Nähe der Villa Borghese verlegt worden ist. Doch den Rest der Zeit verbringen wir zusammen, besichtigen entweder einige der unzähligen interessanten Museen und Galerien der Stadt, an deren Kunstschätzen ich mich gar nicht sattsehen kann, oder Matteo führt mich aus, so wie gerade eben, wo wir in einem kleinen, etwas versteckt gelegenen Restaurant in Trevi essen waren. Wenn wir überhaupt das Haus verlassen – oft bleiben wir auch einfach im Bett, und er verführt mich immer wieder aufs Neue, lässt mich völlig ungeahnte Dimensionen der Lust entdecken.

Es ist wunderschön, berauschend und auch ein bisschen Schlag auf Schlag, fast so, als wollte er mir keine Gelegenheit geben zu bereuen, dass ich bei ihm in Rom bin. Dabei bereue ich es gar nicht. Im Gegenteil. Ich war noch nie in meinem Leben so glücklich wie jetzt.

Und doch ist noch nicht alles gut, denke ich und betrachte ihn nachdenklich von der Seite. Denn noch ist vieles in der Schwebe. Ich konnte mich noch gar nicht darum kümmern, einen Job zu finden, und offiziell wohne ich auch immer noch in Valentinas Wohnung, obwohl ich eigentlich die ganze Zeit bei Matteo bin. Deswegen fühlt es sich immer noch ein bisschen so an, als wäre ich bei ihm nur zu Besuch. Ich weiß, dass ich zu viel erwarte und dass vieles Zeit braucht, bis es sich findet. Aber es liegt auch an Matteo selbst. Es gibt immer noch einen Teil von ihm, den er vor mir verbirgt, und ich spüre, dass dieser Teil mein Glück mit ihm gefährden kann.

Er hat mir noch nichts über den Streit mit seinem Freund Fabio erzählt, bei dem er so schwer verletzt wurde, und er schweigt auch nach wie vor über den Tod seiner Frau. Dank seiner Mutter weiß ich darüber zwar Bescheid, aber es macht mich traurig, dass er es mir nicht selbst anvertraut, und mit jedem Tag, der verstreicht, hoffe ich mehr, dass er sich mir doch noch öffnen wird. Denn so lange er das nicht tut, ist mein Glück mit ihm irgendwie nicht ganz echt.

Ich will, dass es klappt, ich will mit ihm zusammen sein und ich bin bereit, dafür mein Leben komplett umzukrempeln. Aber ist er das auch? Ganz sicher bin ich mir da immer noch nicht...

Mein Handy klingelt in meiner Tasche, und ich bleibe stehen, um es herauszuholen. Als ich sehe, dass die Nummer meiner Eltern auf dem Display aufleuchtet, halte ich kurz den Atem an und blicke zu Matteo, der mich mit gerunzelter Stirn mustert.

»Es ist bestimmt Mum«, sage ich. Theoretisch könnte es auch mein Vater sein, aber er hat sich nicht ein Mal bei mir gemeldet, seit ich hier bin, und eigentlich rechne ich nicht wirklich mit seinem Anruf. Die Tatsache, dass es zwischen uns noch so viele unausgesprochene Dinge gibt, belastet mich jedoch, und manchmal wünschte ich, er wäre es, weil ich das so gerne mit ihm klären würde.

Es ist aber Mum.

»Störe ich dich gerade?«, fragt sie, und mein Blick gleitet kurz zu Matteo. Allerdings klingelt sein Handy auch in diesem Moment, und er wendet sich ab, um mit dem Anrufer zu sprechen, deshalb versichere ich ihr, dass ich Zeit habe. Wie immer will sie wissen, wie mein Tag war, und ich berichte ihr schnell davon.

Es ist nach wie vor ein merkwürdiges Gefühl, dass sie es jetzt ist, die mich regelmäßig anruft, um sich zu vergewissern, dass es mir gut geht – schließlich hat uns ihr Gesundheitszustand jahrelang in Atem gehalten. Aber ich genieße ihre Fürsorge, genau wie die Tatsache, dass sie auf meiner Seite ist und es – anders als mein Vater – versteht, dass ich mich für Matteo entschieden habe.

»Dein Vater ist noch böse auf dich, aber ich arbeite daran, Schatz«, erklärt sie mir, obwohl ich sie nicht nach Dad gefragt habe. »Er wird sich wieder beruhigen, und dann finden wir eine Lösung.« Das versichert sie mir ganz oft, und tatsächlich wünschte ich, es gäbe eine, denn die beiden fehlen mir, auch Dad, selbst wenn ich noch schrecklich wütend auf ihn bin.

Matteo ist mit seinem Telefonat bereits fertig, als ich auflege.

»Wer war das?«, will ich wissen.

»Giacomo. Er hat uns für morgen Abend zu sich eingeladen.« Nachdenklich mustert er mich. »Keine Nachricht von deinem Vater?«

Als ich den Kopf schüttele, erscheint wieder diese Falte zwischen seinen Brauen, die mir zeigt, dass ihm etwas Sorgen macht. »Wirst du zurückgehen, wenn er sich entschuldigt?«

Ich seufze, weil er mich das immer wieder fragt und die Antwort eigentlich kennt. »Ich würde mir wünschen, dass er sich entschuldigt und ich mich mit ihm aussöhnen kann. Und ganz sicher fahre ich irgendwann nach London, schließlich habe ich da noch jede Menge Dinge zu erledigen. Aber ich komme wieder, Matteo.«

Er legt den Arm erneut um meine Schultern, und wir gehen weiter, doch er wirkt in Gedanken versunken und sieht immer noch skeptisch aus.

Als wir um die nächste Ecke biegen, öffnet sich vor uns der Platz vor dem berühmten Trevi-Brunnen. Er ist jetzt, bei Nacht, fast belebter als tagsüber, vielleicht weil er im Licht der Scheinwerfer, die den weißen Marmor beleuchten, noch majestätischer und eindrucksvoller wirkt als ohnehin schon.

Wir sind hier schon oft vorbeigekommen, wenn wir in der Nähe waren, aber wir haben uns nie lange aufgehalten – wie viele Römer meidet Matteo diese Touristenmagneten, hat seine eigenen Orte, die die Stadt für ihn besonders machen.

246

Doch mir fällt etwas ein, deshalb ziehe ich ihn mit mir zum Brunnen, schiebe mich entschlossen durch die Menge, bis wir ganz vorne stehen.

Der Abend ist angenehm warm, und die Atmosphäre um den Brunnen herum ausgelassen. Außerdem ist es laut, durch das Rauschen des Wassers und die Gespräche der vielen hundert Besucher, deshalb muss Matteo seine Stimme heben, damit ich ihn verstehe.

»Was willst du hier?«

Grinsend ziehe ich meine Geldbörse aus der Tasche und hole eine Euro-Münze heraus, nehme sie in meine linke Hand.

»Es heißt doch, dass man nach Rom zurückkehrt, wenn man eine Münze mit der linken Hand über die rechte Schulter in den Brunnen wirft, oder?«

Matteo sieht mich skeptisch an. »Ja. Deshalb fischt die Stadt – sehr zur Freude einiger Hilfsorganisationen – jedes Jahr über eine Million Euro aus dem Wasser. Das ist dummer Aberglaube, Sophie.«

Doch ich lasse mich nicht beirren. »Aber es schadet auch nicht«, verkünde ich mit einem Lächeln und werfe die Münze, die schnell auf den Boden des niedrigen Beckens sinkt – zu den Hunderten von anderen Münzen, die dort bereits liegen. »Erledigt«, verkünde ich mit einem strahlenden Lächeln und will die Geldbörse wieder zurück in meine Tasche tun. Doch Matteo hält mich auf. Er legt die Börse zurück in meine linke Hand und führt meinen Arm dann so über meine rechte Schulter, dass das ganze Kleingeld, das noch darin ist, mit einem leisen Plätschern ebenfalls im Brunnen verschwindet.

»Zur Sicherheit«, sagt er mit einem schiefen Grinsen, als ich ihn überrascht ansehe, und küsst mich, bevor er mich weiterzieht und ich ihm nur mit einem glücklichen Lächeln folgen kann.

* * *

»Signore di Chessa ist oben und erwartet Sie«, informiert uns Giacomos Haushälterin Rosa, eine kleine dünne Frau, nachdem sie uns die Tür geöffnet hat. Sie hat offensichtlich mit den Vorbereitungen für das Essen zu tun, denn sie trägt eine Schürze und scheint dankbar zu sein, dass wir uns auskennen und sie uns den Weg in die beiden Salons im ersten Stock nicht zeigen muss.

»Weißt du noch?«, frage ich Matteo, als wir gemeinsam die Treppe nach oben gehen, und deute mit dem Kinn auf einen weißen Fleck an der Wand. Das Bild, das dorthing, war Anlass für unser ziemlich ungewöhnliches Kennenlernen. Damals – ist das wirklich erst gut zwei Monate her? – war ich das erste Mal hier in Giacomos Villa auf dem Aventin. Ich wollte mir das Gemälde genauer ansehen, bin jedoch gestolpert und wäre bestimmt gefallen – wenn Matteo mich nicht aufgefangen hätte.

Er grinst und legt mir die Hand in den Rücken. »Ich erinnere mich sogar an Einzelheiten – deinen gewagten Ausschnitt, zum Beispiel«, erklärt er mir grinsend und stutzt dann, als oben Stimmen zu hören sind. »Von noch einem Besucher hat Giacomo gar nichts erwähnt.«

Doch tatsächlich sitzt unser Gastgeber nicht allein mit einem Aperitif in der Hand auf den eleganten Sesseln, die im hinteren der beiden weitläufigen Salons in einer Ecke zusammenstehen. Neben ihm erhebt sich auch noch ein Mann um die Sechzig mit schulterlangen, graumelierten Haaren, der zu seinem Anzug einen auffälligen grünen Seidenschal trägt.

»Andrew!«, rufe ich überrascht und laufe zu ihm, um ihn zu umarmen. »Ich dachte, du wärst auf Sizilien!«

Das zumindest war die Auskunft, die ich erhielt, als ich versucht habe, ihn zu erreichen. Ich will ihn immer noch gerne sprechen, um mit ihm gemeinsam zu überlegen, welche Möglichkeiten ich beruflich in Rom hätte, deshalb freue ich mich wirklich sehr, ihn zu sehen.

Er grinst. »Bis vor ein paar Tagen war ich das auch, aber dann hat es mich doch wieder zurück nach Hause gezogen. Und als ich Giacomo anrief, und er mir erzählte, dass ihr heute Abend herkommt, fanden wir, dass es Zeit wäre für ein Wiedersehen. Deshalb hat er mich spontan auch eingeladen.«

Giacomo, der Matteo schon begrüßt hat, umarmt nun auch mich. »Ich hoffe, ihr habt nichts dagegen«, sagt er und reicht auch mir und Matteo ein Glas leuchtend orangefarbenen Negroni, den er als Aperitif vorbereitet hat.

»Und, ist das wahr, was Giacomo sagt?«, fragt Andrew einen Moment später, als wir bei den beiden in den Sesseln sitzen und an den bitteren Cocktails nippen. Er mustert mich neugierig über den Glasrand. »Du kommst nach Rom?«

»Na ja«, erwidere ich trocken. »Ich würde sagen, ich bin schon da.«

Andrew lächelt, doch er ist auch sichtlich überrascht. »Und dein Vater? Braucht er dich denn nicht im Geschäft?«

»Er ist die letzten Wochen auch gut ohne mich ausgekommen«, erkläre ich entschieden. »Sicher findet er bald einen Ersatz für mich.«

Andrew betrachtet mich stirnrunzelnd, doch er hakt zum Glück nicht weiter nach, scheint sich einfach nur zu freuen, dass ich mich, wie er, entschlossen habe, in Italien zu leben.

»Na, sowas!«, erklärt er und lächelt Matteo strahlend an.

»Sophie muss wirklich etwas für Sie übrighaben, Signore Bertani, wenn sie Ihretwegen London verlässt. Ich kann mir das ›Conroy's‹ gar nicht vorstellen ohne sie.«

Ich weiß, dass das ein Kompliment sein sollte. Trotzdem ärgere ich mich darüber, wie er das formuliert hat, und sehe rasch zu Matteo hinüber, der jedoch nur sein Glas in der Hand dreht und leicht lächelt.

»Ja, ich wundere mich auch, dass sie sich dazu entschlossen hat«, erwidert er und als er den Kopf zu mir dreht, erkenne ich wieder diesen vorsichtigen Ausdruck in seinen Augen, so als hätte ihn Andrew durch seine Bemerkung unabsichtlich wieder an seine Zweifel erinnert.

Andrew redet schon weiter, ist eindeutig in Plauderlaune, was so typisch für ihn ist.

»Aber so ist das mit Rom, nicht wahr?«, sagt er mit einem Seufzen und nimmt noch einen Schluck von seinem Negroni. »Ich bin dem Charme der Stadt damals auch verfallen und geblieben. Und das scheint nicht nur mir so zu gehen. Gerade gestern erst traf ich einen alten Bekannten von mir wieder, Luigi Crispi, du kennst ihn, Giacomo, oder? Jedenfalls erzählte er mir ganz begeistert, dass sein Sohn gerade wieder nach Rom zurückgekehrt ist, nach fast sechs Jahren. Dabei hatte er sich in Südamerika eine Existenz aufgebaut und eine erfolgreiche Firma gegründet. Aber das Heimweh hat ihn jetzt wohl doch zurück nach Italien getrieben. Luigi sagt, er hat alles verkauft und lebt mit seiner Familie wieder hier.« Andrew lächelt versonnen. »Ich kann das verstehen. Ich bin zwar kein gebürtiger Italiener, aber mich haben diese Stadt und dieses Land auch gepackt. Ich könnte mir nicht mehr vorstellen, meine Tage woanders zu verbringen.«

Giacomo und Matteo beachten Andrews Reflexionen jedoch gar nicht, sondern starren ihn an, als hätten sie einen Geist gesehen. Matteo ist ganz blass geworden und hält sein Glas fast krampfhaft umklammert. In seinem Gesicht arbeitet es.

»Fabio ist zurück?«, fragt er dann tonlos, und ich reiße erschrocken die Augen auf, als ich begreife, was das bedeutet.

21

»Ja, Fabio Crispi«, erwidert Andrew, der gar nicht wahrzunehmen scheint, wie entsetzt Giacomo und vor allem Matteo auf diese scheinbar belanglose Dinnerplauderei reagieren. »Ach, richtig, Sie kennen ihn auch, nicht wahr?«, sagt er zu Matteo. »Sie waren mit ihm zusammen auf der Schule, ich erinnere mich, dass Luigi das mal erwähnt hat.«

Dass es Fabio war, der Matteo Jahre später bei einer Prügelei fast umgebracht hätte, scheint er jedoch nicht zu wissen, denn er geht mit dem Thema nach wie vor völlig unbefangen um.

»Er ist inzwischen verheiratet«, erzählt er weiter. »Seine Frau ist Brasilianerin, und die beiden haben zwei Kinder. Luigi hat mir Fotos gezeigt, er ist ganz stolz auf seine Enkel und freut sich riesig, dass er sie jetzt öfter sieht.« Andrew deutet mit seinem Glas in Matteos Richtung. »Fabio ist noch nicht lange da, er hat bestimmt viel zu erledigen. Aber ich nehme an, seine Freunde hier in Rom werden sicher bald von ihm hören.«

Matteo erwidert darauf nichts, und sein Gesichtsausdruck ist jetzt finster. Und endlich begreift auch Andrew, dass ihn die Nachricht, dass sein alter Schulkamerad in der Stadt ist, nicht besonders freut.

Dass er über die Hintergründe nicht Bescheid weiß und nicht versteht, warum Matteo sich so merkwürdig verhält, irritiert Andrew sichtlich. So etwas kommt nicht oft vor, eigentlich ist immer er es, der am besten informiert ist über alle und alles – das ist seine große Stärke. Doch bevor er nachhaken und sich erkundigen kann, was Matteos Laune so verschlechtert hat, greift Giacomo ein. Der besorgte Seitenblick, den er Matteo zugeworfen hat, entgeht mir nicht.

»Ich denke, wir sollten uns an den Tisch setzen. Rosa bringt sicher gleich die Vorspeise«, verkündet er. Geschickt nutzt er den Ortswechsel, um Andrew auf seine Sizilien-Reise anzusprechen, was diesen effektiv von dem Thema ablenkt, denn er gibt freigiebig Anekdoten darüber zum Besten.

Ich höre allerdings nur mit einem Ohr zu, weil ich im Grunde nur auf Matteo achte. Er beteiligt sich nicht mehr an dem Gespräch, wirkt in sich gekehrt, und ich kann nur ahnen, was jetzt in ihm vorgeht. Auf jeden Fall machen ihm die Erinnerungen sehr zu schaffen, und es tut mir weh, ihn so leiden zu sehen, ohne dass ich etwas tun kann.

Denn offiziell weiß ich ja gar nichts von Fabio und der Prügelei damals, die so tragisch geendet ist. Aber sein Anblick, der harte Zug um seinen Mund, macht mir endgültig klar, wie dringend ich mit ihm darüber reden muss. Ich würde es gerne sofort tun, aber das geht nicht, denn Rosa trägt jetzt wirklich die Vorspeise auf – Melone mit Parmaschinken –, und wir müssen essen.

Es ist ein Glück, dass Andrew ein so redseliger Mensch ist, denn er schmeißt die Unterhaltung am Tisch fast alleine. Giacomo und ich halten sie bloß mit gelegentlichen Nachfragen in Gang. Irgendwann fällt allerdings auch Andrew auf, dass Matteo extrem schweigsam ist, und er versucht, ihn in das Gespräch einzubinden – was jedoch kläglich scheitert, da Matteo nur einsilbig antwortet. Deshalb wendet Andrew sich dann doch wieder an Giacomo.

»Was macht eigentlich die Auktion deiner Bilder?«, erkundigt er sich und lässt den Blick über die Wände schweifen, an denen, als ich das erste Mal hier war, unzählige sehr interessante und wertvolle Gemälde hingen. Doch die meisten davon sind jetzt verpackt und eingelagert. Giacomo will sich nämlich von einem großen Teil seiner umfangreichen Kunstsammlung trennen, damit ihm der geplante Umzug zu seiner Tochter leichter fällt, die mit ihrer Familie in England lebt.

Den Verkauf sollte eigentlich das »Conroy's« in Form einer Auktion übernehmen – deswegen war ich ursprünglich nach Rom gereist. Doch Giacomo war sich von Anfang an nicht wirklich sicher, welche Bilder er verkaufen und wie schnell er eigentlich seine Heimatstadt verlassen wollte. Da kam es ihm sehr gelegen, als ich schließlich wegen der Geschichte mit dem Enzo Hals über Kopf zurück nach England reisen musste und er die ganze Sache erst mal auf Eis legen konnte.

Darüber gesprochen, wie es weitergehen soll, haben wir bisher nicht, weil es, wenn wir uns gesehen haben, eigentlich fast immer um Valentinas Gesundheitszustand ging, um den Giacomo sich als sehr guter Freund der Bertanis auch große Sorgen gemacht hat. Und ich habe den Eindruck, dass er diese Zeit hier auch noch braucht, um sich endgültig zu verabschieden, und erst dann wieder konkret über dieses Thema nachdenken kann.

»Im Moment sind andere Dinge einfach wichtiger«, antwortet er mit einem Schulterzucken und bestätigt meinen Eindruck. Dann zögert er jedoch, und sein Blick sucht meinen. »Allerdings erhielt ich gestern einen Anruf von Ihrem Vater, Sophie«, fügt er noch hinzu.

»Dad hat sich bei Ihnen gemeldet?« Diese Nachricht trifft mich völlig unvorbereitet. »Warum?«

»Weil er sich erkundigen wollte, ob ich noch Interesse an der Auktion habe. Wir haben über einen möglichen Zeitpunkt gesprochen, aber so bald wird das wohl nichts. Ich habe hier einfach noch zu viel zu regeln«, erklärt Giacomo mir, und ich blicke für einen Moment runter auf meinen Teller, weil ich diese Information erst mal verarbeiten muss.

Aber natürlich, denke ich. Das Leben geht weiter im »Conroy's«, und der Auftrag von Giacomo ist lukrativ. Deshalb muss Dad sich bei ihm nach dem Stand der Dinge erkundigen.

Dennoch trifft es mich, dass er mich anscheinend tatsächlich vollständig aus seinem Leben verbannen will, weil ich es wage, den falschen Mann zu lieben.

»Er hat sich nach Ihnen erkundigt, Sophie.« Giacomo lächelt, als ich ihn ansehe. »Es war ihm sehr wichtig zu erfahren, dass es Ihnen gut geht. Ich hatte sogar den Eindruck, dass das der eigentliche Grund für seinen Anruf war.«

»Das ist ... schön zu wissen«, antworte ich und erwidere sein Lächeln zaghaft. Doch es erstirbt auf meinen Lippen, als ich mich zu Matteo umwende. Sein Blick ist jetzt noch finsterer als zuvor, und er fixiert mich fast feindselig.

»Entschuldigt«, sagt er und steht auf, schiebt den Teller mit dem Tiramisu, das es zum Nachtisch gab und das er kaum angerührt hat, ein Stück von sich weg. »Aber ich muss morgen früh raus – die Uni. Ich glaube, ich würde jetzt lieber fahren.« Er sieht mich auffordernd an. »Kommst du, Sophie?«

Ich bin genauso überrascht wie die anderen angesichts dieses überstürzten Aufbruchs. Außerdem weiß ich genau, dass es eine Ausrede ist. Morgen ist Mittwoch, da hat Matteo erst nachmittags eine Vorlesung. Aber er will offenbar dringend gehen, deshalb erhebe ich mich.

»Es war ein schöner Abend«, versichere ich Giacomo und sehe ihn entschuldigend an. Er nickt jedoch verständnisvoll. Matteo steht ihm sehr nah, ist fast wie ein Ziehsohn für ihn, und er kennt ihn vermutlich viel besser als ich. Deshalb nimmt er ihm dieses plötzliche Verschwinden nicht übel. Andrew dagegen ist überrascht – und enttäuscht.

»Schade, ich hätte gerne noch ein bisschen weiter herumgesponnen, wie du dich beruflich in Rom entfalten kannst«, sagt er. Auch meine Zukunft war zwischenzeitlich Thema am Tisch, genaue Vorschläge konnten mir Andrew und Giocomo allerdings nicht machen. Und ich selbst war schlicht zu abgelenkt, um mich wirklich darauf zu konzentrieren.

»Ich ruf dich an«, verspreche ich ihm und muss mich dann beeilen, um hinter Matteo herzukommen, der schon fast an der Treppe ist.

Er sagt nichts auf dem Weg zum Auto, und auch, als wir den Aventin verlassen und wieder runter in die Stadt fahren, schweigt er.

»Es tut mir so leid«, sage ich irgendwann, als ich die Hoffnung aufgegeben habe, dass er von sich aus mit mir reden wird.

»Was?«, fragt er, ohne den Blick von der Straße zu nehmen.

»Das mit Fabio.« Ich schlucke. »Dass er wieder da ist. Ich kann verstehen, dass dich das mitnimmt.«

Matteo bremst so abrupt ab, dass wir beide nach vorn geschleudert werden und die Gurte uns halten müssen. Dann zieht er den Wagen rüber zum Straßenrand und hält auf dem Bushaltestellenstreifen.

»Woher weißt du von Fabio?« Sein Gesicht ist weiß und er funkelt mich so wütend an, dass ich den Atem anhalte.

»Von … deiner Mutter. Sie hat mich in meiner Wohnung besucht, nachdem du weg warst, und hat es mir erzählt.«

Er schnaubt, legt den Gang ein und fährt weiter, diesmal in einem noch viel halsbrecherischen Tempo als sonst.

»Du darfst ihr nicht böse sein!«, bitte ich ihn, plötzlich in Sorge. »Sie wollte es mir eigentlich nicht sagen, aber ich habe sie überredet, weil ich endlich wissen wollte, was es ist, das dir so zu schaffen macht.«

Er schüttelt den Kopf und biegt so scharf um die nächste Kurve, dass der Wagen, der uns entgegenkommt, laut hupt. »Ich will aber nicht, dass du es weißt, ich will es vergessen, Sophie. Warum kannst du das nicht akzeptieren? Warum rührst du immer wieder daran?«

»Weil es falsch ist, dass du das in dich reinfrisst. Du solltest darüber reden. Damit du es endlich hinter dir lassen kannst.«

Wir sind jetzt schon auf der Via Nazionale, ich erkenne die Häuser und Geschäfte. Matteo passt sein Tempo nur an, wenn wir Fußgänger passieren. Sobald die Strecke frei ist, jagt er den Motor wieder hoch, sodass wir nur wenig später die Via Milano erreichen, an der seine Villa liegt. Er wartet kaum ab, bis das Tor aufgeschwungen ist, und bringt den Wagen so abrupt vor dem Garagentor zum Stehen, dass der Kies auf der Einfahrt aufspritzt.

Doch er steigt nicht aus, sondern bleibt sitzen, starrt vor sich hin. Deshalb versuche ich es noch mal.

»Matteo, ich verstehe, dass du wütend bist. Dass, was Fabio gemacht hat, war furchtbar. Und die Art, wie deine Frau dich hintergangen hat, auch. Aber du darfst nicht zulassen, dass es immer noch dein Leben bestimmt und dich quält. Das ist vorbei, und du musst irgendwann neu anfangen.«

Wieder schnaubt er nur, und langsam bekomme ich Angst. Weil er anders ist als sonst. Richtig außer sich. Ich habe ihn erst einmal so erlebt, damals, als seine Großmutter mir beinahe erzählt hätte, was ich jetzt von seiner Mutter weiß. Danach haben wir uns getrennt, weil er mich einfach weggestoßen hat. Weil er absolut nicht wollte, dass ich zu dem vordringe, was ihn auch nach Jahren so quält, was ihn nicht loslässt. Und das wird er wieder tun, das spüre ich. Es ist die Grenze, an die ich mit ihm jedes Mal aufs Neue stoße, an der ich scheitere – und das darf nicht passieren. Nicht noch mal.

»Matteo, bitte, du musst mit mir darüber reden. Ich verstehe ja, dass es dir schwer fällt, aber gemeinsam können wir ...«

Matteo hebt die Hand. »Hör auf, Sophie. Lass es. Du verstehst nichts. Gar nichts. Es ist nicht vorbei. Giulias Tod ist ...« Er schüttelt den Kopf, und als er mich dann wieder ansieht, brennen seine Augen heiß wie flüssiges Gold, bohren sich in meine, versengen mich. »Geh wieder nach England«, sagt er und schwingt die Tür auf, steigt aus. »Geh zurück und vergiss mich einfach.«

Er knallt die Tür so fest wieder zu, dass ich zusammenzucke, und geht zum Haus. Meine Hände zittern, als ich sie auf die Entriegelung für meine Tür lege, und ich kann nicht sagen, ob vor Schreck oder vor Wut. Wahrscheinlich mischt sich beides in mir gerade zu einem sehr explosiven Cocktail. Denn wenn er glaubt, dass er das einfach so tun kann, dass er mich schon wieder einfach so wegschicken kann, ohne Erklärung, dann irrt er sich.

»Matteo, warte!«, rufe ich und laufe hinter ihm her. In der Eingangshalle der Villa hole ich ihn ein und halte ihn am Arm fest, zwinge ihn, sich zu mir umzudrehen. »Ich werde nicht

258

gehen, bevor du es mir nicht gesagt hast, hörst du? Was ist mit Giulias Tod? Wieso ist es nicht vorbei?«

Für einen Moment schweigt er, fixiert mich wütend. Aber ich halte seinem Blick stand, lege meine gesamte Entschlossenheit hinein. Und dann gibt er nach. Seine Brust hebt sich, und er stößt schwer die Luft aus, ballt die Hände zu Fäusten.

»Weil sie noch leben könnte, wenn ich schneller gewesen wäre. Weil ich schuld daran bin, dass sie abgestürzt ist.«

Überrascht starre ich ihn an, und mir fällt jener Morgen wieder ein, als ich bei ihm war und er diesen Albtraum hatte. Auch da hatte er davon gesprochen, dass er den Unfall hätte verhindern müssen, aber ich dachte damals, dass es vielleicht seine Art der Trauerbewältigung ist. Denn das ist absurd.

»Es war ein tragisches Unglück, Matteo. So etwas passiert nun mal. Das konnte doch niemand voraussehen!«

Weil Matteo nie etwas darüber erzählt, habe ich über den Tod seiner Frau recherchiert und gelesen, was immer es über den Absturz des Sportflugzeugs zu finden gab, deshalb bin ich mir sicher, dass es ein Unfall war. Giulia Bertani verlor auf einem Übungsflug, den sie zusammen mit ihrem Fluglehrer absolvierte, die Kontrolle über die Maschine, die daraufhin ins Meer stürzte. Es war menschliches Versagen, ein Pilotenfehler, denn an der Maschine konnten bei der anschließenden Untersuchung der Polizei keine technischen Mängel festgestellt werden. Wie also hätte Matteo, der sich zu der Zeit gerade von den Folgen seiner schweren Brustverletzung erholte, das verhindern sollen?

»Ich wusste, dass sie abstürzen würden«, sagt er zögernd und stößt wieder die Luft aus, hat offensichtlich Schwierigkeiten, es auszusprechen. »Aldo hatte mir eine SMS geschrieben.«

»Aldo?«

»Ihr Fluglehrer. Giulia hatte auch mit ihm ein Verhältnis, aber sie meinte es nicht ernst. Sie hat nie etwas ernst gemeint. Weder die Ehe mit mir noch eine ihrer zahlreichen Affären. So war sie. Für sie war die Liebe ein Spiel. Sie mochte die Aufmerksamkeit, sie liebte es, im Mittelpunkt zu stehen – und sie hat nicht begriffen, was sie anderen damit antut.« Er schließt die Augen. »Aldo ist nicht damit fertiggeworden. Er hat es nicht ertragen, dass er sie nicht haben konnte.« Matteo öffnet die Augen wieder und starrt blicklos vor sich hin, ganz in die Erinnerungen versunken. »Er hat mir eine SMS geschrieben und mir angekündigt, dass er ihr noch eine Chance gibt. Dass er sie auf dem Flug zwingen würde, sich zu ihm zu bekennen, und dass er die Maschine abstürzen lässt, wenn sie nicht will. Er war völlig verrückt! Ich sollte wissen, dass es kein Unfall gewesen ist; er wollte mir beweisen, wie weit er zu gehen bereit war und dass er Giulia viel mehr verdient hätte als ich. Er wollte lieber mit ihr zusammen sterben, als sie zu verlieren.«

»Oh Gott.« Entsetzt sehe ich ihn an und fange an zu begreifen. »Er hat sie umgebracht.«

Matteo schüttelt den Kopf. »Und ich habe es nicht verhindert.«

»Weil du zu spät gekommen bist«, wiederhole ich das, was er damals zu mir gesagt hat, nachdem er aus seinem Albtraum aufgewacht ist, denn das ergibt jetzt plötzlich einen Sinn. »Als du zum Flughafen kamst, waren sie schon losgeflogen.«

Er sieht mich an. »Aber ich hätte es geschafft, wenn ich früher hingefahren wäre.« Um seinen Mund liegt jetzt ein bitterer Zug. »Weißt du, was ich gedacht habe, als ich die SMS bekam? Ich dachte, dass Giulia es verdient hat, so zu sterben. Meine Wunde war damals gerade so weit verheilt, dass ich nach Hause durfte, aber ich hatte immer noch Schmerzen. Jeden Tag hat es mich daran erinnert, dass sie alles kaputt gemacht hat. Dass wegen ihr nichts mehr so war wie vorher. Und sie hat nichts gelernt, sie hat einfach weiter mit Menschen gespielt und auf ihren Gefühlen herumgetrampelt. Ich war so wütend, auf sie und auf mich, auf alles. Deshalb habe ich minutenlang nur auf diese SMS gestarrt und gedacht, dass es ihr recht geschieht, wenn sie dafür bezahlen muss. Erst dann wurde mir klar, was ich da tue. Und dass ich es verhindern muss, wenn ich kann. Ich bin sofort zum Flughafen gefahren, aber sie waren schon weg, als ich ankam.« Er schüttelt den Kopf. »Verstehst du? Ich habe Giulia in ihr Unglück fliegen lassen. Ich hätte ihren Tod verhindern können, ich hätte alle Hebel in Bewegung setzen müssen, aber ich habe es nicht getan.« In seinen Augen steht jetzt pure Verzweiflung und ein Schmerz, der mir den Atem nimmt. »Ich habe sie auf dem Gewissen, Sophie. Sie ist meinetwegen tot.«

22

Matteo macht sich von mir los und geht ein paar Schritte auf die Treppe zu, wendet sich von mir ab. Die Linie seiner Schultern ist angespannt, und er scheint darauf zu warten, dass ich ihn verurteile. Dass ich ihm auch noch einmal sage, was für eine schreckliche Schuld er auf sich geladen hat.

Jetzt wird mir auch klar, wieso er nicht mehr fliegt. Zu erleben, wie jemand ein Flugzeug als Waffe benutzt, um einen anderen umzubringen, muss ungeheuer traumatisch für ihn gewesen sein. Kein Wunder, dass er sein Leben keinem Piloten mehr anvertrauen will.

Ich atme tief durch. »Wer weiß von dieser SMS?«

Er dreht sich wieder zu mir um. »Niemand. Nur ich.« Er seufzt schwer. »Ich konnte es keinem sagen, weil ich mich so geschämt habe. Außerdem wollte ich nicht, dass das alles herauskommt – Giulias Betrug, ihre Affären. Die Leute hätten über sie geredet, wären über sie hergezogen. Das hätte ihr etwas ausgemacht, glaub mir. Und ich wollte, dass sie wenigstens in dieser Hinsicht ihren Frieden hat, wenn ich sie schon nicht retten konnte.«

»Dann hast du das all die Jahre mit dir allein ausgemacht?« Ich bin wirklich entsetzt und gehe einen Schritt auf ihn zu, doch er weicht zurück. »Matteo, es war dieser Aldo, der sie umgebracht hat, nicht du. Wer weiß schon, was passiert wäre, wenn du rechtzeitig dagewesen wärst – vielleicht hätte sie dir nicht geglaubt und wäre trotzdem geflogen.

Oder Aldo hätte irgendetwas anderes Wahnsinniges getan und noch mehr Menschen damit in Gefahr gebracht. Das weißt du alles nicht.«

Er schüttelt den Kopf, glaubt mir nicht. »Aber ich weiß, was ich gedacht habe. Ich weiß, was ich *nicht* getan habe.«

»Das war nur ein Moment der Schwäche«, widerspreche ich ihm. »Du warst aufgewühlt nach dem, was mit Fabio passiert ist. Du warst noch gar nicht wieder voll auf der Höhe.« Ich mache noch einen Schritt auf ihn zu. »Und im Übrigen stimmt es, was du gedacht hast – Giulia hatte es sich selbst zuzuschreiben. Sie hat ohne jede Rücksicht mit den Gefühlen anderer Leute gespielt. Ich kannte sie nicht, vielleicht konnte sie nicht anders. Aber ganz sicher war es vor allem ihre Schuld, dass es so gekommen ist – nicht deine.«

Matteo hebt den Kopf und sieht mich mit einem Ausdruck in den Augen an, bei dem sich mein Herz zusammenzieht. Weil ich den Schmerz mitfühlen kann, den er seit Jahren mit sich herumträgt und den ich ihm so gerne abnehmen würde.

»Du darfst dich deshalb nicht so quälen«, sage ich leise. »Du hast nichts falsch gemacht. Deshalb musst du das endlich hinter dir lassen und neu anfangen.«

Der Ausdruck in seinen Augen wechselt, ich kann richtig sehen, wie er sich zurückzieht und den Vorhang wieder zuzieht, um mich nicht mehr das sehen zu lassen, was er nicht mehr in seinem Innern begraben konnte.

»Ich habe alles falsch gemacht«, beharrt er, und seine Stimme klingt jetzt zornig. Kalt. »Liebe ist zerstörerisch, Sophie. Sie vergeht – oder sie schlägt in Hass um. Sie ist nicht beständig. Deshalb mache ich keine Pläne mehr. Weil ich das begriffen habe. Und deshalb ist es auch besser, wenn wir das zwischen uns beenden, bevor wir beide anfangen, darunter zu leiden.«

Entsetzt blicke ich in seine goldenen Augen, die so unnachgiebig sein können.

»Aber ich liebe dich, Matteo. Und ich bin nicht Giulia. Nur weil du mit ihr unglücklich warst, heißt das doch nicht, dass wir das automatisch auch sein müssen.«

»Doch, Sophie, siehst du das denn nicht? Vielleicht noch nicht jetzt, aber es dauert nicht mehr lange, dann werden wir endgültig einsehen müssen, dass es nicht geht. Es wird genauso enden wie bei meinen Eltern.« Resigniert verzieht er den Mund. »Ich hätte es wissen müssen, Sophie. Du bist die allerletzte Frau, auf die ich überhaupt einen zweiten Blick hätte werfen dürfen. Wir haben nichts gemeinsam, unsere Leben sind total verschieden. Du kannst hier genauso wenig leben, wie Mum es damals konnte.«

Erschrocken sehe ich ihn an. »Das ist Unsinn. Natürlich kann ich hier leben.«

»Aber du kannst hier nicht glücklich sein«, erwidert er. »Du hast dein Leben lang für euer Auktionshaus gearbeitet, und du liebst es, du bist damit verwurzelt. Andrew hat es gesagt: Ohne dich ist das »Conroy's« nicht vorstellbar. Du kannst das nicht aufgeben, und du willst es in Wirklichkeit auch gar nicht. Deshalb musst du zurück nach England. Du gehörst hier nicht her.«

Tränen schießen mir in die Augen, weil es wehtut, das zu hören. Denn ein bisschen stimmt es. Das »Conroy's« fehlt mir, und die Vorstellung für ein anderes Auktionshaus zu arbeiten, ist komisch. Vielleicht weil es immer mehr war als ein Job. Es ist unser Familienerbe, ich bin damit aufgewachsen, es eines Tages zu übernehmen. Und ich habe schon so viel Energie und Liebe hineingesteckt.

Doch mein Beruf kann mir nicht geben, was ich in Matteos Armen finde, deshalb balle ich die Hände zu Fäusten und halte seinem Blick stand, der jetzt wieder so furchtbar hart und ablehnend ist.

»Ich gehöre aber zu dir, Matteo«, beharre ich. »Ich bin auch nicht glücklich, wenn ich nicht bei dir bin.« Ich mache noch einen Schritt auf ihn zu, stehe jetzt ganz dicht vor ihm. »Wir finden einen Kompromiss. Es wird gehen, wenn wir es beide versuchen. Dann können wir ...«

Vehement schüttelt Matteo den Kopf. »Nein, wir machen nur alles kaputt. Lass uns das, was wir hatten, in guter Erinnerung behalten. Es war schön, solange es gedauert hat, aber es war eine Illusion zu glauben, dass es halten kann. Das wird es nicht. Und wir können uns viel Leid und Streit ersparen, wenn wir es jetzt und hier beenden.«

»Nein.« Die Tränen brennen jetzt in meinen Augen, verschleiern meine Sicht.

»Doch, Sophie«, widerspricht mir Matteo. »Du hast jemanden verdient, der dich wirklich lieben kann. Mit dem du Pläne machen kannst, der sich auf dich einlässt. Ich kann es nicht und ich will es nicht.«

»Wie kannst du das sagen? Wie kannst du das leugnen, was zwischen uns ist?«

Ich will auf ihn zugehen und ihn umarmen, ihn küssen, um mich zu vergewissern, dass ich mir die vielen Stunden in seinen Armen nicht eingebildet habe. Doch er weicht vor mir zurück, geht zum Treppenabsatz. Auf der ersten Stufe bleibt er stehen, die Hand am Geländer.

»Ich begehre dich, Sophie. Das war von Anfang an so, daran hat sich nichts geändert. Und wenn ich dich jetzt küsse, dann wissen wir beide, wo es endet. Aber Sex alleine reicht nicht. Es wird dann nur noch mehr wehtun, wenn du anschließend merkst, dass es nicht geht.« Er lächelt, aber auf diese distanzierte, kühle Art, die ich hassen gelernt habe.

265

»Ich bin nicht der Richtige für dich. Vergiss mich einfach, Sophie. Endgültig. Ich kann dir nicht geben, was du brauchst.«

Damit drehte er sich um und läuft schnell die Treppe hoch, und als kurz darauf oben die Wohnungstür zuschlägt, schließe ich die Augen und spüre, wie mir Tränen heiß über die Wange laufen. Weil mir bewusst ist, dass er das todernst meint. Er will unsere Beziehung nicht fortführen – es ist aus zwischen uns.

Wie betäubt stehe ich da und versuche, meine Gefühle zu sortieren. Doch das Chaos ist zu groß, und ich begreife nur, dass ich plötzlich vor einem Scherbenhaufen stehe. Denn das gerade war endgültig, das spüre ich. Und was soll ich tun, wenn Matteo unserer Liebe keine Chance geben will?

Ich kann ihn sogar verstehen, jetzt, wo ich weiß, was er durchgemacht hat, denke ich unglücklich. Nach den schmerzhaften, katastrophalen Erlebnissen mit Giulia hat er das Gefühl, sich schützen zu müssen, und deshalb weicht er zurück vor einer neuen Chance auf die Liebe. Will nichts mehr davon wissen und leugnet, was er empfindet.

Und vielleicht reicht es ja auch tatsächlich nicht, denke ich und spüre den Stich in meinem Herzen, den Schmerz, der einsetzt, aber nicht mehr aufhört. Matteo kann nicht mehr lieben, nicht so, dass es für eine Beziehung zwischen uns reichen würde. Vielleicht wäre es etwas anderes, wenn wir nicht so verschiedene Leben führen würden. Wenn es mehr Schnittmengen gäbe. Er müsste große Zugeständnisse machen, und dazu ist er nicht bereit.

Resigniert und niedergeschlagen gehe ich die paar Schritte bis zu Valentinas Wohnungstür und suche den Schlüssel heraus, den ich immer noch habe, auch wenn ich in der letzten Zeit nur noch oben bei Matteo war. Doch jetzt kann ich nicht zu ihm, deshalb bin ich froh, dass ich diese Rückzugsmöglichkeit habe.

Mühsam schleppe ich mich ins Wohnzimmer und lasse mich auf das Sofa sinken, starre vor mich hin, bis das Klingeln meines Handys mich aus meinen Gedanken reißt.

Es ist wieder die Nummer meiner Eltern, und ich gehe dran, weil ich davon ausgehe, dass es meine Mutter ist.

Doch es ist Dad.

»Sophie?« Seine Stimme nach dieser langen Zeit zu hören, lässt den Kloß, den ich im Hals habe, noch viel dicker werden, und ich kämpfe schon wieder mit den Tränen.

»Hallo, Dad.«

»Ich ... weiß gar nicht, wie ich anfangen soll«, erklärt er mir, und ich höre die Unsicherheit in seiner Stimme. Er schweigt für einen Moment, dann seufzt er. »Sophie, es tut mir leid, und ich hoffe, du kannst mir verzeihen. Es ... war ein Fehler von mir, von dir zu erwarten, dass du dein Leben ganz auf das ›Conroy's‹ abstellst. Deine Mutter und ich, wir haben viel geredet, und mir ist klar geworden, dass ich zu viel von dir verlangt habe. Es ist dein Leben, und natürlich musst du entscheiden, wo und mit wem du es verbringen willst.« Er macht eine Pause, und als er weiterredet, zittert seine Stimme leicht. »Ich will, dass du glücklich bist, Sophie. Und ich will dich nicht verlieren.«

Ich schließe die Augen, weil neue Tränen darin brennen.

»Du verlierst mich nicht, Dad.«

Dass mein Vater doch noch einlenkt, erleichtert mich zwar, freuen kann ich mich darüber aber nicht, dafür bin ich gerade zu aufgewühlt.

»Dann könntest du dir vorstellen, weiter für das ›Conroy's‹ zu arbeiten?« Dad klingt immer noch ein bisschen unsicher.

»Natürlich«, sage ich und mir wird klar, dass das tatsächlich außer Frage stand. Matteo hat recht, ich hänge zu sehr daran, um es aufzugeben. Es ist nicht irgendein Job für mich. Deshalb hat mich der Streit mit meinem Vater so mitgenommen, und deshalb habe ich bisher wohl auch nicht ernsthaft versucht, mir etwas anderes zu suchen. Ich wollte es mir nur nicht eingestehen, vielleicht, weil ich mich davor gefürchtet habe, mich zwischen meinen Job und meiner Liebe zu Matteo entscheiden zu müssen. Aber er kann mich nicht lieben, denke ich und spüre, wie sich der Schmerz noch weiter in meine Brust wühlt. Deshalb hat er mir diese Entscheidung abgenommen.

»Oh, fantastisch.« Ich kann Dad anhören, wie erleichtert er ist. »Ich hatte gehofft, dass du das sagst. Und du musst dafür auch gar nicht zurückkommen, Sophie. Mir ist nämlich die perfekte Lösung eingefallen.« Er klingt jetzt richtig begeistert, redet schnell und ein bisschen konfus. »Weißt du noch, dass du immer gesagt hast, dass wir unsere Aktivitäten ausbauen müssen, wenn wir konkurrenzfähig bleiben wollen – und wie traurig du warst, weil das wegen Mum nicht ging? Aber ihr geht es ja jetzt viel besser, und ich habe das mit ihr abgesprochen – eigentlich war es sogar ihre Idee. Sie hat manchmal wirklich tolle Ideen, und seit sie wieder die Alte ist … Na ja, und ich werde auch ganz bald bei Andrew mal vorfühlen, welche Möglichkeiten er für uns sieht. Er wird sicher ganz begeistert sein von der Idee, ich kenne ihn und …«

»Dad«, unterbreche ich ihn, weil ich ihm nicht mehr folgen kann. »Wovon sprichst du?«

Er räuspert sich. »Entschuldige. Also, langer Rede kurzer Sinn: Wir werden eine Dependance in Rom eröffnen, Sophie. Und du wirst sie leiten.«

»Was?« Ich brauche einen Moment, um das alles richtig zu sortieren. »Eine Dependance? Hier?«

»Ja, genau. Auf die Weise schlagen wir zwei Fliegen mit einer Klappe. Du kannst in Rom bleiben, und das ›Conroy's‹ kann sich international ganz anders präsentieren. Dann hätten wir ein zweites Standbein, und mit den Kontakten, die wir durch Signore di Chessa und deinen Matteo haben, können wir uns dort sicher recht schnell etablieren. Und, was sagst du?«

Ich kann gar nichts sagen, merke nur, wie meine Sicht wieder verschwimmt. Er hat recht, denke ich und kann die Tränen nicht länger zurückhalten, spüre, wie sie wieder heiß über meine Wange laufen. Es wäre die perfekte Lösung gewesen. Nur kommt sie zu spät, und dass mein Vater mich ausgerechnet in diesem Moment anruft, wo ich mich gerade so furchtbar mit Matteo gestritten habe, ist eine grausame Ironie des Schicksals.

»Dad, das ist ... wirklich eine tolle Idee. Aber ich kann nicht in Rom bleiben«, sage ich und kann selbst hören, wie verzweifelt ich klinge.

Mit dieser Reaktion hatte Dad offensichtlich nicht gerechnet.

»Ist alles in Ordnung, Sophie?«

»Nein.« Ich schüttele mechanisch den Kopf, obwohl ich weiß, dass er das nicht sehen kann. »Du hattest recht, Dad. Es hat nicht funktioniert.«

Mehr kann ich dazu nicht sagen, jedenfalls nicht im Moment, weil es mir einfach zu wehtut. Was mein Vater offenbar spürt, denn er verlangt nicht nach einer Erklärung, wofür ich ihm ungeheuer dankbar bin.

»Dann komm nach Hause«, sagt er nur. »Deine Mutter und ich warten auf dich.«

Erst als ich das Telefonat beendet habe, lasse ich meinen Tränen freien Lauf, werde geschüttelt von Schluchzen und kann nicht mehr aufhören zu weinen, weil ich den Schmerz kaum aushalte. Dabei denke ich jetzt, wo ich endlich ehrlich zu mir bin, dass ich es vielleicht schon die ganze Zeit über gewusst habe, dass Matteo und ich auf diesen Punkt zusteuern, an dem unsere Beziehung wieder zerbrechen muss.

Wahrscheinlich ist er einfach zu verletzt, überlege ich traurig. Er kann sich nicht auf mich einlassen, nicht wirklich, er kann mir nicht geben, was ich brauche – genau wie er gesagt hat. Und ich kann auch nicht mehr kämpfen, ich bin zu müde. Zu mutlos. Noch einen Versuch schaffe ich nicht, auch wenn es mich umbringt, einfach zu gehen. Aber etwas anderes bleibt mir nicht mehr übrig, denke ich und und spüre, wie meine Tränen versiegen. Etwas anderes kann ich jetzt nicht mehr tun.

* * *

»Oh, Sophie, müssen Sie wirklich schon fahren? Ich hätte sie so gerne noch ein bisschen hier gehabt.« Valentina sieht mich traurig an, und es bricht mir das Herz, dass ich ihr nichts anderes sagen kann.

»Es tut mir leid, aber es ist wirklich schon sehr spät. Ich schaffe es gerade noch rechtzeitig zum Flughafen, wenn ich mich beeile«, erkläre ich ihr und sehe noch einmal auf die Uhr. Eigentlich hätte ich schon vor einer halben Stunde fahren sollen, aber der Abschied fällt mir so schwer wie ihr, deshalb konnte ich mich noch nicht wirklich losreißen.

Jetzt wird es jedoch wirklich Zeit, deshalb erhebe ich mich von dem Besucherstuhl, der eigentlich eher ein Sessel ist – aber dieses ganze Reha-Zentrum wirkt mit dem weitläufigen

Park und den großen, elegant eingerichteten Zimmer ohnehin eher wie ein Luxushotel und nicht wie ein Krankenhaus.

Paola, die auch da ist, steht ebenfalls auf, um mich zur Tür zu begleiten. Dafür ist Valentina noch zu schwach, deshalb bleibt sie in ihrem Sessel sitzen.

Sie sieht inzwischen wieder fast genauso aus wie vor diesem schlimmen Herzanfall, hat sich mittlerweile gut erholt. Ihre Augen leuchten, und sie strahlt trotz ihres Alters diese heitere Würde aus, die ich schon vom ersten Moment an so an ihr mochte. Tatsächlich trägt sie heute sogar wieder das Seidenkleid mit dem Bertani-Muster, das sie anhatte, als ich sie das erste Mal traf, und ich weiß, dass ich sie immer so in Erinnerung behalten werde.

»Mein Enkel ist ein Dummkopf, dass er Sie gehen lässt«, sagt sie und legt ihre faltige, warme Hand an meine Wange. »Ich wünschte, er würde endlich zur Vernunft kommen.«

Ein bisschen habe ich das wahrscheinlich auch gehofft, deshalb bin ich nach meinem Streit mit Matteo noch zwei Tage geblieben. Doch ich habe ihn fast gar nicht mehr gesehen, nur vorhin, bevor ich zu Valentina gefahren bin, noch mal ganz kurz. Er stand oben auf der Treppe und ich mit meinem Koffer unten in der Eingangshalle, und er hat sich kühl und ruhig von mir verabschiedet und ist dann sofort wieder nach oben verschwunden. Was mir besonders wehgetan hat. Denn offenbar hat es ihm gar nichts ausgemacht, mich zu sehen – ich dagegen wäre ihm am liebsten sofort wieder zu ihm gelaufen und hätte mich in seine Arme geworfen. Was der vielleicht eindrucksvollste Beweis dafür war, dass es wirklich nicht gut wäre, wenn ich bleibe. Ich würde nur leiden – und hätte Matteo dennoch verloren.

»Sie können mich doch auch so besuchen kommen«, sagt Valentina hoffnungsvoll.

»Ja, vielleicht. Das … wäre schön«, antworte ich und erwidere ihr Lächeln. Das wäre es wirklich, aber eigentlich wissen wir beide, dass ich das nicht tun kann. Die Gefahr, dabei Matteo zu begegnen, wäre sehr groß, und das könnte ich unter den jetzigen Bedingungen nicht gut ertragen. Deswegen nehme ich sie zum Abschied noch einmal in die Arme, will sie kaum loslassen.

Zusammen mit Paola gehe ich langsam nach unten vor die Tür, wo das Taxi, das ich schon vor einiger Zeit gerufen habe, immer noch wartet.

Auch Paola wirkt bedrückt, als sie sich von mir verabschiedet. »Es ist wirklich schade, Sophie.« Sie lächelt ein bisschen reumütig. »Weißt du, als du kamst und es um deine Unterkunft ging, da hättest du natürlich auch bei uns wohnen können. Aber ein bisschen hatten wir alle gehofft, dass du vielleicht wieder mit Matteo zusammenkommst, wenn ihr unter einem Dach wohnt.«

Das hat ja auch geklappt, zumindest für eine Weile, denke ich wehmütig und finde es fast rührend, wie sehr Matteos Familie sich wünscht, dass er das Trauma um den tragischen Tod seiner Frau endlich hinter sich lässt. Aber sie wissen es ja auch nicht, fällt mir dann ein. Er hat nur mir gebeichtet, was ihn tatsächlich belastet, deshalb ahnen sie nicht, wie tief seinen Wunden gehen. Zu tief, als dass ich sie heilen könnte.

»Vielen Dank für alles«, sage ich und umarme auch Paola noch mal. »Und passt gut auf Valentina auf.«

Dann winke ich ihr nur noch kurz und laufe zu dem Taxifahrer hinüber, der meinen Koffer entgegennimmt.

Er weiß, dass ich zum Flughafen will, und schüttelt den Kopf, als ich hinten im Fond sitze und ihm erkläre, wann mein Flieger geht.

»Das wird knapp, Signorina. Um diese Zeit ist auf dem Zubringer immer viel los.«

Und er behält recht, leider, denn als wir eine Dreiviertelstunde später am Flughafen Fiumicino ankommen, bin ich heillos zu spät, renne so schnell ich kann mit meinem Koffer zum Check-in-Schalter der Airline.

Die adrett gekleidete Dame hinter dem Tresen sieht mich mitleidig an, als ich ihr mein Ticket zeige und den Koffer einchecken will. Sehr mitleidig.

»Nach London können Sie nicht mehr mit«, erklärt sie mir. »Das Boarding ist bereits abgeschlossen.«

»Aber … ich hatte online schon eingecheckt«, japse ich völlig außer Atem. »Können Sie da nicht doch noch was machen?«

»Tut mir leid, wir haben Ihnen den Platz freigehalten, solange es ging, aber der Flug war überbucht, und am Ende mussten wir die freien Kapazitäten auffüllen.« Sie sieht auf ihren Computer. »Außerdem befindet sich die Maschine jetzt schon auf dem Rollfeld.«

Ich habe den Flieger verpasst, denke ich überrascht und verärgert über mich selbst. Das ist mir noch nie passiert.

»Okay, und wann geht der nächste Flug nach London?«

»Ich werde mal nachsehen.« Die Stewardess konsultiert erneut ihren Bildschirm und ich lasse mich stöhnend gegen den Tresen sinken. Weil ich es hasse. Wirklich hasse. Es fällt mir schwer genug, Italien zu verlassen, und diese unnötige Verzögerung macht es nicht besser, denke ich und hoffe einfach, dass die Dame eine gute Nachricht für mich hat.

Danach sieht es jedoch nicht aus, denn als sie wieder aufblickt, kann ich ihr schon ansehen, dass sie sich nicht darüber freut, mir das jetzt sagen zu müssen.

23

»So, da wären wir schon, Herzchen«, sagt der ziemlich korpulente Taxifahrer mit seinem breiten Cockney-Akzent, als er seinen Wagen vor unserem Haus in Lennox Gardens zum Stehen bringt.

Schon ist gut, denke ich, als ich ihm erleichtert das Geld für den Fahrpreis und sein Trinkgeld gebe, das er zufrieden grinsend entgegennimmt. Es war eine verdammt lange Fahrt von Heathrow hierher, und ich fand sie nicht ganz so erbaulich wie er.

»Letzte Fahrt heute. Ich mach jetzt Feierabend«, erklärt er mir und schwingt sich aus dem Wagen, um mir die Tür aufzuhalten und mir zu helfen, den Koffer aus dem Fahrgastraum zu hieven. »Schönen Abend noch«, wünscht er mir, und ich nicke ihm stumm zu, weil ich für eine Erwiderung einfach zu müde bin. Dann steigt er wieder ein und ist verschwunden, was mir sehr recht ist.

Mir war gar nicht nach Smalltalk, aber der Mann kannte keine Gnade und hat die ganze Fahrt über geredet. Weshalb ich jetzt ziemlich umfassend informiert bin über seine Frau, seine Kinder, die Gründe für die letzte Regierungskrise und seine Fähigkeiten im Pokern. Aber es hatte auch sein Gutes, denke ich dann. Denn dadurch blieb mir wenigstens keine Zeit zum Grübeln. Und er kann ja nichts dafür, dass es mir im Moment so schlecht geht, also beschließe ich, nachsichtig zu sein.

Bei einem Blick über die Fassade unseres Hauses stelle ich

fest, dass in den Etagen, in denen meine Eltern wohnen, kein Licht mehr brennt. Kein Wunder, schließlich ist es schon kurz vor ein Uhr nachts. Ich wusste nicht, wann genau ich ankomme, deshalb habe ich ihnen gesagt, dass sie nicht aufbleiben sollen, und im Grunde bin ich sogar wahnsinnig erleichtert darüber, dass mich jetzt niemand mehr begrüßt und will, dass ich von meiner unerwartet langen und kräftezehrenden Reise berichte.

Ich hätte glatt noch mal zurück zu Valentina in die Stadt fahren können, denn ich musste über vier Stunden auf den Flug warten, den die Dame für mich herausgesucht hatte. Theoretisch vier Stunden. In Wirklichkeit hatte die Maschine auch noch Verspätung, sodass wir erst nach fünfeinhalb Stunden endlich auf dem Weg zur Startbahn waren – nur um dann noch mal schier endlos zu warten, weil es angeblich irgendwelche technischen Probleme bei der Luftüberwachung gab. Erst eine halbe Ewigkeit später war die Maschine dann endlich in der Luft, und ich mit meinen Nerven ziemlich am Ende.

Müde trage ich den Koffer die Stufen in den Souterrain hinunter und kämpfe, weil ich so erschöpft bin, ein bisschen mit dem Schloss an der Haustür. Dafür lässt sich die Wohnungstür dahinter sofort öffnen, was mich wundert. Jane muss beim Saubermachen vergessen haben, die Tür wieder abzuschließen.

Und sie hat auch das Licht im Wohnzimmer angelassen, fällt mir auf, als ich meine Wohnung betrete, und wundere mich einen Augenblick lang, weil solche Unachtsamkeiten eigentlich nicht zu unserer Haushälterin passen. Aber vielleicht war sie es gar nicht, sondern Mum, die wollte, dass ich mich gleich willkommen fühle, wenn sie mich schon nicht persönlich begrüßen kann. Der Gedanke lässt mich unwillkürlich lächeln, während ich den Koffer in den kleinen Flur schiebe.

Es riecht vertraut, und mein Lächeln schwindet, als mir wieder einfällt, dass Matteo das letzte Mal bei mir war, als ich von einer Reise nach Hause zurückgekehrt bin. Er hat auch meinen Koffer getragen, den ich jetzt selbst ins Wohnzimmer bugsieren muss, wo ich ihn erst mal neben dem Sessel stehen lasse.

Mit einem tiefen Seufzen sehe ich mich in meinem kleinen Reich um, in dem alles noch genauso ist, wie ich es zurückgelassen habe. Mein Leben hier kann also nahtlos weitergehen, denke ich. So als hätte es meinen Ausflug nach Rom und alles, was ich dort erlebt habe, nie gegeben ...

Ich stutze, als mein Blick auf die Wand über dem kleinen Sofa fällt. Denn das Bild, das da hängt, gehört mir nicht, auch wenn es mir irgendwie bekannt vorkommt. Es war auf jeden Fall noch nicht da, als ich gefahren bin.

Neugierig trete ich näher – und staune. Denn wenn ich das richtig sehe, dann ist es ein Original von John William Waterhouse. Und das Motiv kenne ich deshalb, weil es die Ausarbeitung von einer der Skizzen ist, die ich von meinem Großvater geerbt hatte und vor einem Jahr verkaufen musste.

Wie kommt es hierher? Mir fällt nur mein Vater ein, aber können wir uns schon wieder so ein teures Bild leisten? Und warum hat er das nicht erwähnt, als wir telefoniert haben?

Fasziniert und ganz versunken betrachte ich die Einzelheiten des Kunstwerks.

»Gefällt es dir?«

Matteos tiefe Stimme lässt mich herumfahren, und mein Schlüsselbund, den ich noch in der Hand hätte, fällt klirrend zu Boden, als ich ihn in der Tür zu meinem Schlafzimmer stehen sehe. Er trägt noch die Sachen, die er heute Morgen anhatte, als ich mich von ihm verabschiedet habe, und das Lächeln, mit dem er mich ansieht, wirkt zwar charmant, aber auch ein bisschen unsicher.

Du halluzinierst, Sophie, denke ich. Dein müdes Hirn spielt dir einen Streich. Deshalb schließe ich die Augen und atme tief ein. Aber Matteo ist noch da, als ich sie wieder öffne.

»Du kannst nicht hier sein«, sage ich mit heiserer Stimme. »Du warst heute Morgen noch in Rom – und selbst wenn du unglaublich schnell fährst, kannst du in den paar Stunden nicht über tausend Meilen fahren. Das kann man nicht schaffen.«

Sein Lächeln vertieft sich, und das Grübchen, das ich so unglaublich sexy finde, erscheint auf seiner Wange. Meine Fantasie leistet wirklich ganze Arbeit.

»Ich hatte ein bisschen mehr Schubkraft als sonst«, sagt er, und damit kann er nur meinen, dass er geflogen ist. Das ist überhaupt die einzig logische Erklärung – und weil das absurd ist, der letzte Beweis, dass ich mir das hier auf jeden Fall einbilde. Aber ein schöner Traum, denke ich kurz, bevor ich den Kopf schüttele.

»Du kannst nicht geflogen sein«, sage ich mit entschiedener Stimme. »Das tust du nicht. Du fliegst … nie.«

»Das stimmt.« Er kommt auf mich zu, steckt dabei die Hand in seine Hosentasche und holt ein Stück Papier heraus, das er mir reicht und das ich irritiert anstarre. Weil ich mit einem Blick erkenne, was es ist: der Abschnitt von einem Boarding Pass. Von seinem Boarding Pass.

Völlig verwirrt hebe ich den Kopf und versinke in seinen Bernstein-Augen, die mich immer noch mit diesem neuen Ausdruck mustern.

»Eigentlich tue ich das nicht, aber ich hatte es eilig«, erklärt er mir. »Deshalb musste ich eine Ausnahme machen.« Er deutet auf den Boarding Pass. »Es war die Maschine, in der du eigentlich sitzen solltest, Sophie. Jedenfalls laut der Abflugzeit, die Giacomo mir genannt hat. Als ich dann allerdings drin saß, musste ich feststellen, dass du es dir offensichtlich anders überlegt hattest. Du warst nämlich nicht da.« Er verzieht den Mundwinkel zu einem ironischen Lächeln. »Was es mir ein bisschen schwerer gemacht hat. Ich hatte nämlich ehrlich gesagt gehofft, dass du mich ablenken würdest.«

Meine Knie geben unter mir nach, und ich sinke auf das Sofa, weil er mir jetzt so nah ist, dass sein Duft mich einhüllt und ich das Glitzern in seinen goldenen Augen sehe. Das ist zu real, zu verführerisch. Aber hier stimmt trotzdem etwas nicht, denn mein Gehirn kommt nach wie vor nicht mit.

»Du warst in der Maschine, die ich verpasst habe?« Das würde natürlich erklären, wieso er vor mir da sein konnte. »Aber ... warum?« Meine Stimme ist immer noch heiser. »Warum bist du hier? Und was macht der Waterhouse an meiner Wand?«

Matteo zuckt mit den Schultern. »Das Bild ist ein Geschenk. Ich hatte es schon vor einiger Zeit besorgt. Es sollte dir die Skizzen ersetzen, die du so gerne hattest, die ich aber nirgendwo auftreiben konnte. Und da dachte ich, dass du dich vielleicht auch über das Original freuen würdest.«

Mein Herz klopft wild. Es ist absolut typisch für ihn, dass er mir so ein unverhältnismäßig teures Geschenk macht, das trotzdem so persönlich ist. Ich hatte ihm irgendwann davon erzählt, dass mir gerade diese beiden Skizzen so fehlen, und dass er sie mir auf diese Weise ersetzen will, finde ich so süß, dass ich ihm furchtbar gerne um den Hals fallen und mich bei ihm bedanken würde. Ich würde ihm überhaupt furchtbar gerne um den Hals fallen. Aber dafür habe ich viel zu viel Angst davor, wieder weggestoßen zu werden. Und außerdem habe ich auch noch viel zu viele Fragen.

»Und warum jetzt?«, will ich wissen. »Wenn du das Bild schon länger hast, dann hättest du es mir doch schon längst geben können.«

»Ich wollte es dir schenken, wenn wir das nächste Mal zusammen hier sind«, sagt er, und ich starre ihn einen Moment lang an.

»Aha.« Ich schlucke. »Aber ... wir sind nicht zusammen hier, Matteo. Du hast mich weggeschickt. Du hast gesagt, dass das mit uns eine Illusion ist und dass du mir nicht geben kannst, was ich brauche. Dass ich mir jemanden suchen soll, der mich wirklich lieben kann, und dass ...«

Matteo geht plötzlich vor mir in die Knie, und einen Augenblick später liege ich in seinen Armen und er küsst mich, bis ich ganz atemlos bin.

»... und dass Sex allein nicht ausreicht«, füge ich noch hinzu und stemme mich gegen seine Brust, weil es mich ganz schwindelig macht, dass er mir wieder so nah ist, und weil ich unbedingt einen klaren Kopf brauche. Sein Kuss gerade hat nämlich nach etwas geschmeckt, das mir den Schmerz in meiner Brust nehmen könnte. Aber an diesem Punkt waren wir schon. Und nach allem, was war, bin ich vorsichtig geworden.

»Du hast gesagt, du wärst nicht der Richtige für mich.«

»Das stimmt auch, Sophie. Aber du bist die Richtige für mich.« Matteo stöhnt auf, und in seinen Augen liegt jetzt ein ungewohnt kleinlauter Ausdruck. »Du hättest wirklich einen anderen Mann verdient als ausgerechnet mich. Ich bin deine Liebe nicht wert.« Er schüttelt den Kopf. »Aber ich bin leider nicht so selbstlos, wie ich dachte. Der Gedanke, dass du zu diesem Nigel zurückkehrst, der so gut in dein Leben passt, hat mich fast die Wände hochgehen lassen. Vermutlich ist er der bessere Mann für dich. Nur kann er dich nicht haben.« Er nimmt meine Hand und streicht darüber, sieht mir in die Augen. »Deswegen musste ich kommen. Deswegen bin ich hergeflogen. Um dir zu sagen, dass ich gelogen habe. Ich brauche dich, Sophie. Ich liebe dich, und wenn du mich auch liebst, dann lass es uns noch mal versuchen. Bitte.«

Misstrauisch sehe ich ihn an. Ich würde ihm so gerne glauben, und mein Herz fliegt ihm längst wieder zu. Aber meine Vernunft zögert noch, erinnert mich daran, wie weh es getan hat, von ihm enttäuscht zu werden.

»Und woher weiß ich diesmal, dass du mich nicht doch wieder wegschickst?«

»Weil ich nicht kann.« Matteo seufzt tief. »Sophie, ich bin süchtig nach dir, ich kann nicht ohne dich sein. Die drei Wochen, bevor du nach Rom zurückgekommen bist, waren grausam. Ich habe mir eingeredet, dass du genauso bist wie Giulia, dass du mich belogen hast und dass ich dich hasse, aber in Wirklichkeit habe ich dich einfach nur schrecklich vermisst. Und dann warst du plötzlich wieder da und hast gesagt, dass du mich liebst, und ich wollte dir so gerne glauben. Ich konnte nur nicht, ich dachte, dass es sowieso scheitern wird. Dass du gehst, sobald du die Wahrheit erfährst.« Er schließt die Augen und schüttelt den Kopf. »Ich ... hatte mir geschworen, nie wieder Gefühlen zu trauen. Nicht in dieser Hinsicht jedenfalls, verstehst du? Ich dachte, ich könnte keine Frau mehr lieben. Ich dachte, ich dürfte es nicht. Es hat mir Angst gemacht. Aber jetzt ... macht es mir viel mehr Angst, dass ich dich vielleicht verloren habe.«

Sein Blick hält meinen fest, und ich sehe, wie unsicher er immer noch ist. Aber er hält jetzt nichts mehr zurück, und das Leuchten in seinen Augen spiegelt sich in meinen. Deshalb lege ich die Arme um ihn und ziehe ihn zu mir.

»Du hast mich nicht verloren. Ich schätze, du hattest mich immer – schon seit ich dir in Giacomos Villa in die Arme gefallen bin.«

Er steht auf und setzt sich neben mich auf das Sofa, zieht mich auf seinen Schoß und küsst mich lange und innig.

»Heißt das, wir machen jetzt doch Pläne?«, will ich wissen.

Sein Blick wird ernst, und er legt seine Stirn an meine.

»Kann man das Leben überhaupt planen?«, fragt er zurück, und seufzt, was mir deutlich macht, dass er soweit vielleicht doch nicht ist.

»Man kann es zumindest versuchen«, erwidere ich, und er lächelt.

»Ich weiß nur eins, Sophie. Dass morgen ein neuer Tag ist, und dass ich alles dafür tun werde, ihn mit dir zu verbringen.«

Der Plan klingt für mich mehr als annehmbar, deshalb erwidere ich seinen Kuss, bis die Leidenschaft erneut zwischen uns aufflammt und wir beide schneller atmen.

»Aber was, wenn es doch nur der Sex ist?«, frage ich an seinen Lippen, weil ich ihn noch ein kleines bisschen necken muss.

Er grinst und küsst mich noch mal. »Ich denke, das müssten wir vielleicht testen.«

»Oh ja. Testen wir es«, sage ich und strahle ihn glücklich an, als er mich hochhebt und mit sehr entschlossenen Schritten ins Schlafzimmer trägt.

24

Fünf Monate später

Die strahlende Herbstsonne lässt mich blinzeln, als ich an Matteos Arm die Kapelle von Lockwood Manor verlasse. Es ist ein kalter, aber wunderschöner Tag, so als wüsste der November, was sich gehört, wenn es auf dem Stammsitz des Earl of Lockwood etwas zu feiern gibt.

Grace und Jonathan stehen mit ihrem Kind – einer kleinen Tochter, die gerade auf den Namen Felicity Orla Rose getauft wurde – schon vor der Kirche und nehmen die Glückwünsche der zahlreichen Gäste entgegen.

»Felicity ist so ein schöner Name«, sage ich, als wir die beiden erreichen, und umarme Grace.

»Wir fanden ihn sehr passend. Schließlich ist sie unser kleiner Glücksengel«, erklärt sie mir, sichtlich stolz auf ihre süße Tochter, die – warm eingepackt in eine Decke – ganz entspannt auf dem Arm ihres Vaters schläft. Dann umarmt sie auch Matteo, als er ihr gratuliert, während ich das Baby auf Jonathans Arm noch mal genauer betrachte.

»Sie ist so entzückend«, sage ich und bin ganz hingerissen von dem ausgesprochen hübschen Säugling.

»Sie ähnelt ihrer Mutter«, erwidert Jonathan und blickt seine Tochter mit einem so liebevollen Ausdruck auf dem Gesicht an, dass ich richtig gerührt bin.

»Die beiden wirken sehr glücklich«, meint Matteo, als wir weitergehen, um den anderen Gratulanten Platz zu machen, die immer noch aus der Kirche strömen. Sie war voll besetzt, schließlich ist die Taufe des ersten Lockwood-Enkelkindes ein gesellschaftliches Ereignis, und der Earl, der mit Sarah und Alexander bei Grace und Jonathan steht, will das auch gebührend feiern. Deshalb ist die Zahl der Gäste, die gleich noch zu der Tauffeier auf Lockwood Manor erwartet werden, entsprechend groß.

Lächelnd bleibe ich stehen und blicke zu den jungen Eltern, die strahlen und den Tag aus vollem Herzen genießen.

»Ja, ich glaube, das sind sie auch. Sarah hat mir erzählt, dass Jonathan früher keine Kinder wollte. Das würde man jetzt gar nicht mehr denken, oder? Ich finde, er sieht aus, als würde er richtig in seiner neuen Rolle aufgehen.«

Matteo zieht mich in seine Arme. »Es verändert uns Männer eben, wenn wir erst die richtige Frau gefunden haben«, sagt er und gibt mir einen Kuss, den er jedoch unterbrechen muss, weil mein Handy piept. Stirnrunzelnd sieht er mir dabei zu, wie ich es aus meiner Clutch hole. »Kannst du das Ding heute nicht mal auslassen?«

Er hat natürlich recht, aber ich ignoriere ihn trotzdem und sehe nach, von wem ich eine SMS bekommen habe.

»Andrew schreibt, dass es klappt mit der Auktion für die Ricasolis! Ist das nicht großartig!«, rufe ich aufgeregt, als ich sie gelesen habe, und spüre, wie mein Herz schneller schlägt und sich ein zufriedenes Gefühl in mir ausbreitet.

Ich bin immer noch dabei, die »Conroy's«-Dependance in Rom zu etablieren, was viel Spaß macht, aber auch viel Arbeit ist – und gerade am Anfang nicht einfach war. Langsam läuft es jedoch, und der Ricasoli-Auftrag ist fast so etwas wie ein Durchbruch.

Matteo grinst, und ich lege den Kopf schief, mustere ihn fragend. »Hast du da deine Finger im Spiel?«

Wundern würde es mich nicht, denn er hat immer wieder seine Kontakte für uns eingesetzt und dadurch vieles in sehr kurzer Zeit möglich gemacht. Doch er schüttelt den Kopf und hebt die Hände.

»Nein, das warst du ganz alleine«, versichert er mir, und ich strahle ihn an.

Er sieht so unglaublich gut aus in dem Bertani-Anzug und dem langen Mantel, den er wegen der Kälte dazu trägt – elegant und so attraktiv, dass es mir immer noch den Atem nimmt, wenn ich ihn sehe. Aber am besten ist, dass das Leuchten in seinen Augen wirklich mir gilt, und ich genieße jeden Tag an seiner Seite.

Manchmal kann ich immer noch nicht fassen, wie gut sich alles gefügt hat, nachdem ich so lange geglaubt habe, dass es für Matteo und mich keine Zukunft geben kann. Durch die Dependance kann ich bei ihm sein und gleichzeitig meine ganze Energie dem »Conroy's« widmen, was wirklich eine ideale Lösung ist, mit der alle zufrieden sind. Dad und Matteo haben ihren Frieden miteinander gemacht und sogar festgestellt, dass sie sich wirklich gut verstehen, und da es Mum nach wie vor gut geht, werden die beiden Weihnachten dieses Jahr in Rom bei uns verbringen – und dabei gleich Matteos Familie kennenlernen, die mich mit offenen Armen aufgenommen hat. Harriet und Norman, die auch mitfeiern werden, besuchen wir sehr regelmäßig, wenn wir in London sind, und Valentina wohnt jetzt die meiste Zeit in ihrer Wohnung in Matteos Villa, was ich sehr schön finde, denn dadurch sehen wir uns fast täglich.

Sie sagt mir oft, dass es für sie wie ein Wunder ist, wie sehr Matteo sich verändert hat, und das freut uns beide sehr. Denn wenn er jetzt lächelt, dann nur noch strahlend, weil da endlich kein dunkler Schatten mehr in seinem Blick liegt. Ich konnte ihn sogar überreden, Kontakt zu Fabio aufzunehmen und Frieden mit ihm zu schließen, was für ihn ein wirklich großer Schritt war.

Ob er die Sache mit Giulia jemals ganz verkraften wird, weiß ich nicht, aber daran rühre ich auch nicht mehr, weil ich ihm nicht wehtun will. Es ist schließlich alles gut so, wie es ist, und weil mir das Herz überläuft, strahle ich ihn an und muss ihm das einfach sagen.

»Ich glaube, ich war noch nie im Leben so glücklich wie im Moment!«

»Tatsächlich?« Matteo grinst. »Also ich persönlich finde, dass sich das noch steigern ließe.«

Mit einem Stirnrunzeln betrachte ich ihn. »Ach ja, und wie?«

»Na ja, du könntest mich heiraten«, sagt er lapidar und lächelt mich weiter an, doch ich sehe den fragenden Ausdruck in seinen Augen – die Bitte, die darin liegt.

»Heiraten?«, wiederhole ich, ein bisschen fassungslos, weil ich mit einem Antrag hier, vor der Kapelle in Lockwood, nun wirklich nicht gerechnet hatte. »Ich ... dachte, das wolltest du nicht mehr.«

Ich war immer davon ausgegangen, dass die Ehe für ihn kein Thema mehr ist nach den schlechten Erfahrungen, die er mit Giulia gemacht hat, und mir hätte der Trauschein auch nicht gefehlt. Für Matteo reicht das aber offenbar nicht mehr.

»Oh, doch, ich will dich heiraten«, versichert er mir. »Und gerade eben, als wir in der Kirche saßen, ist mir klar geworden, wie sehr.« Sein Blick wird eindringlich, leuchtend. »Ich liebe dich, Sophie, und ich will mit dir zusammen sein. Nicht nur morgen, sondern immer. Ich will nicht mehr nur Onkel sein, ich will selbst Kinder haben – mit dir. Ich will dich in ihnen wiederfinden und ich will, dass alle Welt weiß, dass du zu mir gehörst.«

Überwältigt lächele ich ihn an und kann für einen Moment gar nichts sagen. Was ihm als Antwort offenbar nicht reicht.

»Eigentlich musst du mich sogar heiraten«, teilt er mir mit. »Dir bleibt gar nichts anderes übrig.«

»So?« Ich schlinge die Arme um ihn und sehe ihn fragend an. »Warum denn das?«

»Weißt du noch, als du die Münzen in den Trevi-Brunnen geworfen hast? Wir haben da etwas übersehen, fürchte ich. Es ist nämlich so, dass nur das Werfen einer Münze bedeutet, dass man nach Rom zurückkehrt. Wirft man zwei, heißt das, man wird sich in einen Römer oder eine Römerin verlieben. Und wenn man drei oder mehr über die Schulter in den Brunnen wirft, dann muss man denjenigen heiratet.« Er zuckt mit den Schultern. »Es waren eindeutig mehr als zwei, Sophie.«

Lachend stoße ich ihm einen Finger gegen die Brust.

»Und du glaubst im Ernst, ich heirate dich, nur weil du mich gezwungen hast, meine gesamte Geldbörse in den Trevi-Brunnen zu leeren? Ich dachte, das wäre nur dummer Aberglaube.«

»Dann heirate mich eben, weil du mich liebst«, sagt er und lächelt dieses charmante Lächeln, dem ich von Anfang an nicht widerstehen konnte. »Das wäre auch ein guter Grund.«

Ich küsse ihn lange und sehr ausgiebig. »Okay, dann eben deswegen«, sage ich, und mein Herz schlägt glücklich, als wir Hand in Hand wieder zurück zur Taufgesellschaft gehen.